ジョナサン・ヴァン・ネス
安達眞弓 訳

Jonathan Van Ness
MAYUMI ADACHI

OVER THE TOP

どんなわたしも愛してる

集英社

目次

contents

免責事項

個人のプライバシーを守るため、人名や固有名詞、個人を特定できる事実は改変しています。わたしはロマノフ朝が大好きだから、ロシアや東欧風の名前に置き換えています。アニメの名作、『アナスタシア』に感謝。だけどロシアの体操界について語ると長くなっちゃうから、やめとくね。

繊細な読者のみなさんへのご注意

この本ではとっても楽しい思い出にも触れているけど、難しい問題を取り上げてもいます。具体的な描写はありませんが、性被害サバイバーや、依存症に苦しんでいるみなさん、この本の最後にある参考資料を役立ててください。

欠点があるってすばらしい。
もう立ち直れないと悩んでる、傷ついた人に、この本を捧(ささ)げます。
仲間はずれにされても、「甘ったれるな」と言われても、あなたはあなた。
ひとりの立派な人間だから。

どんなわたしも愛してる

OVER THE TOP

Chapter 1　ALL THE PARTS

第一章　今のわたしを作り上げてきたもの

植物は必ず光のある方を向くって知ってた？　すくすくと育つのは難しそうなところに生えていても、植物は光のあるところを探して伸びていき、やがて立派な姿に成長する。それがわたし——わたしの人生。幸せそのものでもなく、べつに輝かしくもなく、それにね、ずっとゲイだった人生。七年生（日本の中学一年生）のわたしって、こんな感じだった。まんまるくて、前歯が少し出てる子で、モップみたいにボリューミーなカーリーヘアをまっすぐにしたくて、ジェルを何度も塗ってはキーキー言ってた。当時人気のハンソン兄弟みたいに、さらさらで、センター分けで、鎖骨レングスの男の子向けボブヘアにしたくて。モノクロ系のアウター、ゴツいドクターマーチンのショートブーツっていう、お気に入りのコーデで自転車に飛び乗り、モールにまっしぐら。週末のお休みの日、イリノイ州スプリングフィールドっていう、州都なのにとってもちっちゃな町に、いつかショービジネス界のスカウトが来るって信じてた。家族は兄さんたちとサッカーの試合を観戦中、クレアーズっていうアクセサリーショップの前でみんなを待ってるわたしを、だれかが芸能界の晴れ舞台に連れていってくれるの、って。そのころ憧れてたオリンピック選手のようになりたくて、リビングルームでフィギュアスケートのルーティーンを練習してた。金メダルを取る日が来たら、どんなに誇らしいだろうと考えながら。とってもキュートな衣装を身にまとい、アイドルにふさわしい身のこなしをマスターしたら（スケートも、宙返りも、歌の才能もなかったけど）、フィギュアスケート界ならミシェル・クワン、女子体操界ならドミニク・ドーズ、ショービジネス界ならクリスティーナ・アギレラ級のスターになれるかもしれない。たぶん、きっと、いつかはイリノイ州クインシーから飛び立つ日のことも夢見ていた（わたしの考えてた〝いつか〟って、〝今すぐにでも〟とイコールだったんだけどね）。

地元のモールで才能を見いだされ、手の届かない、はるかかなたの栄光をつかむ日をずっと夢見ていたけど、二〇一七年には地に足が着いた理想を追い求めるようになった。努力すれば達成できる、身の丈に合ったゴールを決めた。わたしはロサンゼルスとニューヨークに顧客を抱えるヘアスタイリストになった。これはもう感謝しかない。ふとしたきっかけで、ヘアスタイリストをやりながらミニ動画シリーズ『ゲイ・オブ・スローンズ』を配信することになった。この年の春、わたしはアトランタに飛び、四人の新しい仲間と、夢みたいなプロジェクトの撮影に入った。わたしたちはゲイの世界で羨望の的とも言える五つの椅子を手に入れたけど、それが畏れ多いほどのチャンスなのは、ファブ5自身が一番よくわかってる。公民権運動に携わった詩人のマヤ・アンジェロウから学んだこと、最高の瞬間を目指しながらも、最悪の時期への備えを忘れなければ、きっと足をすくわれることはない。〝たったひとりのゲイとして後ろ指を指される、トウモロコシ畑だらけの小さな町〟を離れるミッションを達成し、今では、トレーダージョーズでお買い物してたって、わたしのレギンス姿に眉をひそめるような人なんていない、ゴージャスな大都市で、堂々とクィアな暮らしを営む自由を手に入れた。わたしは今、とても、幸せ。

『クィア・アイ』の配信がはじまってから一年後の二月、わたしは打ち合わせのため、『タウン・アンド・カントリー』誌のオフィスに向かっていた。雑誌の打ち合わせってどんなことするかって？　わかるわけないじゃん！　でも『アメリカズ・ネクスト・トップモデル』はテレビで何シーズンもがっつり観てきたし、自己アピールには自信があった。

　約束の時間より早めに着いたので、時間をつぶそうかなってコーヒーショップに入ったら、手間暇たっぷりかけて髪を編みこんだマイクロブレイズに、大きなサングラスをかけた女性がわたしを呼び止めてから、大声でカウンターのスタッフに言った。「ちょっと、あんたが接客中のこのホモのオーダー、わたしに全額ツケといて！」

　最初はちょっと、理解できなかった。この人、わたしをホモって言った？　でも、彼女の笑顔、びっくりするほど打ち解けた態度から考えて、この人はわたしの大ファンで、憎めない人なんじゃないかと思った。失礼な人？　いい人？　ダブルで理解不能になっちゃった。約束の時間はまだ先、知らない人から声をかけられた。ちなみにこのとき、朝の八時十五分、ゆうべ吸った葉っぱがまだ残ってて、軽くぼうっとしてたし、それ以前に、今日飲むコーヒー、まだ決めてないんですけど！　だからわたしは「どうもね、クイーン」ってお礼を言ってから歩きだした。

　で、二歩も歩いたかな、女の子ふたりにまた声をかけられた。『クィア・アイ』がなかったら生きていけないって感じの大ファンで、自撮りするから一緒に写ってほしいって頼まれた。「もちろんよ、お嬢ちゃんたち！」って応じたら、外にいた女の子たちも自撮りに写り込もうとしてお店に入ってきたから、すっかりファンミーティングっぽい雰囲気になっちゃった。最初に声をかけてきたブレイズの彼女も自撮りに加わって、結局わたしが、プチ・ファンミーティングのフォトグラファー役を務めることになったの。新しくできたお友だちにお礼を言って、コーヒーショップを出ると、『タウン・アンド・カントリー』誌のオフィスにコーヒー抜きで向かった。結局買いそびれちゃった。でも楽しかった。わたしってそんなに人気者？　って、びっくり。

　打ち合わせ先に向かう途中、横断歩道を渡ってたら、とっても感じのいい男性に呼び止められて、わたしの人生とか、番組のこととか、いろいろ、二十種類ぐらい質問された。立ち止まって、最後まで答えた。基本、人に喜んでもらえるとうれしい方だし、彼に恥をかかせたくなかったからだけど、約束の時間より早く着いたはずだったのに、打ち合わせに遅刻しそうな時間になっていた。そんなこちらの事情を彼にわかってほしくて、わたしはゴージャスなガゼルみたいに華麗なジャンプを決めて、ハースト社のビルの入り口に飛び込んだってわけ。

　アトランタですてきな仲間たち（ファブ5）と『クィア・アイ』を撮影していた二〇一七年、番組のことはごく一部の人たちをのぞいて、だれも知らなくて、プロデューサーや、十年前に人気を博した番組がリブートすることを知っていた関係者たちから「これから人生が変わるけど、覚悟はできてる？」って言われた。わたしはその都度「やだ、もちろん！　番組の情報が解禁になる日が待ち遠しい、今までも年に一度のゲイの祭典〈プライド〉に顔を出したら、一日で三回から七回ぐらいはファンに声をかけられ、一緒に自撮りしてきたんだし、覚悟なんてできてるに決まってるじゃない！」って答えていた。まさかこんなに変わるなんて思いもしなかった。それまで以前と変わらない、いつもどおりの生活を送ってきた。ところが配信から一夜明けたら、百八十度変わった。どこに行っても、みんながわたしのことを知っていた。

『クィア・アイ』配信からまもなく、パーク・アベニューと23ストリートの交差点で、若い女性に声をかけられた。一瞬目が合ったとたん、彼女は目に見えないジャッキー・チェンからお腹にチョップを一発もらったような表情を見せた。そしてお腹を押さえて前かがみになり、大げさに一歩退いた。「ヤバい！」彼女は叫んだ。「ヤバい！　ヤバいよ！」その子が心配でたまらなくなったので、立ち止まって彼女を歩道の縁石まで連れていった。彼女が体を起こせるようになるまで、わたしたちは一緒に座って待った。

『クィア・アイ』という番組のおかげでこんなに世間の注目を浴び、人生が一変するって、こんなに動揺することだとは思わなかった。とは言っても、ゴージャスの極みみたいな体験をしてびっくり——みたいな、いい意味での動揺だけど。だけど、今まで会ったこともなかった人たちの悩みや苦しみに耳を傾ける生活もはじまった。あんまり考えもせずに電話番号を教えるわが子のあまりの浅はかさに、ママがあきれることもしょっちゅうだった。セラピーを受けたとき、〝選択的透過性〟（細胞膜の中には分子を一部、細胞に通すものがあるという専門用語から転じて、人間関係でも、過去の嫌な体験や否定的な感情を基準にして人を見るのではなく、喜びや感謝の気持ちで受け入れること）について学んだけれども、ヘアスタイリストとしてお客様の椅子の後ろでいくら経験を積んでも、他人の気持ちをすぐに察することができるよう、脳細胞をキビキビ動かさなきゃ、って意識したことは一度もないし、そんな機会もなかった。メンタルを健全な状態に保ちながら安心できる距離感をキープして人と接するのって、指先まで神経を研ぎ澄ませてダンスを踊るような気分。

人生が変わる覚悟があるかって聞かれたとき、わたしはその意味をちゃんと理解してなかった。わたしがどんな人間かを知らないのは、赤の他人だけじゃない。わたしの中で違和感が生まれた。だれかと目が合うと、小さな疑問の声が聞こえるようになった。

ほんとうのわたしを知っても、ファンでいてくれるの？　わたしの人生をすべて知っても？
わたしの人生にどんなことがあったか、すべて知ったあとも？

自分でもとことんポジティブだと思う。でも、それはわたしの一部にすぎない。華やかな自分、強い自分は大切にしたいと思っている。けれどもわたしには別の顔がある。打ち明けるには少し怖い、秘密にしていた部分がある。たとえば、ポジティブでありたいのに不安定な心を、ドナルド・トランプの石頭をトウモロコシ色の毛髪が覆うよりも姑息に、なかったこととしてごまかしていた。それに、たくさんの男性と寝てきた——身も心もひとつになりたいなんてぜんぜん思えない相手と、山ほどセックスしてきた。働き者で人気者のわたしにとっては、とうてい耐えられない自分ね。過食症のエピソードとか、できれば触れたくなかったエピソードがあるのに。アニメ『アナスタシア』の舞台となった、帝政ロシアのロマノフ朝のことや猫のこと、減税や規制緩和のことなら、断固とした主張をするし、望まない妊娠をしてしまった女性たち、マリファナを吸うことの是非、根強いレイシズム、連邦刑務所制度改革については知らん顔を決め込む共和党政権への批判となると、話がエンドレスになっちゃう。ジョナサンったらしゃべりすぎ、喉でも痛めて、ずっと黙っててくれないかな——って思われてそう。自分のプライベートにこれだけ踏み込んだ話をすると、心の奥底にあった不安が浮上してくる。これまで秘密にしてきた話を打ち明けたら、みんな、わたしをきらいになるかもしれない。もう、わたしを愛すべき新しい仲間として迎えてくれなくなるかもしれない。

うきうきして、気分よくいられる時間が好き。メイクボックスはこまめに整理して、どこになにがあるのかすぐわかるようにしておきたい。でも、人生はそんな風にうまく行かないと、やっぱり思う。喜びと悲しみは隣り合っている。人生は予測もつかないことでごちゃごちゃしてて、小さなボックスにきれいにまとめることなんて、ほぼムリ。この本は、わたしがこれまで生きてきてわかったことを知ってもらえる機会になれたらと思って書いた。明るくて陽気なジョナサンも、ほろ苦い人生の軌跡があった――だなんてそれほど達観してない。今のわたしがいるのは、さんざん傷を負い、ワンワン泣いてきた日々を経たからこそ。世間の人たちは、ピンヒールで権力を踏みつけるような鋭い議論を投げたり、フィギュアスケートのシューズを履いてクルクルまわってたりするわたしだけを見ていたいんじゃないかなって思うことがある。でもこの本で、わたしには別の一面があるってわかってもらえると思う。きれいごとばかりじゃないけど、これがわたしのほんとうの姿だし、そんな自分を隠すようでは、ギリギリで生きてる人を助けることはできない。

自分の弱さ、勇気、自分らしくあることとの六十パーセントは、著名な学者で、作家、講演活動も精力的に行っているブレネー・ブラウンから学んだ。彼女の業績、彼女の教えを、わたしはとても尊敬している。恥ずべきこととはなにか、萎縮してしまう相手はだれかなど、ブレネーの話は、わたしがショービジネス界に針路を向けたとき、心の支えになった。彼女は〝自分のすべてを知ったら、その人は自分をきっと好きになってはくれないだろう〟と感じるのが恥だと定義した。この言葉を思い出すたび、深く共感する。この本を書いているとき、どんな相手を前にすると萎縮してしまうのかについても、よく考えた。クィアな人たちが幸せに暮らす話題が世の中にあふれてほしい。LGBTQ＋であることが、痛みや苦しみをある程度抱えた人生だとは思わない――人はみな、痛みや苦しみを抱えているものだから、あながちうそじゃないんだけど――でもわたしは、クィアな人たちのライフストーリーは苦痛ばかりじゃなく、もっと陽気であってほしいと思うわけ。でも、楽しいことばかりじゃないのもわかる。喜びと苦しみは表裏一体。どんな道に進もうと、生きていれば必ずどこかでつらい思いをするのは当然。これまではヘテロセクシャルが主流の世界に生きてきたけれども、ここ二十年ほどで、わたしたちLGBTQ＋が自分たちの生き方を話す場を得つつある。

恥は秘密と相性がよく、ともに手を取り合って大きくなる。わたしが自分の生きざまを語るのは、自分の心が癒やされ、自分の過去を恥じるのをやめることで、同じ立場にある人たちの心が癒やされたらいいなと思っているから。いろいろな仕事をしてきた今、自分のこんな弱さに打ち勝てるだけの強さを身につけたと思っている。感情のおもむくままに人を愛してきたからこそ、わたしの素直な気持ちがこの本を読んだ人たちに伝わると信じている。

＊＊＊

わたしもポップカルチャーの消費者のひとりとして、セレブの転落人生をテレビのワイドショーで観たり、スキャンダラスな交際を報じた記事を目にしたら「馬鹿なんじゃないの？」ってひそかに思っていた――まさか自分も同じように、世間からそんな目で見られるなんて、夢にも思っていなかった。わたしは小さな町の放送メディア企業のオーナー一族に生まれ、名士の子として、息が詰まりそうな毎日を送った。わかりやすく言えば、わが家は地方のプチ・ケネディ家みたいな位置付けにあり、わたしは正真正銘、男の子が大好きなゲイだった。いつか自分の出自をだれも知らない大都市に引っ越して、無名の一市民として街を自由に歩くという希望を生きがいにしていた。ずっと夢見ていた。それなのに、まさか自分がテレビ番組に出ることになるなんて。でもハリウッドも、要はセレブだらけの小さな町だってわかった。

ショービジネス界で成功するのは、自分があれほど夢見ていた〝無名の一市民〟の座を自ら捨て去ることだなんて考えもしなかった。自分の大事なものを犠牲にして幸せを手に入れるだなんて、まるで〝ひとり『賢者の贈り物』〟状態。最高の瞬間を目指しながらも、最悪の時期への備えを忘れずにいたけど、〝最高の瞬間〟には、犠牲にするものが必ずあるってことに、わたしったらぜんぜん頭が回っていなかった。

とか言って、セレブと縁がなかったわけでもなかった。ロサンゼルスの有名ヘアサロンでアシスタントとして働くことになった最初の週、ある有名女優のシャンプーを担当した。それからすぐ、有名セレブを顧客に持つヘアスタイリストのアシスタントを務めた。これって自慢よね、でも、事実は事実だもん。つまりね、セレブの知人はたくさんいたわけ。有名になったら手のひらを返す人たちもたくさん見てきた。人を空気みたいに扱う人。才能がある人たちと同等に扱う人。一人前のヘアスタイリストになってみると、わたしには愛想がいいのに、わたしのアシスタントたちにはひどい態度で接するセレブがいることもわかった。セレブだって、所詮はわたしたちと同じ人間だってこと。一般人がどんな印象を持とうが、セレブもなにかに怯え、だれにも言えない暗い過去を持っている。

　だから、みんなの盛りに盛ったインスタグラムの書き込みを言葉どおりに受け取っちゃう世界に生きてるのだから、深読みして、行間を読んで、真実を読み取って。キラキラ輝いている人たちと自分とを比べちゃだめ！　ソーシャルメディアで楽しそうな人たちと自分とを比べるのは、ネットの医療サイトで自己診断しちゃうのと同じぐらいリスキーだよ。見なきゃよかったって後悔して、ストレスが増えるだけ。人と比べても嫌なことばかり気になるし、第一、きりがないし、過去を乗り越えようとする自分を邪魔するだけじゃん。

　わたしはポジティブで愛情表現が豊か、ってイメージを持っている人が多いと思う。だけどね、あっけらかんと人を元気にできるって長所は、みんなが目を覆いたくなるような短所でもあるってこと――イラッと来たらすぐキレちゃうところ。イライラした自分は人に見られたくない――たとえば、わたしのアシスタントがお客様の髪にヘアカラーを塗布したまま長時間放置して、ひどい色に仕上がっちゃったときみたいな。スタッフ控え室で「あなたが今週二度やったミスのせいで、ハイライトの液に腕をひじまで突っ込むぐらい苦労したんだから」ってアシスタントを叱っている姿を見たくないはず。熱心なのも度がすぎると嫌気が差す——感情を露骨にぶつけるのは逆効果ってこともある。カッとなるようなことはあとを引くし、心の傷になり、いつまでも残る。

さて、さっきから繰り返してる質問に戻るね。自分でも消したいって思ってる過去を知っても、わたしを好きでいてくれる？　これから愚痴をえんえん語るけど、わたしを好きでいてくれる？　ジョナサン・ヴァン・ネスの人生を作ってきたストーリーをすべて話しても、それでもわたしを好きでいてくれる？

人生をパーツとしてとらえる考え方は画期的だけど、これを考えたのはわたしじゃない。内的家族システム療法っていうセラピーの考案者、リチャード・C・シュワルツ先生から教わった。シュワルツ先生によると、人間はみな、完成され、バランスの取れた理想的な自我を持って生まれ、どんなことでも対処できる。ところが生きていく過程でトラウマを抱えると、バランスの取れた自我では対応しきれなくなるので、そのときに置かれた状況に合ったパーツを作り、呼び出せるようにするという考え方。多重人格ほど深刻ではなく、だれもが自分の個性としてパーツを持っているけど、人によっては極端だったり、一定の方向に偏っていたりする。

このセラピーでは、参加者がそれぞれ、自分が持っているパーツについて話し合うという作業を行う。自分の個性を車にたとえるなら、こんな感じ。「運転席に座った働き蜂のわたしは、働きすぎだなんてちっとも思わず、目の前に飛び込んできた仕事をすべて引き受ける。イエスマンの自分を蹴落とし、別の自分が助手席に座る。働きすぎはよくないわと説教する声が聞こえる。これはわたしのおばあちゃんの声。後部座席にいるから力ずくで運転をやめさせることができないけれども、運転席と助手席のふたりに向かって、自分の方がずっと上手に運転できると熱弁を振るう。わたしたちはワンボックスカーに乗っていて、一番後ろの席に座るわたしは、ベネズエラの地政学的状況についてのおしゃべりが止まらず、その年の女子体操世界選手権の話もしたくてたまらない。で、車のルーフの上から聞こえてくるのはだれの声？　ああ、たぶん、あれはみだらでセクシーな、若い女性のわたし。インスタグラムのストーリーに投稿するため、体にぴったりしたストラップレスのドレスを着て、ラッパーのリゾがやってるみたいにお尻を突き出して激しく動かすダンスの練習中」そうなの。わたしの性格はワンボックスカー、ううん、小型バスかもしれない。いろんな個性を持ったたくさんのわたしが一台の車に乗って、人生のさまざまな場面で運転を交代しながら生きている。そんなわたしたち全員が、ずっと同じ車に乗っていてほしい。精神的にバランスの取れたわたし自身が軌道を修正し、いろいろな性格を持つわたしたちと助け合いながら、安全で落ち着く場所へと向かう、それが理想ね。

この本は、わたしの中にあるいろいろなパーツのこと、そのパーツが集まって、わたしというひとりの人間ができあがるまでを書いたもの。ひょうきんなわたし、傷つきやすくて繊細なわたし、陽気でだれからも愛されるわたし、スカートが大好きなわたし、そして、ヒンドゥー教の聖典、バガヴァッド・ギーターと、聖書と、『四つの約束』（ドン・ミゲル・ルイス著の自己啓発書）を読んで、ロボット宅配のポストメイツに十二ドルのコーヒーを頼むのがやめられず、西側先進国の問題について、声高に主張しているわたし。それからこの本には、告白するのがとっても怖かったこと――うつ状態と自己破壊願望にとらわれ、自暴自棄に陥った時期のことも書いたわ。

ありのままの自分を語るのは、とても怖かった。でも、いろいろと試行錯誤して、自分に起こったことを受け入れ、みんなに聞いてもらう心の準備ができた。じゃあ、わたしの人生の物語について話すね――ありのままを、すべて――不朽の名作がはだしで逃げ出しちゃいそうなお話のはじまりよ。あの日、ニューヨークでわたしとばったり出会って「ヤバい」しか言えなくなった、あの子みたいに。その後、彼女が落ち着いてから、わたしたちはちゃんと自撮りをキメた。パーク・アベニューと23ストリートの交差点でね。バスの玉突き衝突はなかったかって？　ないってば。でも、とってもなごやかな撮影会だったよ。危機は回避、インスタグラムへの投稿は完了、ふたりとも思い出に残る一日になった。

Chapter 2 JACK

第二章 ベイビー・ジャック

ジョナサン・ヴァン・ネス(J V N)の前にジャックありき。ジャックは子どものころのわたしの愛称。十八歳で美容学校に入るまで、ずっとジャックと呼ばれていた。ベイビー・ジャックには、四季に応じて夢中になるものがあった。

冬。ゲイ少年のわたしにとっては黒板に爪を立ててひっかくみたいな存在だった兄さんたちや、彼らのクラスメートは、エネルギーが有り余ったストレートな男子で、サッカーや野球の試合に熱を上げていた。わたしはと言えば、リビングでオリンピックのフィギュアスケートを観ていた(オリンピック開催年じゃなければ、各国のトップが競い合う国際スケート連盟(ISU)のグランプリシリーズ六試合のどれかか、世界選手権、カタリナ・ヴィットやクリスティ・ヤマグチが出場するプロスケーターのトーナメントだったかもしれない)。フィギュアスケートは欠かさずテレビ観戦していた——オリンピックシーズンの土日は、競技のテレビ中継を観て終わった。テニス。バレーボール。陸上競技。アーティスティック・スイミング。高飛び込み。モーグル。エアリアル。走り幅跳び。スピードスケート。もう最高。民放キー局のスポーツ番組は男女平等に試合を中継してくれたので、わたしは釘付けになった。

中でもわたしのゲイ脳を吹っ飛ばし、大人になった今でも夢中な競技がふたつある。それはフィギュアスケートと体操競技。どちらも時間が許すかぎり、必ず観ることにしている。自分にとっては生きていく支えのようなもの。フィギュアスケートは、あらゆるニュースに目を通した。金メダル確定と言われていたナンシー・ケリガンが敗れ、トーニャ・ハーディングがケリガンを襲うっていう、全米フィギュアスケート界の大スキャンダルが審判団のジャッジに影響したのか、一九九四年のリレハンメルオリンピックでは、ウクライナのオクサナ・バイウルが金メダルを取った。当時のわたしは、夏と冬のオリンピックを同じ年に開催するのが一九九二年でおしまいになるなんて思ってもいなかった。ところが、オリンピックが夏と冬で二年おきに開催された方がキュートだよねという理由で、国際オリンピック委員会が冬季大会の開催年変更を決めた。だからわたしの永遠の憧れ、ミシェル・クワンが最高のコンディションだった一九九六年と二〇〇〇年に冬季オリンピックが開催されていれば、彼女は金二冠に輝けたと信じてる。実際は銀メダルと銅メダルに甘んじたけれども、それにはこんな事情があったから。当時のクワンの成績に触れるのは、みんなためらうと思うの。でも、気高くて凜（りん）とした姿、あなたは今もフィギュアスケート界の女王だわ、ミシェル・クワン。

それはさておき、冬季オリンピックのフィギュアスケート競技をテレビで観ながら、わたしはシナモンとブラウンシュガーがかかったポップタルトをふたつ、トースターに入れ、温まるのを待ってる間に冷たいポップタルトをふたつ食べてから、粉砂糖がかかったドーナツをふたつぐらい、ゴックンとお腹の中に流し込んでいた。フィギュアスケートの放送が終わると、わたしは家の外でトランポリンの練習をするんだけど、大雪の日じゃなければ、世界選手権で優勝するみたいな気分で、自分で考えた体操競技のルーティーンもやる――こんなの短期的なスランプだからと、動きが変になってもぜんぜん気にしなかったし、いつの日かトップに返り咲く、壮大なカムバック・ストーリーも考えていた。このストーリーではCMも考えていた。家の中に戻る前に、ファミリーサイズのシナモン・ブラウンシュガー・ポップタルトの残りを食べ（たまにはもう少し――これがまたおいしくて）、箱に数本残ってたダイエットペプシ（十二本パックを二パックまとめて二十四本入りパックに梱包してあるやつ）を飲む――という内容のね。

一九九二年夏季オリンピックはバルセロナで開催されたんだけど、わたしは自分が出場したも同然にハマった。この年、アメリカ女子体操チームは初のメダル――銅メダル――を取り、体操女子をとても誇らしく思った。ヘアスプレーで重力に逆らう後れ毛を作った選手たちのヘアスタイル、とてもきれいだった。選手たちと仲良しになって、一緒に宙を舞いたい、彼女たちみたいに上手な体操選手になりたいと願った。選手たちの気品に満ちた姿やポーズを真似（まね）しながら、着地に失敗しても上品に立ち上がり、壁に向かって手を振った。シャノン・ミラーが女子個人総合で銀メダルを取り（金メダルでもおかしくなかったんだけど、ライバルも強敵だった。二〇一七年のグラミー賞で、ビヨンセがアデルに完敗したみたいに、シャノンはライバルに圧倒された）、キム・ズメスカルが引退したあとの女子体操界の頂点に立ったら――もしシャノンがそうなったら、わたしも中西部のトウモロコシ畑で優雅なポーズを取ってみせる。そんな自分を頭に思い浮かべた。

わたしが女子体操を好きなのは、選手たちの経歴や、体操をはじめたきっかけから見えてくる全体像が好きだからかもしれない。選手たちが故郷の家族と一緒に映っている映像に流れる曲、彼女たちの「ママとわたしは毎日往復三時間かけて体育館に通いました。注目もされず、見下されたとしても、一生懸命練習すれば必ず勝てると信じていました」みたいなメッセージ（ちなみにこれはシャノン・ミラーの言葉。一九九一年世界体操選手権でアメリカ人女子初の個人総合一位を取ったキム・ズメスカルに世間の注目が集まり、バルセロナオリンピックではメアリー・ルー・レットンに続く、女子体操個人総合金メダルは確実視されていた。だけど――それってすんごいプレッシャーじゃない！――ブーツにペーパータオルの切れっぱしが付いていても気にしないぐらい幼くて、下馬評にも上らなかったジュニアのホープ、シャノン・ミラーが、個人総合銀メダルという結果を残したんだから）。

こういうささやかなエピソードが、わたしの生きる目標となった。ミシェル・クワンもそう。キム・ズメスカルもそう。彼女たちのストーリーは、わたしのやる気を奮い立たせるエネルギーになった。セックスアピールが強かったMTVのコンテンツと比べると、フィギュアスケートは健全に楽しめるスポーツだった。誤解しないでね、九〇年代初期、性描写がどぎつくないミュージックビデオをこっそり観るのは好きだった。でもね、両親が外出し、ベビーシッターのナターリヤとお留守番するときの方が、はるかに厳しいチェックが入った。ナターリヤは残念なぐらい似合わないボディパーマをかけ、超ハイウエストのパンツ（ふだんはサーモンピンク、ときどきミントグリーン）を穿き、ちょっと変わった女の子だった。それでも彼女が作るハンバーガーキャセロールはとてもおいしくて、死んだおばあちゃんが泣きだすほど。そのナターリヤ、わたしがマドンナのミュージックビデオを観ようとするのをいつも邪魔した。「こんなの観ちゃいけません!」と叱りつけて、テレビを消す。そんなこと言われると、こっちが恥ずかしいことをしたような気分になる。わたしはただ〈エロティカ〉のビートに合わせ、枕をトントコ叩(たた)きたかっただけなのに! マドンナのミュージックビデオを観まくってリラックスし、ホットなバックアップダンサーに癒やされたかった。ナターリヤのヘテロセクシャル原理主義のおかげで、わたしはとても息苦しい毎日を送っていた。

だけどオリンピックなら大丈夫――観ちゃだめなんて言う人はだれもいない。わが家は世間から〝進歩的〟と言われてたので、オリンピックは家族と一緒に観た。これはいいことだと思う。もっとみんな、家族と一緒にオリンピックを観たらいいのに。これはわたし個人の感想だけど、オリンピックって、アメリカの家族の原点とも言える価値観じゃないかな。お金の出どころは胡散臭(うさんくさ)いし、出場できるチャンスも不公平な、腐敗したスポーツ団体を支持し、そんなのうそだってわかっているのに、フィールドではみな平等です、スポーツをたたえましょうって――まさに今のアメリカ社会を象徴していると思わない?

わたしがやりたかったのは体操競技の中でも、今ではタンブリング競技と呼ばれているスポーツ。男の子がやってもゲイっぽく見られないし、タンブリング競技のコートの先にはバスケットボールのリングがあって、ほかの男の子たちがフリップシュートやダンクシュートを決めてるから、交じってしまえば男らしくないって言われないで済む。仲間の男の子たちはみんなタンブリングがうまかったけど、わたしはダメだった。コアマッスルがぜんぜん鍛えられていなかったので、勢いにまかせて、その反動で、大柄なゲイ・ボディを空中に吹っ飛ばしていた。おまけに超がつくほどの怖がりだったから、バク転がどうしてもできない。でもわたしはあきらめなかった。タンブリング競技でもうひとつ学んだのは、スパンコールを縫い付けたレオタードに希望も夢も挫折も詰め込んだわが子の才能に期待し、トレーニングを続けさせてくれる、並外れて熱心な親の存在が不可欠ってこと。わたしのママは地元新聞社の広告部で、顧客営業を担当していた。だからわが子を車の後部座席に乗せ、オリンピックのビクトリーロードを走る時間的余裕がなかった。労働倫理に優れ、情熱とドライビングテクニックの持ち主であるわたしなら、きっとわが子をオリンピックに出場させたのに——きっとできるって自信がある。もしあのころ、ママが本気でわたしのトレーニングを支えていてくれたら、わたしはアダム・リッポンになれたはず。当時にタイムスリップして、ママに大声で訴えたい。新聞広告の仕事を最優先にするのはやめて、アイススケートのリンクを探して。そして嫌な顔ひとつせず、片道二時間かけてイリノイ州の方のスプリングフィールドか、二時間半かけてセントルイスまで送り迎えして。週に五日、毎朝。スポーツ少年のママがふつうにやってるみたいに、わたしを育てて。わがままの言いすぎ？　もしそうだったら、氷上での腕の動きが感動的なスケートの神童か、せめてアイスダンサーぐらいにはなれたと思うの。でもね、ジャック、未来が来るのを楽しみに待ってて。ニューヨークに住んで、アイススケートのリンクから二ブロック先にアパートを手に入れるから。オリンピックシーズンは相変わらずテレビにかじりついてるから（こんなこと言ってるけど、ママ、わたしに服を買い与え、十分な食事を与えて育ててくれたこと、心から感謝している。ほんとうに愛してるわ！　ふたりで観た『奥様は魔女』や『メアリー・タイラー・ムーア・ショー』、とっても面白かったよね？　ニック・アット・ナイト（アメリカのテレビ局）、いい番組ばかり流してたと思う）。

　ボーイスカウトに体験入隊してみたけど、ぜんぜんうまく行かなかった。紙飛行機を上手に飛ばせなかったところで、ママもようやく、わが子がボーイスカウトには向いていないと観念した。椅子やテーブルを片付け、広々としたカフェテリアに全員が一列に並び、自分たちが作った紙飛行機を飛ばすって体験があったの。地面からきっちり九十度の方向に片方の手首を固定し、つま先で一歩前に踏み出して、この世のすべてを味方に付けて、自作の紙飛行機を飛ばした――それなのに、後ろに飛んでばかりだった。

　ボーイスカウトの仲間に笑われた。ママは「ジャックにあと二週間あげて！」と言ったけど、わたしはもう終わり。あいつらに反論できっこなかったもの！　ミス・アメリカやミス・ユニバースの知識なら存分にあったし、半径一メートル以内にいる全員に、その知識を喜んで、ううん、相手が降参するまで話して聞かせることだってできたけど、そんなのなんの役にも立たなかった。聞き手が六歳児だろうが七十歳のご婦人だろうが、しゃべり倒す自信はあった。それっておかしい？

　それからは家に引きこもり、お気に入り女子のみんなをテレビで観るようになった。〈タワー・オブ・ピッツァ〉のゴージャスなメニューに溺れ（ちなみにわたしのお気に入りの地元デリバリー・ピッツァ第二位は〈エル・ランチェリート〉――ペパロニ、ソーセージ、オニオンをトッピングして、ホワイトチーズ・ディップをたっぷり載せたやつ）、ストーン・フィリップスやジェーン・ポーリーがキャスターを務めた『デイトライン』の神回や、『ザ・ナニー』の名エピソードをいくつか観たけど、こういう番組のコマーシャルでよく流れるのが、フィットネス系の〈ボウフレックス〉。わたしったら目をまんまるくして、CMに出てくる男性モデルのむき出しの胸を見ていた。あのモデルに嫉妬した。わたしったらどうしてこんなにぽっちゃりしてるの？　どうして彼みたいにムキムキにならないの？　いつになったらわたしの腹筋は六つに割れるの？　どうしてあんなゴージャスな胸筋に顔を埋めることができないの？　ひとしきりこんなことを考えたあと、またジャンクフードを食べた。ああ、なんてすてきな冬の一日。

本格的な春の訪れとともに、わたしとおばあちゃんの誕生日が一日違いで訪れる。ふたりのお誕生日祝いと称して、祖父母がフロリダに所有しているコンドミニアムにママがわたしを連れて訪ねるのが恒例行事だった。おかげで学校を六日間ずる休みできた。フロリダで迎える朝は決まって、おばあちゃんが超甘やかしメニューを用意してくれる。シナモントースト・クランチに一杯のカフェ・フランセ……って言っても、おいしいインスタントコーヒーだけど。そして、真ん中にベタベタしたシナモンシュガーが入ってる、四個入りシナモンロールを開けて、ふたつ食べる。シナモンロールをかじって真ん中に行き着くと、フォークでシナモンシュガーのボールをほじくり出す——そこにおいしさのすべてが詰まってるから。三個目のシナモンロールまで手が伸びなくても、太るとみっともない、ふたつで十分よって言われると、つい反抗しちゃう。「アン（おばあちゃんの名前ね）！　三個目のシナモンロールちょうだい！」そしてさっさと三個平らげる。こんな感じで在庫はすぐなくなり、わたしたちは食料品店にシナモンロール狩りへと出るわけだけど、お気に入りがだんだん手に入らなくなってしまった。この年を最後に売り場から全滅、ピルズベリーのシナモンロールにチェンジしたけど、同じテイストは味わえなかった。もしこの本をサラ・リー社の人が読んでて、以前のシナモンロールをどうやったら買えるか知ってたら、お願いだから、とっとと教えて。商品開発部をせっついて、昔のシナモンロールを売って。リブートやリバイバルはいまのトレンドよ。

朝食はシナモントースト・クランチとインスタントコーヒー、シナモンロールだけでは終わらず、ベーコン四枚と小さなコップに入ったオレンジジュースが出てきて、最後にバスローブ姿のおじいちゃんが足音も高らかに登場、「なんだ、バターを塗ってないのか」と言いながら全粒粉トーストを八枚平らげている間、わたしたちは『トゥデイ・ショー』をテレビで観る。

クインシーを六日間離れて過ごす恒例の春の甘やかし休暇は、あの町に違和感を抱き、いじめに遭い、ささやかな安心を手に入れるために闘わなければいけなかったわたしに息抜きをさせるためのものだった。まだ子どもだったから、毎日すごいバトルをやってると説明するぐらいの語彙力しかなかった。バトル社会からわたしを解放し、静かでゴージャスなビーチ沿いのコンドミニアムに放り込み、甘やかし放題でおしゃべりに付き合ってくれる如才ないおばあちゃんにまかせるのは、ベイビー・ジャックの心を健やかに保つには欠かせないことだった——ふたりの兄たちにも感謝している。家族の世話や忙しい仕事に追われるママの愛情を末っ子がひとり占めできるよう、六日間もママと一緒にいられる時間をくれたのだから。ママはわたしの月であり、太陽であり、星でもあった。だから、ママと離れるのはとてもつらいことだった。もうすぐ休暇が終わるんだなあと考えると、わたしの中にできた底なしの穴が広がっていく。この穴を埋めるには、モルモットがたくさん必要だった（でも、ママから飼う許可をもらうまで六年はかかった――それが一九九九年のこと。最後の一匹、テディは二〇〇四年、ロナルド・レーガン元大統領と同じ日に亡くなった。テディのきょうだいには、シュガー、エマ、ナット・ナットという名前を付けた。テディたちの両親の名はニリーとナット一世）。

わたしは小さな決まり事をいくつか作って、自分ひとりで一日中好き勝手に過ごしていた。キッチンのテーブルに一時間座ってテレビを観ながら、キャプテンクランチにミルクをかけずに食べたら、次はガレージのドアでテニスの壁打ち一時間、また一時間カウチに座ってテレビを観ながら、キャプテンクランチにミルクをかけずに食べ、そのあと一時間かけて、ゴージャスなカーペットの上でフィギュアスケートの練習に励む。それから携帯のリストに載せてる六人に電話をかけ、散歩しながらおしゃべりすること一時間。それからバイオリンの練習を一時間。決まって愛犬のジニーちゃんが腹の底から不満げなしわがれ声を出し、面倒くさそうに起き上がると、下手くそなバイオリンの騒音から逃げていく。そう、毎年、わが家では熱々のアップルサイダーを作る――クインシー郊外のリンゴ農園で取れたリンゴで作る、ほんもののアップルサイダー。仔ネコちゃんと遊び、蜂の巣を食べるのも忘れちゃだめ。で、結局、やっぱりインラインスケートをやりたかったって駄々をこねて、休暇はおしまい。

だけど春の甘やかし休暇以上に、もっと自分らしく、完璧に過ごせるのは夏だった。ある年の夏、わたしは自分が伸び伸びとしているのをはじめて意識した。

アッパーミドルクラスとしてイリノイ州クインシーに住む家族の子どもたちなら、夏休みはクインシー・カントリークラブで過ごすものと決まっていた。先に言っておくね、ゴージャスな体験よ。

まず、プールはレディーたちのたまり場。全米のカントリークラブでプールがあるところには必ず、魅力的なママたちがグループでいる。土曜日の早朝、あでやかな女性たちが更衣室から並んで出てくると、寝心地の良さそうなデッキチェアを確保し、体にはタンニングオイルを塗り重ね、顔は焼けないようちゃんとガードして、ゴシップに興じる。同世代の男の子たちがプールの中でおしっこをしたり、ナーフ社の水鉄砲で遊んだり、旗取りゲームに熱を上げているころ、プールサイドのご婦人方の中でも一番名うてのゴシップ軍団の中に、わたしが交じっているのに気付くはず。話題はたいていネイル談義にフェイスマスク談義、どこかのご主人が女性秘書と一緒に逃げたなんていう噂(うわさ)話。彼女たちはわたしと一緒に雑誌を読み、赤の他人のヘアスタイルに毒舌をふるって、わたしの美意識を育(はぐく)んでくれた。

デッキチェアでのおしゃべりも好きだったけど、お楽しみはプールサイドにある休憩所(カバナ)へと変わっていった。ジャンボプレッツェルやフィンガーチキン、ナチョスチーズを盛り付けたお皿に、ランチドレッシングやマリナラソース、ケチャップとマヨネーズを添えて——ディップ四種類が自由に選べるけど、四つみんなもらっちゃう——それからアイスクリームサンド。食べ物よりも大事なのは、カバナでアルバイトしている若い女性たちがいること。

カバナにまつわる思い出は山のようにある——カバナの日よけの下、わたしは明日が来ないんじゃないかというほど売店に入りびたっていた。〝ステイシー〟とか〝ニコル〟みたいな愛称で呼ばれる、十代のモデルたちがカバナでアルバイトをしていたから（わたしもステイシーとかニコルって呼ばれたかったけど、そんなのありっこない）。

彼女たちはおそろいのユニフォームを着て、小さくて白いピルボックス帽をかぶり、髪の毛は下の方でかわいらしくシニヨンにまとめるか、パーマヘアはポニーテールにまとめることになっていた。一九九一年当時、男の子たちの間では、耳が隠れるほどの長さのシャギーカットがはやっていた。うっとうしくてイラっと来る髪型。一方カバナのかわいらしい女の子たちったら、あか抜けた姿で闊歩（かっぽ）していた。わたしはカバナ・ガールズの姿に見とれていた。シックなちっちゃい帽子と、下の方でまとめたシニヨンも込みで。カバナ・ガールズに心から憧れた。若くて美人で、プールサイドの噂を独占していた。髪の毛を伸ばし、トレイを持って忙しく歩き回って、カバナ・ガールズの頂点に立つのがわたしの夢だった。プールサイドのご婦人たちとのゴシップ・ミーティング中、髪の毛をスタイリングしてくれる人たちをなんて呼ぶのかと聞いたら、ヘアも、メイクも、ネイルも、おまけにマッサージまでやる気があるなら、総合美容家（コスメトロジスト）になりなさい、って教えてくれた。

その年の夏も終わりに近づいたころ、びっくりするほどゴージャスでハンサムなパパの親友から、大人になったらなにになりたいかと聞かれ、わたしはためらうことなく、こう答えた。「カバナ・ガールになりたい――そうじゃなかったらコスメトロジスト」四歳児が、まさかコスメトロジストなんて言葉を知っているとは。無精ヒゲもおしゃれに見えるほどハンサムな彼があぜんとしている顔、今も鮮明に覚えている。わたしは素知らぬ顔でさらに言った。髪の毛にパーマをかけ、ネイルを整え、マッサージをする仕事です。コスメトロジストはすべてやる人です——わたしはプールサイドのご婦人たちから聞いたとおりに答えた。

パパの親友はまばたきをゆっくり、三回繰り返した。この人、わたしの夢をかなえてくれるかもしれないと思った。美容の仕事をしようと真剣に考えたのは、このときがはじめてだった。

美容の仕事はわたしにぴったりだと思った。幼いころは自覚してなかったけど、わたしはだれがどう見てもゲイだったし。だけどすぐ、女の子っぽい男の子が中西部の田舎町で生きていくのは……大変なのを身にしみて知ることになった。あの町では、ゴージャスな人生は送れないと悟った。あえて〝ゴージャス〟って言葉を使ったのは、ゴージャスじゃなかった過去のことなんて、どうだっていいって思っているから。

それから数週間後、例の男性から、わたしにはカバナでお客様が来るのを待って、おもてなしする仕事はできないと言われた。少年が女の子のピルボックス帽をかぶり、ウエイトレスみたいに振る舞っちゃダメって、そんなのあり？

だけどわたしはずっと、自分の女性的な部分を受け入れて生きてきた。ハンドバッグに小切手帳とペンとお箸、大好きなキャベツ畑人形の哺乳瓶とか靴とかを入れて持ち歩いていた。うちのママみたいに現代的なワーキングマザーになりたかった。ワンピースを着て、ゴツいハイヒール履いて、メイクアップで冒険したかった。とは言いながらも、兄さんたちがハマってたプロレスのWWFにも興味があった。男の子の服を着るのに抵抗はなかった。必要に応じて男の子っぽく振る舞えたし、同じ日に男の子っぽくにも、女の子っぽくにも見せることができた。男女の性差というものに、わたしは昔からずっとなじめずにいた。子どもだと、いろいろな場で男女の違いを示す機会がたくさんある。わたしには、アナスタシアとスタニスラヴァという従姉妹（いとこ）がいた——もちろん本名はべつにあるけど、この本で実名を伏せたいとき、華やかなロシアっぽい名前を使うので、よく覚えておいてね——幼いころ、わたしたちはイブニングドレスを着て遊んだ。わたしは美人コンテストっぽいものがみんな大好き。わたしは物心がついたころから性別をあまり意識してなくて、自分は男女どちらとも違う、いわば中間にいると思っていた。自分のそんなところを正確に表現できる名称がまったく思いつかなかった。ハイヒールやゴージャスなパフスリーブのイブニングドレスをまったく抵抗なく着た。パパはものすごく動揺していた。彼がわたしに近づいたかと思うと、着ていたパフスリーブの黒いイブニングドレスを引き裂かれて、従姉妹たちとドレスごっこをして遊んではいけないという新しいルールが決まった。だけどおばのルドゥミラはそんなことぜんぜん気にしなかったので、わたしたちはパパに内緒なら、ドレスごっこを好きなだけやることができた。ただし、ドレスを着替え、ちゃんと片付けてから家に帰るのに一時間半ぐらいかかったけどね。

　パパの頭の中はきっとこんな感じだったと思う。男の子がお化粧ごっこ？　あり得ない。男の子がハンドバッグを持ちたい？　そんな子はうちの息子じゃない！　イブニングドレスを着て遊べる男の子の友だちを見つけて？　さっさとドレスを脱ぎなさい。バービー人形で遊ぶ男の子？　頭がどうかしそうだ。これはうちの息子の生き方じゃない。こんなわたしにパパが動揺し、怯え、混乱したのもわかる。あのときのわたしは成長期のただ中だったんだもの。パパがわたしを愛してくれているのはわかっているけど、あのころのパパはまだ若く、性の区別がない息子という、想像を絶する現実を精いっぱい受け入れようとしていたのよね。『ヤァヤァ・シスターズの聖なる秘密』の母と娘みたいに大げんかをしなくても、自分が変わった子だっていうのは自分がよくわかっていた。変わった子ってフラグは、お友だちや両親、祖父母からじゃんじゃん立てられていたから。たとえばわたし、踊ったらおばあちゃんに「どうしてそんなになよなよ踊るの?」って言われた。ハンソン兄弟のすべてに傾倒していたころ、どうしても髪の毛を伸ばしたかったんだけど、彼らみたいに鎖骨レングスまで伸ばす忍耐力もねばり強さもなく、しょうがなくて髪を後ろで結び、ちっちゃなポニーテールにして、後れ毛を出してたのね、そしたら同じ学校の男の子たち、わたしを指さして——『ふたりは友達? ウィル&グレイス』に出てくる秘書のカレンをもっと毒舌でストレートにしたような口調で「これはなに、あれはなに、いったいどうなってるんだよ!」とはやし立ててたのよ!

要するにわたしって、すんごくちっちゃいころから、悩みごとをたくさん抱えてたの。わたしの自我がドリー・パートンのゴージャスにふくらませたヘアスタイル以上に巨大化したのには、だれにも言えない秘密があったから。心の隙間を埋めたい、恥ずかしい体験で傷ついた心を癒やしたかった。話したくないことは、今でもまだたくさんある。わたしはなぜ、胸毛を豊かに蓄えた、非の打ちどころのないハンサムなパパの親友の前では緊張しちゃってたんだろう? わたしはなぜ、YMCAのロッカーにいると胸がドキドキしちゃうんだろう? わたしはなぜ、ほかの男の子たちが自転車の乗り方を練習してるのに、バービー人形の肌をドライヤーの熱で溶かさず、髪の毛をきれいにブローする方法を知りたかったんだろう？　わたしはなぜ、不快なことをされたのに、嫌だと声を上げられなかったときのことがフラッシュバックして、夜中に目覚めるんだろう？　こういう恥辱や心の傷を語り合う相手は、わたしにはいなかった。だからわたしは、自分だけの喜びをしまっておくポケットを幼いころから作り、守ってきた。

＊＊＊

わたしは孤独だったからこそ、空想の世界に居場所を作って自由を手に入れられたのかもしれない。ある程度大きくなると、自宅のカーペットの上でフィギュアスケートのルーティーンを自分で考えて振り付けするようになった。心の奥底にしまっておいた秘密を打ち明ける相手がいなくても、取りあえず自分が自由に踊れて、情熱を傾ける空間を見つけたってこと。こういう自由なひとときは、真っ暗な孤独の小部屋をひとつひとつつないで、ほんのり点った光を見つけたいと思っていたわたしの心に、まるで鎮静剤のように作用した。

フィギュアスケートからスタートしたわたしのルーティーンは、平均台へ、そして、トランポリンの上で回転技をこなし、最後のポーズまできれいに決める〝スティック・イット・コンペティション〟へと進んでいった。十歳になると、自分はその後のシャノン・ミラー、シモーネ・バイルズ、アレクサンドラ・レイズマンのように、アメリカに金メダルをもたらす選手だと空想していた。

空想の世界にひたるのは、わたしにとっていい体験だった。ひとりぼっちでさみしくても、空想の世界に分け入り、もっと自分らしくいられる世界を作れば、人生がさらに奥行きの深いものになるはずだから。こうした体験はわたしの世界観を萎縮させるのではなく、むしろ広げる役割を果たしてくれた。わたしの生きる情熱を炎にたとえたら、その火を消そうと手を尽くす人はいっぱいいた――でも、わたしは自分の内なる火を燃やしつづけた。同性愛嫌悪（ホモフォビア）や女性嫌悪（ミソジニー）の気持ちをどんなにぶつけられようが、わたしは決して自分の哲学を曲げなかった。

〝自分らしく生きて〟という声があちこちで聞こえてくるようになった――でもわたしはずっと、自分らしく生きるしか選択肢はなかった。だって、わたしって毛穴のひとつひとつから可憐（かれん）さがしたたり落ちてるような子じゃない？　それにゴージャスだし。この個性を打ち消すなんて考えられなかった。生まれたときからゲイなんですもの、ハニー。ストレートを主張する意味すらないわ――わたしの守備範囲じゃないから。

わたしは楽しくて美しいものに囲まれて生きていたい子どもだった。それだけじゃない。オリンピック競技以外にも楽しいこと探しがうまい子でもあったの。幼稚園のころ、担任のタシリコヴァ先生がある日、カボチャのデコレーションコンテストをしますと言った。お迎えに来たママに、わたしは大声で喜びを伝えた。「ママ、ママ、ママ！　カボチャのデコレーションコンテストをやるんだって！」

「あら、ジャッキー、楽しそうね！」ママは言った。「じゃあこれから材料を買いに行きましょう。トルティーヤチップス二枚で唇を作るでしょ、間にキドニービーンズを一個挟んで舌にしたら、とってもかわいいと思うの」さあ、ここからわたしのイマジネーションが全開になるわよ。

わたしのデコレーションが超キュートで画期的、伝説の作品なのは当然だよね。ママは仕事が忙しくて――午前八時から午後八時まで働き詰め――学校の宿題をいつも手伝ってくれるとはかぎらなかった。でも、このときは違った。わたしたちには目標があった。わたしはぜったい勝てると踏んでた。最低でも三位入賞は堅いと自信満々だった。

ママと一緒に材料をすべてキッチンのカウンターに載せ、準備完了。カボチャの顔を彫りはじめ、目はグリーンアップル、唇はレッドペッパーで彩った。「そうそう」ママが言った。「眉をグリーンにしてもいいわね」

「お鼻はバナナで作ろう！」と、わたしは提案した。

こうしてできあがったカボチャの顔は、とっても個性的だった。

翌日にコンテストの審査が行われた。園児たちが作った作品をみんな陳列ケースに入れて廊下に並べ、お教室に入るときにすべての作品が見えるようにし、投票する。休み時間が終わると、受賞者の発表。小心者でセンスのかけらもない小さな町の子どもたちは、自分のカボチャが上位五位から漏れたらどうしようかとビクビクしていた。このときの大番狂わせにわたしは顔色ひとつ変えなかった。だって一九九二年の大統領選挙で、ロス・ペローが第三勢力では異例の千九百万票を上回る票数を獲得、一般投票の一八・九一パーセントを占める大健闘を見せたわけだから。

でも、ほんとうは心底落ち込んでた。この結果にはぜったい裏がある。うちが新聞社一族だから、みんながわたしに焼きもちを焼いたんだと信じて疑わなかった。このときわたしは生まれてはじめて、嫉妬がヘイトを招くという残酷な現実の洗礼を受けた。ヘイト飲料は冷やしたって、室温でだって、ぜんぜんおいしくなんかないことも知った。ヘイトはなんであれ、とても苦く、人を傷つけるものだということも。

こういうわたし――ぽっちゃりさんで傷つきやすく、女の子っぽい内面の男の子――は、いじめの格好の標的になった。

＊＊＊

男の子が好きな男の子だし、キラキラしたものが好きだし、そんなところが暗黒の幼少期にさらに拍車をかけることになったんだけど、ごく幼いころに起こった、ぜんぜん理解できない、あるできごとが、わたしのその後の人生をゆがめる一因となった。

わたしが育った町の教会には、一定の年齢に達した子どもたち向けの日曜学校があった。日曜学校は教会の家族が住む家で開かれることがあり、終わったら懇親会がある。その懇親会の席で、年長の男の子が、お医者さんごっこを教えてあげるとわたしに言った。いつも最後はクローゼットに入って、少し服を脱がされた。さっぱりわからなかったけど、いつもと違う胸のドキドキや、体の内側に、口では言えない不快感があって、恥ずかしいという気持ちとなって残った。

こんなこと、今までなかった。

わが家の夕食の席は、その日学校で教わったことを話し合う場だった。その晩、ママはティモフェイ兄さんに尋ねた。今日は学校でなにを教わったの？

「ＨＩＶについて！」ティモフェイは言った。

「どんなことを教わったの？」ママが聞いた。

「男の子同士でセックスするとかかる病気だって」

わたしはフォークを落とした。顔から血が引いていくのがわかった。どうしたらいいかわからないまま、なぜか涙が頰をつたう。わたしは椅子を蹴って部屋を飛び出した。

そして階段の一番下の段に腰かけると、わたしは泣きじゃくった。

ママがあとを追ってきた。「どうしたの？」ママが尋ねた。「ジャッキー、なにがあったの？」

そこでわたしは、教会でされたことをママに話した。ママは顔をゆがめたが、なにを考えていたのかはわからなかった。「彼にどこを触られたの？」ママは言った。「もっと詳しく、なにをされたの？」答えたくても言葉が見つからない。とても恥ずかしかったけど、その気持ちをママに伝える言葉がわからなかった。

翌日の午後、わたしとママはリビングルームで〝家族会議〟を開いた——なにがあったかを話し合うのが議題。ママがわたしに代わって問題に取り組み、わたしがこれ以上傷つかない形で解決するつもりなのはわかったけど、性的虐待とは、大事なわが子が理解不能な色で塗りつぶされているような状態なので、さっさと小さな箱にしまって終わりにしてしまうのは間違っている。

子どもたちに残った傷は〝エッチ・ア・スケッチ〟のように、絵を描いたボードを振ったら消せるものではない。被害を受ける前に戻って忘れるなんてできない。

わたしがひどく動揺してたので、ひどい目に遭ったことが、パパにも、兄さんにも知られた。自分の発言がだれに、どんな影響を与えるかなど、わたしにはまったくわからなかった。

「実験みたいなものね」ママが諭すように言った。「でも、あの教会に行くのはもうやめましょう」

わたしはうなずいた。

ママ以外の家族から、わたしがみんなの気を引こうとしていると決めつけられたのは、あの子にやられたこと以上にわたしを傷つけた。でも、それはしかたがないと思う。だってきょうだいやわが子、家族のだれかが性被害に遭っただなんて信じたくもないから。被害に遭ったという現実に本気で向き合うより、話を作ったり、美化したり、ごまかしたり、ときには加害者の味方になる方がずっと気が楽。

年上の子が四歳児を自分の好きなように弄ぶのは、事情がどうであれ道義に反している。

わたしはかっちりしたことが好き。段取りは決まっている方が好き。筋が通った意見が好き。どんな素材をどんな風に調理しているかよくわかるから、ファストフードはタコベルが好き。だけどこの一件で、わたしは小さくてきれいな箱にしまって封印するんじゃなく、自分のセクシャリティーに折り合いを付けなきゃいけなかった。

だけどわが家はこのときから、ベイビー・ジャックのセクシャリティーについて考えることをやめてしまった。

＊　＊　＊

同じ年、夕食が終わってから、わたしは『ルーニー・テューンズ』（バッグス・バニーやトゥイーティーが出てくるアニメね）を観ていた。『ロードランナー』だったかもしれない（『トムとジェリー』、全米ライフル協会提携クレジットカード保有者の『エルマー・ファッド』も当時のお気に入りだった）。

「みんな、ベッドルームに来て！」ママの声がする。兄さんたちのあとに続いて両親のベッドルームに行くと、アップルソースのシミが縦横に走ったエメラルドグリーンのカーペットの上、ウォーターベッドと白いラタンのふたり掛けソファの間に身を落ち着けた――八〇年代のシットコムから引き剝がしてきたみたいに、その時代を痛々しいほど反映させたベッドルームだった。

「ボリス、ティモフェイ、ジャック」パパはここで咳払いをした。「ママもわたしも君たちが大好きだし、これからも君たちを大切にしていきたい。この気持ちは決して変わらない」ティモフェイが両手で頭を抱えると、部屋にいるみんなの雰囲気が変わってきたのに気付いた。映画『ツイスター』で、大変だ、F3級のトルネードが来るぞと、ビル・パクストンが手ですくった土をサラサラと指の間から落として不吉なシーンを想起させるときと同じ、不吉な予感がした。両親から重大発表があるんだ、きっと。

「パパとわたしは離婚することになりました」ママの爆弾発言。「でもね、だれも悪くないの」（この期におよんでも、ママはみんなに気を遣っていた）「だれのせいでもないの」

「やだぁ」ボリスがそう言って泣きだすと、ティモフェイもつられて泣いた。ベッドルームでは、みんなの泣き声だけが聞こえた。泣いてなかったのはわたしだけ。どうしても気になっていたことがあったから。

「指輪くれる？」わたしはママに聞いた。

「指輪って？」ママがわたしに聞いた。

「結婚指輪」わたしは答えた。宝石ではダイヤモンドが一番好きなんだけど、ママの結婚指輪で一番目を惹いたのは、中央のダイヤモンドを取り囲むサファイアの小さな石。この指輪があれば、わたしの貴石コレクションの価値が飛躍的に上がると考えたわけ。貪欲な貴石コレクターとして、掘り出し物を見極めるスキルは当時からあった。

家族全員が大笑いした。ママが言った。「ダメ、指輪はあげられないわ」

でもわたし、両親の離婚が人生にどう影響するのかっていう実感がなかった——まだ四歳児よ。離婚ってものは、キャスターのマット・ラウアーとケイティ・クーリックがニュース番組で離婚率の高さを話題に上げているのを耳にした程度（それも一九九三年、五百年に一度の大洪水が起こったニュースと一緒にね）。でも、自分が離婚した夫婦の子になることぐらいはわかった。

離婚発表から一夜明け、わたしたち三兄弟は愛犬のラブラドール・レトリバー〝ジニー〟にバスケットボールのユニフォーム上下を着せ、サングラスを頭に載っけて、両親のベッドルームに連れていった。両親はまだベッドで一緒に眠っていたけれど、わたしたちはふたりを起こした。愛犬のかわいさと息子たちのお茶目ぶりに、両親の気が変わって離婚を思いとどまると考えた上での作戦だった。

作戦は失敗した。

そこで泣かなかったのは、離婚の意味がまだよくわかってなかったからだと思う。それにパパは、もともと遠い存在だった。家にいつかず、気が短い人だった。失敗、混乱、軟弱な態度を断固として受け入れない性格で——お察しのとおり——乙女なわたしとは馬が合わなかった。だからパパが家を出ることになっても動揺しなかったわけなんだけど、家族のみんなが困っていたので、わたしも困ったふりをしていた。その代わり、大好物のお子さま向けスナック菓子とフィギュアスケートのテレビ中継に逃避する毎日だった。女子フィギュアスケート選手たちは、こんな小さな町ではとうてい味わえない、気品ある女性同士の競争社会をわたしに見せてくれる。町のカントリークラブでは、まずムリ。フィギュアスケートのオフシーズンはテレビ中継がないので、家族が郊外に所有する別荘の地下室でフィギュアスケートのルーティーンを練習——部屋の四方にクッションを貼り付けた、わたし専用のリンクを作り、部屋中を飽きることなく滑りまくった。優美に、たおやかに、当時、まだ才能を見いだされていなかったミシェル・クワンのように。

実のところ、カーペットの上でやってたスケートの練習は、当事者であるわたしと家族との間では意識に温度差があったんだけど、ジャックにとっては大事なことだとは思ってくれていたみたい。ひとりぼっちで地下室にこもり、ずうっと振り付けのルーティーンをこなしていると、自分の創造力が自由に羽ばたくのを感じた。この町には、体の動かし方や、聴いておくべき音楽を教えてくれる人はいなかった。このショートプログラムを完成させたらフリーの演技に取りかかり、いつの日かオリンピック代表チームに登録できるかもしれない。わたしは真っ昼間から夢見る乙女だった。自分を楽しませることができるのは貴重なスキル、暗黒の地（わたしの場合はクインシーね）に長い間住み続けるなら、なおのことそう。家族関係に大きな変化があったからか、感受性が強すぎるのか、この時期はごく自然に喜びを感じるようなできごとがあまりなかったので、楽しいことを引き寄せるのは自分次第だったの。すらりとスポーティーな外見に憧れてた、ぽちゃぽちゃした子どもならなおのこと、ダンスは自分を優雅にしてくれるものだった。踊っているときだけは、自分が自由だと感じられた。

フィギュアスケートに興味がなかった兄さんたちも巻き込んで、練習を手伝ってもらったりもした。ある程度まで進むと、上手になるにはちゃんとした審判が必要なの、家族の意見がほしいのと主張し、片面に技術点、もう片面に芸術点を書くカードを用意した。ボリス、ティモフェイ、ママを前に、技術点ではレイバック・スピンの美しさ、ジャンプの切れのよさ、フットワークの軽さを評価して、芸術点では音楽と調和した美しい演技かを評価して。マライア・キャリーの曲に合わせて演技したらわかるかな——と説明した（ママはフィギュアスケートをあっという間に理解したので、ルールの説明は要らなかった）。採点カードの準備ができたら、今度は審判の国籍を決める番——ティモフェイはウクライナ人らしい審判をして、ボリスはとっても厳しいイタリア人審判になって、ママは採点が寛大なイギリス人審判に立候補――さあ、競技開始。あるときママが、ティモフェイとボリスも競技に参加して、三人で順位を決めたらどう？　と提案した。兄さんたちがそろって「やる」と言ったのには驚いた。ティモフェイはミートローフの曲を選び、即興で振り付けを考えた。リンクのてっぺんに取り付けたミニバスケットボールのリングにダンクシュートを決めるスタイルを取り入れ、アクセルジャンプを跳ぶと意気込んでいた。クインシーでは女の子のスポーツと相場が決まっていたフィギュアスケートを男の子っぽく見せるには、ダンクシュートを足すのが一番だと考えたみたい。

バスケットボールを抱えてたら、トウループだって跳べるわけないじゃん！　って、ティモフェイ兄さんにかみついた――わたしどこか間違ってる？

それからはあのふたりに審判をまかせるのをやめた。なにがミートローフよ。でもね、ティモフェイ兄さんは楽しんでたはず（ティモフェイ兄さんのパフォーマンスに度肝を抜かれたボリス兄さんは、わが家で開催のカーペット・オン・アイスへの参加を見送り、選手生活の引退を表明しました）。

だからジャックばかりが悪い子じゃなかった。わたし版『パワーレンジャー』の途中でいきなり、よその国の飢えた孤児を助けましょうってコマーシャルが入ったような感じ？「一日二十五セントの寄付で、この子たちの命が救えます」わたしって、とても恵まれてたのね。

こうやって今、振り返ると、なんだか感慨を覚える。女の子の要素を持っていたわたしを縛ることなく見守ってくれたママとおばさんがいて、わたしってほんとに幸せだった。ドレスアップして、〝どうしてこの子、マデレーン・オルブライトのことを聞くの？〟って笑いを取るような質問をしようが、わたしの体ってどうして、〈ボウフレックス〉のコマーシャルに出てくるモデルみたいにムキムキじゃなく、ぽちゃぽちゃしてるんだろうって悩もうが、自分と同じ悩みを抱える大勢の人たちではとうてい望めない、温かな励ましの声を何度となくたくさんもらえた。両親は今のわたしと同じ年ごろで、ＡＩＤＳ危機のまっただ中にあっても、わたしのようなクィアな子どもを育ててくれた。さんざん親不孝を重ねてきたのに、好きなことをして、十分なサポートを受けた結果、今の自分へと成長できたんだ。パパもいろいろ問題を抱えた人だったけど、はるばるわたしのところまで来てくれた。今のわたしと同じ年齢で、パパはすでに、七歳を頭とする三人の息子がいた。末っ子に対する不安、ＨＩＶやＡＩＤＳが猛威をふるっていた当時、この子が将来、世間との接し方や感情のコントロール、そして健康面で困難に直面すると考えれば、パパがわたしに厳しくあたったのは当然だと思う。パパは親として少しは反省したとは思うし、わたしが着ていたイブニングドレスを破ったのは、自分でもやりすぎたと後悔しているのは知っている。同じことが二度あったら、パパはもうドレスを破らないことも。

波乱に富んだ人生を経て、異性愛者の人たちは同性愛者への態度を和らげていく。わたしのパパの場合、その域に達するのにかなりの時間がかかった。子どもを受け入れ、父親としての存在感を示すという点では期待以上によくしてくれるし、好意的に受け止められる程度のユーモアのセンスを持っている。パパはひどい人でもあり、愛すべき人でもあり、時間の経過とともに、パパ本人も丸くなったと思う（二〇一六年、わたしは週に二度パパに電話し、ドナルド・トランプに投票するのはやめて、ゲイリー・ジョンソンに投票して、と詰め寄り、激烈な言い争いを繰り広げた。パパはわたしの希望を受け入れてくれたから、人としての優しさは持っているはず）。

でもね、ベイビー・ジャック。将来どんな悲劇が待ち受けていたって、あのころのあなたは、かわいくてゴージャスなクイーンだったよ。

Chapter 3　THE LOYAL TEA

第三章　ママはスーパーゴージャス！

ワーキングマザーのママが離婚すると、わたしたち三兄弟にはさっそくひとりずつベビーシッターが付いた。アントニーナもダーリャもヴェロニカも大好きだったけど、ダーリャやアントニーナと違って、一番好きだったのがヴェロニカ。だって冷凍のブリトーを半分じゃなくって一本そのまま食べさせてくれたから。ブリトーは茶色い紙に包まれてて、ビーン＆チーズには紫のラベル、ブリトーを揚げたチミチャンガには青のラベル、ステーキ・ファジータには赤のラベルが貼ってある。わたしの好物は紫ラベルのビーン＆チーズ。楕円形のゴージャスなキャセロール皿に載せ、クラフトのメキシカン・シュレッドチーズを袋の半分かけたあと、サワークリームをどっさり、かなりの量のサルサを脇に載せ、サイドにダイエットコークを置く。至福の三時のおやつ。

たまにベビーシッター三人全員、都合が悪いと、ママはわたしたちに夕食を食べさせてからオフィスに連れていき、夜遅くまで残業するか、土曜日に出勤した。寝袋に入ってデスクの下で眠ることも珍しくはなかった。暗くなってから新聞社のオフィスを駆け回って、プレス機によく手を挟まれずに済んだものだと思う。わたしったら、まさに野生児だったから（ママの勤務先、ヘラルド・ウィッグ紙のオフィスを隅々までインラインスケートで走りまくったこともあったしね）。

新聞社のオフィスってすっごく好き。仕事に精を出すママ。仕事をテキパキ片付けるママ。チノパンにボタンダウンっていう、いかにも中西部の新聞社っぽい服装の男性がたくさん働いていた。シアーズか、まさかのジョス・A・バンクで買ったような服装で、プレスがビシッと入ったパンツを見てると気持ち悪くなってきちゃう。ダサいって言うんじゃなくて、いかにも男性はこれを着てればOKって考え方が嫌なの。新聞社で一番大好きだったのは、明日の朝刊のレイアウトを決める、レイアウト室。コンピューターが普及していなかったころ、レイアウト室には新聞と同じ大きさのカッティングボードが並び、担当者が細心の注意を払って記事をカットし、割り付けた各ページをプレス機にかけてたんだ。

赤いライトが点る暗室には、現像液で濡(ぬ)れ、まだべたべたしている写真がぶらさがっていた。担当のガリーナは脳動脈瘤(りゅう)が破裂し、四十六歳の若さで亡くなった。炎のような赤毛をさりげなくポニーテールに結い、煙突のようにタバコを吸いまくっていたガリーナは、わたしの憧れだった。ママの仕事の邪魔をしないよう、わたしはガリーナに連れられて暗室で待っていた。彼女はわたしを抱っこして現像をやらせてくれた。裏の荷物用エレベーターに乗るのも好きだった――扉は自分たちで開け閉めしなければならなくて、わたしたちは〝おっかないエレベーター〟って呼んでた。こういう旧式のエレベーターを目にするたび、ママの声が頭に響く。そしてわたしはママに聞くの。「今日もおっかないエレベーターに乗っていく？」

ほんとにね、どこもかしこも『マッドメン』の一シーンを引っぺがしてきたみたいなオフィス。二十世紀を思わせる自動販売機、濃い赤茶色の革を張ったソファ、いかにも会社の中らしい役員室、モノトーンの模様をちりばめた大理石の階段、中でもイリノイ最古の回転ドアは、ヘラルド・ウィッグ社ならではのすてきなインテリアだった――どこかのトンチキが撤去を決めるまではね。まだ現役で使えるのに、どうしてこのビルの歴史的遺産を侮辱するような真似をするのかな。おかしいと思わない？　わたし、あの回転ドア、とっても好きだったのに！　同意してくれる人、クインシーにはたくさんいるもん！

　クインシーにはほかにも立派なものがたくさんあるけど、ひとつだけ残念な事実があるとしたら、広島に原爆を落としたポール・ティベッツを生んだ町ということ。出身地と言えば、プロゴルファーのD・A・ワイブリングもそう。一八五四年、クインシーはエイブラハム・リンカーンとスティーヴン・ダグラスの両大統領候補演説会の舞台に選ばれ、紆余曲折を経て、リンカーンが大統領になった。そうそう、奥さんのおばさんが事業家と結婚し、式に出席するからって、スティーヴン・スピルバーグがクインシーに来たっていう噂が流れたこともあった。ねえ、そんなことが話題になるぐらい、クインシーって田舎？

　クインシーは長年スカイダイビングのフリーフォール競技世界大会の開催地だったんだけど、大会中に亡くなられる方があまりに多くって、死亡保険金が支払いきれないという理由で中止になったの。中止になるまでは町の風物詩でね、『トゥデイ・ショー』も取材に来たのよ、ハニー！　市民にとっては自慢の行事だったわけ。

　一九九四年のフリーフォール競技世界大会期間中、職場にいたママからわたしたち兄弟に電話があった。ママったら、映画『ツイスター』のヘレン・ハントかと思うほどの大興奮で家に戻ってくると、「起きて！　着替えて！　行くわよ！」と、わたしたちを大声でせかした。

兄弟三人そろって寝ぼけまなこで、なにがどうなってるんだか、さっぱりわからなかった。三人そろってアンブロの蛍光色のショートパンツを着せられ、ハイソックスにスニーカーを履かされた。

その日はジメっとした七月で、午前中からうだるような暑さ。隣の家の前で立ち止まって、ママは玄関先に置いてある新聞を指さした。第一面には、前日のスカイダイビング競技会に出場した男性選手の写真が載っていて——ショートパンツの隙間からタマタマがはっきり見えていた。新聞社全員の目をすり抜け、最終版として印刷されてしまったの。そこでわたしたちは、宅配された新聞の回収に駆けずり回った。午前中いっぱいかけて町中を走り回り、各戸の前庭から新聞をひったくっては、刷り直した新聞を配った。タマタマが写ってる新聞は、わが家でしばらく監禁されていた。

ごく少数、タマタマが印刷された新聞が読者の手元に渡ったけれども、不謹慎だとクレームを付けてくる人は幸いにもいなかった。

＊＊＊

〝タマ露出新聞除去作戦〟での、ママのみごとな采配を目の当たりにしたわたしは、新聞社で働くことの厳しさを胸に刻みつけたと同時に、大きくなったらママみたいになりたいという、憧れを抱いた。ママとわたしは現在も共通点がたくさんある。見た目も似ている。ジョークを考えるときは頭がよく回る。ママはその場の雰囲気を明るくできるし、超深刻で大真面目な話だってできる。感情の起伏が激しく、相手を質問攻めにするけど、なんかあったら責任はちゃんと自分で取る。ママがどんなにエネルギッシュかは、この本を読んでいくとわかってくるはず。

ママの性格は、わたしが断り切れなくて一年だけ続けたティーボール（ピッチャーのいない、野球に似た競技）の練習でよくわかった。練習で、男の子たちはみんなショートパンツを穿いているのに、わたしは明るい色の体操競技用タイツを着ていった。わたしに付き添ったママは、ハイウエストでエメラルドグリーンのペンシルスカート、肩パッドがたっぷり入ったグリーンとホワイトのストライプ地、ボタンはゴールドのブラウス、明るいオレンジ色でローカットの革製ハイヒールに、思いっきりふくらませたパーマヘア。

同族経営企業の会長令嬢だったママは、いつも気を張りつめていなければならなかった。親のコネで手に入れたポストだと世間がうがった目で見るので、人の倍働いても評価は半分。たとえ役職に見合っていなくても、ママは人の倍の時間をかけて関係者のところに何度も足を運んだ。

ボーイスカウトをやめるまで、わたしには男の子の遊び相手が数人いた――ラスタラフはサッカーがうまくて、〝スポーティー・スパイス〟こと、スパイスガールズのメラニー・チズムを男の子にしたような、みんなの人気者のお手本のような子だった。このラスタラフ、同じ学校のボーイスカウト仲間と遊ぶとき、いつもわたしだけ仲間はずれにしていた。ママはラスタラフのママに電話で「ジャックとも遊んでくれませんか？」とお願いするしかなかった。その電話をわたしの目の前でするということは、ママはよっぽどわたしがみんなから受け入れてもらえるよう必死だったってことだけど、わたしだけが仲間はずれにされているのをちっともおかしいとは考えていなかった。このときのことは今もちゃんと覚えているよ。

ママはこんな風に、いつもすべて順調に進んでいると取り繕うのがとても上手だった。ひどいいじめをいくらされても、世間から軽んじられ、期待はずれの扱いをいくら受けても、ママはいつもわたしの力になろうとしてくれた。変な子だ、人より劣っているという目でママはわたしを見たことが一度もないし、わたしはわたしで、ママが息子をひとりの人間として愛し、受け入れてくれているのを一瞬たりとも疑問に感じなかった。ママの姿勢は、わたしの価値観として生きている。他人が否定しようと、ママは全幅の信頼でわたしを包んでくれた。

パパに〝聖母南京錠〟と呼ばれるほど、ママは安心と安全を重んじる人。ママは離婚したあとも三人の息子を連れ、パパの家にお泊まりに行ったけど、自分が泊まるベッドルームのドアには椅子を立てかけ、だれも入ってこないよう防御していた。とにかくありったけドアに鍵を付けるのが好きな人。家中が緊急避難用シェルターみたいで、とてもシック。

ママがこんなに用心深くなったのは、わたしがお友だちのマルヴィナを助け出したときからかもしれない。あの日、わたしはマルヴィナとふたりでレモネードを売り、お小遣いを稼いでいた。すると、『エース・ベンチュラ』のジム・キャリーを悪人にしたみたいな男が歩いてきて、家に仔犬がいるよ、おじさんと一緒に来たら見せてあげるよとマルヴィナに言った。わたしは席を立って、レモネードが入った紙コップが吹っ飛ぶぐらいに勢いよくテーブルに手を突くと、誘拐犯に向かって猛犬みたいに吠え立てたの。それからマルヴィナのママに電話して、大声で助けを呼んだ。ママは家から飛び出してきた。「あんた、なにやってるの？」マルヴィナのママに怒鳴られ、男は逃げた。警察に通報し、男はメイン・ストリートで身柄を確保された。わたしが見張っていたおかげで誘拐は回避できた。

　自画自賛する気はさらさらないけど、あの子の家の電話番号を暗記してたのは、毎日のようにマルヴィナの家に行ってはトランポリンで跳んだり跳ねたり、雲梯で遊んだりしていたから。マルヴィナは体を前後に揺らし、蟹が爪を使ってライバルをやっつけるときみたいに、脚で上手にバランスを取って、『激突！　アメリカン筋肉バトル』の〝モンキーバー・チャレンジ〟を突破するやり方を教えてくれた。トランポリンを屋根の下まで移動させ、屋根から飛び降りてトランポリンで弾みを付け、プールに飛び込むという荒技までふたりで考えた。それまでケガしたことはふたりとも、一度もなかった。ところがある日、「いいこと考えた。この折りたたみ式の体操用マットをさ、一九世紀っぽいマルヴィナのすてきなおうちのとっても急な階段のてっぺん付近に置いてさ、マットの上にふたりで腹ばいに寝てさ、ビューンって階段を滑り落ちるの。ぜったい面白いよ！」そしたらマットの持ち手が階段の縁に引っかかった。わたしたちは放り出された。階段半分ほど落っこちたら、マルヴィナの手首がわたしの頭蓋骨と、背後の壁の間でクッション役を果たしてくれた。床までずり落ちたところで「よかった、血は出てないよ！」と言える元気はあった。ところが視線を下にやり、マルヴィナのひじから手首にかけての様子を見ると――手首があり得ない向きで、しっかり直角に曲がっていた。「あなたたち、そこでなにやってたの？」廊下を曲がって様子を見に来たマルヴィナのママが悲鳴を上げた。お昼寝で熟睡し、レム睡眠のさなかにあったけど、彼女、この惨状を見て眠気が思いっきり吹っ飛んだ。こうしてわたしはマルヴィナのおうちから六時間閉め出された。まさに大惨事。でも家族ぐるみの付き合いは続き、十年後、わたしとマルヴィナはハイスクールの卒業パーティーに連れ立って出かけた。つまりね、両家が絶縁するほどの大惨事にはならなかったってこと。うちのママが気を遣いすぎなかったのが、今となっては不思議だけど。

ママと同じく、わたしもご長寿テレビシリーズ『アンソルヴド・ミステリーズ』でおなじみ、〝七〇号線の殺人鬼〟や、〝ユナボマー〟ことセオドア・カジンスキーとか、警察が発表する似顔絵とか、a－haの〈テイク・オン・ミー〉のミュージックビデオを見るのがなぜか怖かった。読者のみなさん、たぶん、こういうことじゃないかな。うちの家系って、怖がりが骨まで染み込んでるんだと思う。近い将来うちの家業である新聞業界は崩壊し、もっと生産性の高い業種に転換しなければいけないかもってプレッシャーを一族全員が共有している可能性は、かなりアリ。そんなストレスを抱えてても楽しく過ごせる生き方を見つけたってわけ。たとえば食料品店に行ったら九〇年代初頭に放映された人気ゲーム番組『スーパーマーケット・スウィープ』ごっこをする。「四十五秒間で二パーセントの牛乳を見つけること！」ママのかけ声とともに、わたしは売り場をダッシュして冷蔵品コーナーまで探しに行く、ってルールとか。

ママはどんなものからでも楽しいところを引き出せる人なので、わたしはママの注目を集めたくて必死だった。会議中のママを学校から電話で呼び出しては、一緒に話そうって誘った。「そちらで買ったフィンランドの首都ヘルシンキへの往復チケットを盗まれました！」って旅行代理店に電話しようよ、そのあとで「やっぱり見つかりました！」って連絡すればいいんだから――って、ママに持ちかけたり、「あそこのペットショップでモルモットがセール中だよ」って報告したり、あとは、今日学校で必要なものをそろえてってママに言い忘れたから、持ってきてってって頼んだり――バイオリンとか、スイミングスクールの練習で必要な水着とか。わたしは息を切らし、ママの車まで走る。スクールゾーンは車の通行禁止です、自覚はないんですかと、学校の警備員さんから怒られているママが見える。うちの両親は、ご立派な協議離婚のシナリオを決め、子どもたちには〝お互いが成長するために〟別れるのだと説明していた。思春期の苦悩が頂点に達する十六歳のとき、わたしは両親が離婚したほんとうの理由を知った。もうじきクリスマスという時期、ママのところに匿名の郵便が届いた。奥様、（ここからはわたし流に書き換えるわ）あなたのご主人は出張に愛人を同行させるような人間のクズです。ご主人は一線を越え、日焼けサロンの常連、ダサいパーマ頭で家庭崩壊をもくろむ女、ターシャヤと熱い恋の炎を燃やしているのです。

ターシャヤ。

ママはきっととてもお人好しで、パパのうそを信じこんでいたんだと思う。ビョートルおじさんは言った――ベッドルームにはパパとママしかいなかった。だから詮索するのはよしなさい。ママとの結婚生活にはじめて行き詰まり、息苦しさを感じたパパはきっと、期間限定で人間のクズになったんだと思う。八〇年代の初期、妊娠したら結婚するのがふつうだった。ほかは知らないけど、うちの一族ではそう決まっていた。もう、まっしぐらよね……離婚に向かって。

ママはまったく動じなかった。彼女はわたしたち兄弟を集めるとおじさんのところに連れていき、即行で離婚の手続を進めながら、わたしや兄さんたちに修羅場を悟られないよう努めた。離婚にまつわるドラマチックすぎる逸話の大半がわたしの耳に入ってきたのは、ずっとあとのことだった。中でも不動の第一位はこれ。離婚して家を出たパパは、わたしたちが住む家の近所に小さな家を買った。七軒しか離れていない場所に。おかげでわたしたち兄弟は、毎週水曜日、パパの家にすぐお泊まりできた。ママにとっては、離婚劇の相手との距離感がまったくなかったわけだけど。

離婚して、ママははじめて同僚とハッピーアワーのお酒を楽しんだ。その日の夜の七時半すぎ、ハッピーアワー帰りのママが車でわざわざパパの家の前を通ったのは当然、自分が思いっきり楽しんだ姿をパパに見せつけてやりたかったから。

そしたらなんと、パパ宅の私道に、ママの知り合いの女性が乗ってる車が停めてあったのを見てしまったわけ（だけど、あのムカつくターシャヤじゃなかった）。パパ宅の照明はみんな消えていた。夜の七時半よ！　これじゃ毎週水曜日恒例、父と息子たちの大事な時間が台無しじゃない。

当時六歳のわたしは大人の事情なんてわかるわけもなく、おそらく『パワーレンジャー』の再放送を観たあと、二段ベッドで寝落ちしてたんだろうけど、ママは文字どおり凍りつき、倒れそうになりながら車を降りた。「冗談じゃないわ」とつぶやきながら、ママがパパ宅の玄関ドアを開けると、半裸のパパと新しい恋人が、仲むつまじくカウチで抱き合っていた。ママはその女性をカウチから追い出すと、彼女を下着姿のまま、スーツケースみたいにポーンと家の外に放り出した。家に戻ったママは、勝ち誇ったようにパパへ罵詈雑言を投げつけた。あまり褒められるやり方じゃないけど、傷心の女性を馬鹿にするとこういう目に遭うのを、パパが十分思い知ったという逸話。

翌朝、ママは、雨あられが吹きすさぶ雲のように重く沈んだ心持ちで目覚めた。自分があんな野蛮な真似をしたなんて信じられない。下着姿のまま表に放り出した女性は、地元のスーパーマーケットにあるフラワーショップの店長だったのを思い出した。スーパーマーケットの駐車場に行くと、その女性が乗っていた車がママにはすぐわかった。助手席側のウインドウに、手のひらの跡や、指でこすった傷が残っていたから。前日の晩、ママは下着姿で必死に逃げた彼女を車の中まで追い詰めると、今度は車をグーで殴ったり、平手で叩いたり、ひっかいたりしたの。メアリ（ママの名前ね）って、手が付けられないほどのビッチだって話は、もうしたよね？

ママは背筋を伸ばし、『プリティ・ウーマン』で、黒いレースのワンピースを着たジュリア・ロバーツみたいに上品な身のこなしで、パパの新しい恋人が働いているカウンティ・マーケットへと入っていった。彼女に名刺を渡すと、ママは言った。ハッピーアワーでお酒をちょっと飲んで、すっかり理性を失ってしまったの、って。さて、女性同士の対決、結果はどうなったと思う？

フラワーショップの店長は、ママを受け入れたの。ふたりはしっかりとハグした。女性たちは、こうして心の傷を癒やし合った。

両親が離婚したあと、ママのお給料だけでは、わたしが生まれ育った家に住み続けるのが苦しくなってきた。六〇年代に建てられ、中二階があるモダンなおうち——そりゃすてきよ、でもわたしたちには贅沢（ぜいたく）だった——そしたら母方の祖父母から提案があった。「わたしたちと家を取り替えよう」

わたしたちはママが生まれ育った家へ、祖父母がわたしたちの家へと住み替えが完了。これってほんと、理想的な解決策じゃない？

わたしたちの新しい家、両隣にサビーナとボーリャって女の子が住んでいた。サビーナは超おいしいファッジ（甘くて柔らかい、とろけるスイーツ）を作り、ボーリャは裏庭に鯉（こい）を飼ってて、マルヴィナ・ミハイロフの家がすぐ近所になった。このころは楽しかった。でも、毎週水曜日の夜と週末、親権者であるパパの家に行くことが義務付けられた。パパが迎えに来ると、わたしはいろんなところに隠れた——部屋の隅にある、八角形の扉付きテーブルとか。我慢の限界まで地下室に閉じこもったりもしたんだ。それぐらい、パパの家には行きたくなかったの。あそこはもう、わたしたちのおうち（ホーム）じゃないから。パパが出してくれるおやつがおいしくなかった方が大きな理由だったんだけど。

わたしたちが古びた新居に引っ越したある日の午後のこと、みんなで地元のKマートに買い物に行くと、ママがショッピングカートを停め、わたしたちに向き直って言った。「これからママのお友だち、スティーヴを紹介するね」

兄さんたちと車に乗り、クインシーの市街地をきっちり三周して——この日のことは昨日みたいにはっきり覚えてるわよ、ハニー——こないだまで住んでた家の前を通って、新興住宅地に入ったところで車は停まった。ママは運転席のウインドウを下ろした。家の玄関が開くと、ひとりの男性が車の方に歩いてくる。音楽は聞こえなかったけど、どう見ても『ラ・クカラーチャ』のビートに乗って踊っていた。ワンステップ、ツーステップ、肩を揺らし、サルサ風のリズムに乗って、彼は車に近づいてくる。よく日に焼けてて、肌はオレンジ色にも、赤いようにも、紫色にも見える。透明じゃないグミのクマさんで、乳白色のライトブルーで、空みたいな色のやつ、知ってる？　彼が穿いてたショートパンツが、ちょうどそんな色だったの。頭は清々(すがすが)しいほどのスキンヘッドで、明るいブロンドの髪がほんの少しだけ残ってる。そしてとても長身——一九〇センチは優にある。地元のバスケットボールチームの対戦用Tシャツを着ていた。サイズはXXL、そしてビーチサンダルを履いていた。

彼はウインドウに顔を近づけて言った。「うおおおおおおお、やあ、君たち」めっちゃ間を置いてから言った。「ぼくはスティーヴだ」

その瞬間、わたしはこの人に苦手意識を持った。

権威をふりかざす男性ってそもそも好きじゃなかった。どうしてそんな人たちの命令に従わなきゃいけないの？　イブニングドレスを引っぺがしたり、持ってたバービー人形を取り上げたり、自分を主張するのは許さないと宣言したり、偉そうなことばっかり言うし。児童文学の名作

『ふたりのロッテ』が原作の映画『ファミリー・ゲーム／双子の天使』にたとえたら、スティーヴはフィアンセの財産を狙うメレディス・ブレイクってところ。わたしには双子のきょうだいはいないけどね。

会ったばかりのこの男性が、わたしの人生を大きく変える大事な人になるなんて、七歳のわたしには予想もできなかった。

スティーヴがママと過ごす時間が増え、やがてわが家に泊まるようになった。この本を出版する前、どの程度まで身内の情報を開示してもいいかを確認するため、ママに原稿を読んでもらったんだけど、その後、ママから短いメモが届いた。とってもすてきな内容だったので、ここで引用するね。

ママからのメモ…

〝スティーヴがわが家に泊まるようになった〟、ここ、語弊があります。彼はあなたたちが家にいる日は泊まっていません。子育てという側面から考えて、あなたをわたしの部屋で寝かせるべきじゃないと、スティーヴは頑として自分の意見を曲げませんでした――スティーヴは、あなたの発育にはよくないと判断したの。

まず、もうママの部屋では寝られないということが、わたしにとって大問題だった。ご長寿テレビシリーズ『デイズ・オブ・アワ・ライブス』で、あの当時、死の淵（ふち）から生還し、ピンクとホワイトの仰々しいスーツをいつも着ている悪役、マギーがいた。兄さんたちがこの番組を毎回わたしに見せるせいで、流行遅れの『マイアミ・バイス』みたいなスーツを着たモンスターが出てくる悪夢を何度も見た。彼女の瞳は氷のように澄み切ったブルー、わたしが寝ていた二段ベッドの下段に隠れ、オリンピック出場の栄光を手に入れる前に、わたしの両足首に傷を付け、わたしのピチピチした肌を台無しにしてやろうとする夢を。ママの隣でなければ安心して眠れなかった。それなのに、怖い夢を見て、ママのベッドルームに駆けていったら、ドアに鍵がかかっていた。

「お話し中よ！」ドアの向こうでママの大きな声がする。三十歳になってようやく、あのときの「お話し中よ！」は、成人男女がベッド競技を行っていたんだってわかった。ショックだったわ！　ベッドの上で大満足できたのは喜ばしいことだけど、だれもが一度は体験する「両親もセックスしているの？」というトラウマに悩まされた。この現実を受け入れてこそ人としてワンランク成長できるのよって、頭ではわかってる——両親だって性の営みに悦(よろこ)びを見いだす生き物だと自覚すれば、決してショックじゃない。ただ気まずいだけ。

この本について、ママがメールで送ってくれた感想に戻るわね。ママはこうも書いていた。

あなたたちがリビングルームで自分たちの好きな番組を観たがるので、わたしたちは夕食を終えてすぐ、スティーヴと自分の部屋で〝お話〟をしたり、テレビを観たりしていました。

モンスター・マギーの悪夢はお昼寝か、夕方に寝ていて見たのかもしれない。ファクトチェックありがとうね、ママ!

話は変わるけど、スティーヴはかつて、町の女性たちが放っておけない人気者だった。ママによると、彼女の記憶に残るスティーヴは、ブロンドの髪、明るいブルーの瞳にがっしりした体の持ち主、同世代の女性たちが放っておくわけがないハンサムで、ママも憧れていた――人気にかけては校内で並ぶものがいないほどの人気者だった、ってわけ。ハイスクールを卒業してから、カンザス州立大学に進んだんだけど、アルコールの多量摂取と素行不良で、ちょっと道を誤ってしまった。クインシーに戻ってバーのオーナーになった当時、彼は麻薬カルテルの一員ではなかったけれども、バーの客がドラッグを取引するのを大目に見ていた(スティーヴによると、お店でドラッグの取引は一切なく、ママは町の噂を信じていただけだったらしい)。

その後スティーヴはヴァージン諸島でアルコール依存症の治療に入り、往年の女優、モーリン・オハラ宅の留守番を務めながら、ヴァージン諸島刑務所で初のアルコホーリクス・アノニマス(AA)ミーティングを開いた。スティーヴ本人の逸話は一大ベストセラー三部作になること確実、感動エピソード満載なんだけど、この本は、あくまでも、わたしの自伝だから。ハリケーン・ヒューゴがヴァージン諸島を直撃した一九八九年から四年後の一九九三年、クインシーが洪水で水没した。被害は甚大で、自分の不動産を売却して借金を返済するため、彼はクインシーに帰ってきた。お互い別のディナーに向かう途中、ママはスティーヴとぶつかって、彼のズボンにクリームをこぼしてしまった。こんな偶然が手伝って、スティーヴはママにとって生涯愛を誓う相手となり、その後はご存じのとおりってこと。

お腹に脂肪がつき、〝クマさん〟への道を歩みつつあっても、ママの目に映るスティーヴは昔のままだった——ハンサムな体育会系、クインシーのプリンスだった（〝クマさん〟とは毛深い大柄のゲイ男性を指し、スティーヴはゲイじゃないんだけど、見かけがそういう感じってことね）。若いころ、ふたりが拠点とするフットボール場は別だった。スティーヴはジープを手に入れ、軽くその辺を流し運転していると、家の前庭で遊んでいたママの前を通りかかった。スティーヴはママを車に乗せて近場をドライブした。典型的な美しいアメリカ人青年。あの日の彼を、ママは今でもはっきり覚えていると言う。それから二十五年が経ち、ふたりは永遠の愛を誓った。

とても心温まるラブストーリーよね、でもあのころのわたしには、げっそりするような話だった。ママの注目が自分以外の人に向くのがとても嫌だったの。

＊＊＊

九〇年代はじめのイリノイ州で、クィアな子どもとして生きていたわたしにとって、ママは心から打ち解けて話せる相手であり、不安を和らげる毛布みたいな存在だったのに、スティーヴの登場は、幼いゲイの手から毛布を無理矢理奪うのと同じだった。そして、ボリス兄さんがサッカーの試合で遠征したある日、わたしたち兄弟が泊まるホテルの部屋をスティーヴが訪ね、ママと結婚していいかとわたしに言った。わたしはがっかりした。それなのにわたしったら両手で顔を覆って、『ザ・プライス・イズ・ライト』の観客席から司会者に呼ばれ、ステージに上がって値段当てに挑戦する子どもみたいに、はしゃいでみせた。「うん、もちろん！」

「今夜、ママにプロポーズするんだ」スティーヴにそう言われ、わたしの胸はつぶれそうになった。このおじさんとは長い付き合いになるんだと心に刻んだ。ママを取られたショックとはべつに、彼ともう少し一緒にいたくもあった。でも、もっと恐ろしいことが頭をよぎった。わたしはもう、ママにとって一番大切な存在じゃなくなるんだ。

ママが一番の親友からふつうの親へと変わるのは、つらくもあり、頭が混乱しそうだったけど、大人になった今、考えてみると、やっぱりそうあるべき健全なできごとだと思う。ママとスティーヴが理想に掲げた、きちんと機能する安定した家族の形って、健全な家族の見本のようだったし、今もそう思えるから。あのふたりがお互いを過度に求めたり、依存したりする姿を見たことがない。どちらかがどちらかの悪口を言っているのも聞いたことがない。ママとスティーヴは、夫婦関係を公私ともに守ることを最終目標に掲げていた。スティーヴはママに一切隠しごとをしなかったし、ママもそうだった。あのふたりというお手本がなければ、今のわたしはここにいなかったはず。

自分たちの結婚がわたしたち兄弟の負担にならないようにと、スティーヴは全力を尽くし、わたしに好かれようと努力した。だからこちらも、たとえひどいいじめに遭っていたって、学校は休まずに通おうと頑張った。でも、「鼻風邪を引いたみたい」とスティーヴにずる休みしたいと訴えたことはあった。こめかみや目の奥が痛いと訴えたことも。そう、頭痛薬のＣＭみたいに、偏頭痛のふりをしてみたんだけど、この痛みはどこから来るのかわからなかった。

「かわいそうに、頭が痛いんだね」スティーヴはわたしの仮病をわかった上で、こう言った。「ゲームセンターに行こうか」わたしはうなずいた。

　わたしは〈アラジンズ・キャッスル〉ってピンボールをプレイしまくった。スティーヴがチケットをたくさん買ってくれたので、〈バービー・ゴーカート〉でやっと遊べた。わたしのお小遣いではとうてい買えなかった数のチケットを買ってもらえた。これはバービー人形用のミニ白動車で、人間が乗れる大きさじゃないの。

　二十分ほどしてからスティーヴが言った。「ずいぶん元気になったようだから、学校に送っていこう」同じ手を三回使われているので、わたしはもう、これがスティーヴの作戦だとわかっていた。スティーヴだって、手に負えない七歳児をなだめすかして学校に行かせるのは面倒だし、下手に子どもを傷つけるようなことはできないし、わたしだって、授業時間に二十分もゴージャスなビデオゲームをやらせてもらえる子はほかにはいないってこともわかっていた。幸福ホルモンが急上昇したからといって、もう一時間遅刻しているわけだし、具合が悪いふりを続けなくてもいい。こんなことをしたって、だれも幸せにはなれないから。

　このころのママはある意味絶好調だったけど、彼女が摂食障害と体重の変動に悩んでいることも知っていた。ママのメンタルがバランスを取り戻すのは決して簡単なことではなく、わたしのメンタルも、ママにつられてバランスを崩していった。公衆衛生局からタバコは人体に有害だとの通達が出た一九五〇年代、母方のおじいちゃんは一日にタバコをひと箱吸っていた。一日にひと箱よ。禁煙を試しても続かなかった。祖父母は痛ましい交通事故で長男を亡くした。彼は当時まだ十九歳、妹であるママは十四歳だった。祖父母はしかるべき矜持(きょうじ)と義務感で町のメディア企業のオーナーを務め、後継者を失うという悲劇を経てからも会社を存続させた。彼らの世代は、大恐慌と第二次世界大戦の時代を生き抜いてきたのはご存じのとおりだけど、自分たちが理解できないことを子どもに教えることはできなかった。自分をいたわり、自分を愛し、自分を大切にすることはすべて、くだらないと片付けられた。たんぱく質、炭水化物、野菜とバランスの取れた食事を食べ、夜はワインを開けて気持ちを落ち着かせればうまく行く、と。長男の死を克服しようという家族の中にいて、ママは自分をいたわることを知る心の余裕がなかったってわけ。仕事でも、育児でも、人生そのものでも、女性として著しく不当な扱いを受けたママの負のスパイラルは、わたしへと引き継がれていく。ママはどこも悪くない——働き者で、努力家で、心が美しく、全力を尽くすママを、わたしはずっと誇りに思っている。

それなのに、わたしはどこかで、心のバランスを取り、癒やされたいと渇望していた。気持ちを安定させる健全な手段が見つからず、たいていは過食に走った。家族との絆(きずな)も、自分自身とも切り離され、漠然とした疎外感を持ち続けていた。人口三万六千人という中西部の小さな町では、食べ物でストレスを発散させる人がほとんどで、わたしが過食に走るのも当然の成り行きだったし、疎外感を覚えていただけに、過食することで町の一員になれたような気分だった。

そのころもスティーヴは、わたしと気持ちを通じ合わせようと努めていた。わたしは八歳、マライア・キャリーとボーイズⅡメンの『ワン・スウィート・デイ』がヒットチャートを席巻していたころ。マライアの年と言ってもよかったわね、ハニー。彼女のクリスマスアルバムが発売されたばかりで、どこに行ってもマライアの歌声が聞こえていた。『ワン・スウィート・デイ』にちなんだ思い出は、いっぱいある。

わたし自身のヒットチャート第一位は、女子体操オリンピックメダリスト、ドミニク・ドーズ。この年の全米選手権での活躍はめざましかった——女子体操四種目を制覇し、総合一位もかっさらったんですもの。スティーヴは自家製平均台を作るのを手伝うとわたしに約束してくれた。オリンピアンみたいに、上で演技したらはらはらするような平均台じゃなく、幅十センチ、割れ目ができないようにとスティーヴがていねいにやすりをかけてから、理髪店によくあるライトブルーの薄いカーペットの端布を平均台の横全体に貼って、脚代わりのツーバイフォー材二本を釘でつなげ、床から平均台までの高さが十五センチ程度になるようにしたもの。

平均台が完成したら、わたしは最高の演技構成を考える作業に取りかかった。演技の振り付けを考えたところで、美しさも、動きの巧みさも、芸術面も完成された、過去最高の平均台プログラムができたと確信した。フィギュアスケートのシングル・トウループを床で跳ぶようにして、片足で平均台に乗ってから、ストラドルリープのあと、『ワン・スウィート・デイ』のサビ、〝アンド！　アイ！　ノウ！　イヴェンチャリー！〟のところはサイドステップで踊る。そして最後に二回、平均台の上で前転をし、（わたしの頭の中では平均台のすぐそばに座っている）ウクライナ人審判の心証をよくする。そして、神様が授けてくださったドラマチックな演技力を駆使して、わたしは視線を平均台に戻し、前に進むため、姿勢を整える。片方のつま先を踏み出し、腕は体の脇に下ろして集中。そして、堂々たる態度で臨む。一九九二年バルセロナオリンピックの金メダリスト、タチアナ・グツー以来のパーフェクトな技術点を叩き出す、みごとな側転を決め、マライアの曲が最高潮を迎えると同時に着地。千回に一度成功するかどうかの、高難度の着地よ。でも、わたしのルーティーンは三分四十二秒――『ワン・スウィート・デイ』とぴったり同じ長さ。

平均台演技の持ち時間はたったの一分と決まっているから、ルーティーンの中には退屈な場面や、ただ繰り返しているだけの部分があるかもしれない。それでも十分感動的。わたしはベストを尽くした演技作りに取りかかった。コーヒーテーブルも壊したし、窓ガラスも割った。わたしも目のまわりに何度あざを作ったか。わたし特許の平均台降り技の途中、空中で両ひざが曲がったのに気を取られて着地する場所がわからなくなり、ママがパーティーのときに使う椅子の山に飛び込んでしまったときは、もう大事故としか言えなかった。思い出せる人は、映画『スーパースター　爆笑スター誕生計画』のモリー・シャノンを思い出して。

家族の中でも、スティーヴが一番喜んで審判役を買って出てくれた。ウクライナ人、中国人、ロシア人。いろいろな国の審判をね。ほかの家族は一九九四年のリレハンメル冬季オリンピックですっかりうんざりしてしまい、平均台ができあがるころには、わたしの相手をしなくなっていた。だけどスティーヴは、ルーティーン演技に独創性をプラスする振り付けも一緒に考えてくれた。こんなエピソードがあると、八歳児のゲイだったわたしの心に雪解けが訪れたと思ったたはず。ところが、彼のヘテロセクシャルな美的センスと、わたしのクリエイティヴな感性がどうしても折り合わず、平行線をたどったせいで、スティーヴに当たり散らすことがかえって多くなってしまったの。

当時のわたしは、高飛び込みで後ろを向いたままプールに飛び込むコツがつかめずにいた。前方宙返りは得意だったの。前を向いてたら、連続宙返りも、伸身・屈身の宙返りもできた。だけど後方の回転技がどうしても怖くてできなかった。そこでスティーヴに愚痴ってたの。体重が重いしとても怖い、わたしじゃムリ、できる気がしない……。

スティーヴとカントリークラブに出かけたある日、彼がわたしの方を向いて言った。「ジャック、今日はプールで、後ろ高飛び込みの練習をやろう。一緒に苦手意識を克服しよう」

なにをまた適当なことを。わたしはスティーヴを見上げた。「ぜったいに、ムリ」

スティーヴはカントリークラブをエンジョイするタイプで、ゴルフをプレイしてから男性用ロッカールームに向かう。トライアスロンのたしなみもあり、断酒してからは精力的に体を動かしていた。トライアスリートの体型とは数年ご無沙汰だったけど、〈スピード〉の小さなビキニを着たいというこだわりはずっと持っていた。クラブハウスに顔を出し、ロッカールームの下にあるプールで、あのちっちゃな〈スピード〉のビキニ水着を穿いた――タオルも巻かず、バスローブも着ず、そのまんま――〈スピード〉の水着とゴーグルだけの姿になった。彼は自信満々、颯爽とプールサイドに出ていった。「やあ、元気?」――あちこちからぜい肉がはみ出ていたけど、とてもチャーミングだった。「スティーヴ、わたし、後ろ高飛び込みはムリだからね。前回あなたの差し歯を折りそうになったのは覚えてるよね」わたしが毒づいても、スティーヴは折れなかった。

「ぜったいできるって」彼は言った。

ボディ・ポジティビティの精神を、幼いわたしはこんなすてきな形でスティーヴから教わった。だけどあのときのわたしったら、〝後ろを向いて飛び込むなんてムリ〟とか、〝スティーヴってやっぱり変〟みたいなことしか頭になかった。

ところがこの日、スティーヴはわたしを高飛び込みの台に立たせると、すぐ後ろに立った。

「なにもしないよ」彼は穏やかな声で言った。「飛び込むきっかけをジャックにわかってほしいんだ」わたしは飛び込み台の縁まで歩き、振り返ってスティーヴを見た。目に見えない、得体の知れないものがいた。

「両手を上げて」

「まだだめ！」わたしは叫んだ。「心の準備が！」

「いいから跳ぶ！」と言って、スティーヴはわたしの腰に手を差し入れて無理矢理後屈の姿勢を取らせると、プールに突き落とした。わたしはこのとき、生まれてはじめて後ろ向きにプールへと飛び込んだの。

高飛び込みといってもそれほど高くはなかった。プールから一メートルぐらい、ごくごくふつうの飛び込み台。だからそんなに高いところから飛び込んだんじゃないの。ああ、びっくりした、死ななくてよかった――と、ホッとしたけどね。

プールから出て飛び込み台に戻ると、今度ははじめて自分から、後方宙返りでプールに飛び込んだ。

後ろ向きでも飛び込む自信がついたことが、後方宙返りを飛ぶ足がかりになったわけ。これなら飛べそうと実感できた。

子どもだったわたしには、ぜったいムリって思えたのに。

スティーヴはわたしにどうしてやりたいかなんて考えていなかった。教える以前の段階だった。わたしの不平不満を聞くのが一秒たりとも耐えられなかっただけ。スティーヴはグズグズするのがとにかくきらい。彼は実行の人。

わたしは彼とは正反対。すぐにひるんであきらめてしまう。だってわたし、生まれてはじめてしゃべった文章が「確実じゃなきゃ嫌」だったんだもの。だから、見えないところに後ろ向きで飛び込むなんて、どんなに怖かったか、きっとわかってもらえると思う。

＊＊＊

というわけで、わたしはママから、スティーヴから、そして、ふたりの夫婦関係から、自分にプラスになることをたくさん学んだ。スティーヴは自分の生き方をわたしに見せることで、体のサイズにとらわれず、自信と誇りを持つことを教えてくれた。ポジティブな考えをキープできれば、他人の意見に左右されることはないという、強い信念を彼は持っていた。ママもスティーヴも、常に自分たち個人の希望、カップルとしての希望を最優先に考えられる人たち。ふたりが愛し合うことを第一の優先順位に掲げていた。わたしがそんなふたりの姿をずっと見てきたからこそ、この本が書けたわけだし、読者のみなさんに届いているのだと信じている。

わたしは自分がなりたかった自分になれたのかな。

全力を尽くして誠意を見せるところ。信じた人に裏切られても信じ続ける勇気を持つところ。ダメな理由をありったけ世界中から突きつけられても、希望を捨てず、自分の信念に従って生きるところ――わたしのこういう部分はみんな、ママとスティーヴのおかげ。わたしが育てにくい、トゲだらけのバラみたいな子だったとしても、ふたりは我慢強く、できるかぎりの愛情を込めて、わたしを大切に育ててくれた。おかげでわたしは愛というものを知り、愛はこの世に必ずあるものだとわかった。ママとスティーヴからもらった最高の教えだとわたしは信じている。

ふたりで飛び込み台に乗った日も、それ以外のたくさんの日々も、スティーヴは尻込みするわたしの恐怖心を取り払い、新しいことに挑戦する勇気を与えてくれた。わたしはきっかけを失っていただけ、きっかけは無駄にしてはいけない、とても大切なものだった。

Chapter 4

第四章　少年チアリーダー誕生

ROUNDOFF BACK HANDSPRING FULL

学校にはうんざりしていた。目に入るものはみな、学校という組織の小さな箱の中。竜巻警報がずうっと発令されているみたい。そう、まさに竜巻。なのに落ち着ける場所がないなんて。わたしは逃げ場がほしかった。逃げたいと思った相手の中には、当然スベトラーナ・ボギンスカヤもいた。彼女はわたしと一番の仲良しだった従姉妹を横取りして、自分の親友にしてしまうような神経の持ち主。学校には嫌なところがもうひとつあった。わたしのクラスには日直当番があって、クラスの全員が学年に一度、朝になったらホワイトボードにその日の日付と天気、学年はじめから何日目かを書くことになっていた。ホワイトボードにマーカーで日付を書くという名誉ある係は、生徒の名字のアルファベット順と決まっていた。一見公平なルールだけど、クラス名簿の先頭か最後に名前がある子は、年度が替わるまでに二度当番が回ってくる——わかる？　わたしの名字がＶＡＮ　ＮＥＳＳじゃなくてＶＵＮ　ＮＥＳＳなら、当番が二度回ってくる可能性が上がったのに。この不公平さがどうしても許せなかった。

幼い日の、感受性が強くてクィアなわたしにとって、学校は刑務所も同然だった。授業中、手を挙げて聞いた。「プルシェンコ先生、職員室に行っていいですか。ママに電話をかけたいんです。またメガネを忘れちゃいました」プルシェンコ先生がとっても気が利く先生でよかった。彼女は担任の中でただひとり、わたしが忘れ物をしても、下手なうそをつかずに済んだから。不安な心を落ち着かせ、癒やすためにバイオリンを習い、体操競技に魅せられ、晶洞石(ジオード)を集めている切手収集家の八歳児の気持ちになってみてよ。オフショルダーのモノクロがかったパープルのスウェットスーツに、パープルのドクターマーチンのシューズで登校しただけで罵声を浴びせられる日々を耐えてきたわたしには、趣味に没頭する以外に逃げ場がなかったの。わたしが形から入るタイプだったのは、子どものころからだったのね。

プルシェンコ先生はうなずいて、わたしを職員室に行かせた。わたしはママに電話した。

「ママ」電話口のママにわたしは報告した。「シャノン・ミラーのことで頭がいっぱいで、集中力がダメになっちゃった。体操クラブに入会させて」

「ジャック、授業中に体操クラブのことで電話してこないで」

「だって」

「体操クラブの話で会議から呼び出されたの、今週になって三度目じゃない！　入会させてあげるって約束したでしょ」

「そうだね、ごめん、ママ愛してる、じゃね！」わたしは電話を切った。

わたしはこうやってママを説き伏せ、クインシーの体操センターに入会することになった。女の子たちが体操全般を学ぶ教室だけど、男の子はわたしだけじゃなかった。ほかの男子はみんな、地元のバスケットボールの試合で演技を披露する、たくましいパワー・タンブリング軍団。パワー・タンブリングはオリンピック競技じゃないけど……競技なの。男子の中には、パンチ前方宙返り〜ステップアウト〜ロンダート〜伸身後方連続二回転〜テンポ宙返り〜テンポ宙返り〜タック後方二回転――なんて技をこなす上級者もいた。時間どおりに来る子もいれば、早めに来て練習している子もいた。体育館の裏（バックヤード）で自主練習している子たちを、コーチは〝バックヤード・タンブラー〟と呼んでいた。

どの子もゲイではなさそうだったし、共感できる子はひとりもいなかった。地方都市で生まれ育ち、たまたま習い事として体操をはじめた少年たち。体操競技を普及させるため、そして、女子のスポーツを男子がするなんて、という町の人たちの偏見を払拭するため、彼らは近隣の大学がバスケットボールの試合に出る際、ハーフタイム・ショーで演技を披露した。男子体操競技って保守的な男性至上主義で、マッチョが尊ばれるスポーツなんだけどね！

わたしはすぐに上達すると決めてかかっていた。でも、それ以前に自分のコロコロした体型と、筋力のなさを思い知らされた。

リューリク・パヴロフスキーは明るくて、陽気で、筋肉質の体操コーチだった。わたしたちはそれぞれ決まった技の練習をやることになっていた。わたしはいつもクッションが入った三角形のマットでバク転を練習してたんだけど、楽をしようとしてどんどん下手になっていった。みんなと練習中、ひとりの男の子が大声でわたしをからかった。「お前の髪の毛、ほんとうにモップみたいだな」

「違うもん！」わたしは断固反論した。「これはカーリーヘアなの！」

わたしの前にいた男の子が振り返って言った。「おまけに歯が出てる」

「違うったら！」わたしは怒鳴り返した。

ターシャ・トムロホフのママは、わたしたちチームのコーチをしていた。ある日、ターシャがママを連れて男子のところに来た。「男子、どいて」ターシャのママが言った。わたしたちはオリンピックを目指すトップエリート、レベル10の子たちに練習場をゆずり、彼女たちの柔軟体操をながめていた。それぞれが難度の高い、ゴージャスなアーチを披露する。レベル10の子たちが助走路からいなくなってからが男子のターン。例のミニトランポリンを助走路に置き、スポンジを集めたフォームピットに飛び込む宙返りの練習をはじめる。わたしの前にいた男の子がしかめ面をして、こちらを向いた。「太ってんのに跳ぶのかよ」わたしはその子がロンダートから伸身後方転回を決めるのをじっと見ていた。

わたしの番だ。バックフリップにすら見えない形でフォームピットに落下したので、リューリクが言った。「さあ、みんな、背中から倒れてバックベンドをする練習をやろう」わたしは大きく息を吸ってからバックベンドの体勢に入ったけど、筋肉をうまく使うことができない。けがをしないようにとリューリクが支えてくれたのに、わたしたちはふたりともピットに倒れ込んだ。

自力で立ち上がったリューリクは、厳しい目でわたしを見た。「きみのために言っておく、きみがバックベンドをできるようになるまで、僕らは次のステップに進めないんだよ、いい？」

自分の頬が熱くなるのを感じる。ほかの子たちの笑う声がする。わたしはうつむいて、足元をじっと見た。

練習はサボらずに続けてたのに、わたしの努力をだれも信じてはくれず、技に挑戦するたび、みんなの目がわたしに集まると、逃げたくてしょうがなかった。このまま消え去ってしまいたいと心から願った。まもなくわたしは体操クラブをやめた。

クルクル回って宙返りして、チアダンスを踊って動き回りたい、それがわたしのやりたかったこと。エイミー・チャウみたいに優雅に踊るにはどうすればいいの？　わたしにはシャノン・ミラーみたいなジャンプ力はないの？　こうした実力派の女子選手たちが努力を積み重ね、集中力を研ぎ澄まし、正確な動きを成功させるのを見て、わたしもこんな風に魅せる演技ができるようになりたいと願った。レーザー光線のように精緻な演技。チャンスに恵まれさえすれば、わたしにもできると、ずっと思い続けてきた。

わたしはとにかく、見た目が美しいものに心を奪われていた。心待ちにするような特別な場、大がかりなイベントのことばかり頭にあった。友だちになりたいと思うすてきな女の子はみんな体操を習っていた。あの子たちの仲間に入りたい、同じチームの一員として付き合いたい。あの子たちなら、わたしが下手くそな紙飛行機を作っても笑ったりしない。それ以前に、紙飛行機なんか作ろうと思わないから。レオタードを着たい。ヘアスプレーをたっぷり使って前髪を巻いて、カーラーを取ったらまたヘアスプレーで形をキープして、その上にグリッターをはたいてキラキラさせるの。平均台のスキルが学べるせっかくのチャンスなのに、ボーイスカウトの研修じゃないんだし、二本の棒を使って火を熾(おこ)すやり方を学びたいなんて、だれも思わないから。

男子体操選手に興味がわかなかったのは、たぶん、自分のぽっちゃりした体への自意識が過剰だったからだと思う。男子体操競技を観ていると自分の下手くそさを思い出すし、体型の違いも思い知らされる。それが女子体操だと、勝ち負けや体型の違いを比較するということを自分に引き寄せて考えずに済む――それよりも憧れや、尊敬の念が強くなる。男子体操は、わたしの自意識を悪い方に刺激する。その点女子体操は、見ていても自分が嫌いにならずにいられたの。中でも、女子選手たちが注目を浴びているところが好き。真剣に演技中の選手に、観衆の目が釘付けになるんだもの。四度目にして最後の宙返りを成功させ、ドラマチックに両腕を下ろしてから、最後に大きく息を吸って、映画『バニラ・スカイ』のトム・クルーズみたいに床に着地するまでの、一連のドラマが好きだった。

＊＊＊

六年生になっても、オリンピックの壮麗でエレガントなシーンを再現したくて、わたしはドラマチックな解釈を盛り込んだ振り付けを考え、タレント発掘番組への応募を決めた。ジュエルの『心のかけら』をBGMに、二度と同じようには踊れなかったけど。わくわくしながらママを呼んで、見てもらった。

踊り終えると、わたしとママしかいなかった地下室に沈黙が流れた。ママはカウチのひじかけに腰を下ろしていたので、わたしたちは同じ目線で話すことができた。ママはわたしの手を取った。

「ジャック、もしやったら――番組に応募したら――あなた、この町に住めなくなるわよ。同世代の子たちは、あなたが出た番組をずっと覚えている。それでも番組に出たい？」

ママの真に迫った言葉は、心臓発作のようにわたしの胸に突き刺さった。

「『あのタレント発掘番組に出たあいつだぜ』って、ずっと言われるのよ」

「わかってる！　でも、すごくすてきなダンスなの！　番組に出てスカウトされるのは大変だけど、勝てる自信はある！」

「ママはどんなことでも応援する。でも、あなた、このダンスを本気で踊るつもりなの？」

ひどい、ママ！　もちろんじゃない！　わたしの真面目な顔を見て！　ちゃんと話聞いてた？

「もちろん」わたしは答えた。「この番組には、ダブルトウ・シングルループのコンビネーションで挑戦するわ！」

わたしがすでにいじめのターゲットにされてること、わたしが考えた挑戦によって、いじめがさらに激化することを、わたしの目の前でママが認めたのは、このときがはじめてだった。ママはずっと、わたしがバービー人形で遊んだり、タイツを穿いたりと、わたしが自分らしく過ごせる余地を与えてくれた。でも、息子に対する世間の評価をママが意識した時点で、彼女はもちろん、ほかの家族がわたしを見る目も変わるのだと悟った。ママにはわたしがいじめられているという意識はなかった。いじめを意識して、わたしに反対だと言ったわけではなかった。かえってベイビー・ジャックの心を波立たせただけだった。わたしにはわからなかった。ママはなぜ心配しているのだろう。わたしはただ、世間の人、ううん、公会堂に集まった百名程度の人たちでいい、彼らにメッセージを伝えたいだけなのに。

それに、ママがどうして世間の目を気にするの？　ママ以外の家族は自分で自分の気持ちを落ち着かせるコツをまったくわかっていない。ティーンエイジャーの入り口に立ったころ、心に傷をたくさん抱えたわたしは、両親が権威をふりかざすと反発し、拒絶するようになった。ほんとうは自分の気持ちをさらけ出したくなかった。恥ずかしさと性的指向との悩みが入り混じった感情を上手に伝える言葉が思いつかなかった。

頭がこんがらがりそうだった。ママはママで仕事上の評価や、職場での評価をめぐって闘っていた。ママは人一倍働かなければならなくて、そういう点は尊敬していた。スティーヴは専業主夫として家にいたので、いつもわたしを気にかけてくれた。でも、どちらとも話したくない話題は当然あった。

わたしの悩みを解決できる手段はなく、その手段をわたしに教えてくれる人もいなかった。うかつに打ち明けるのは危険だと、わたしは用心していた。その後、わたしが心配したとおりの事件が起こった。

＊　＊　＊

バスルームでボリス兄さんに目撃されて、わたしの過食嘔吐（おうと）が発覚した。〈ライフタイム・ムービーズ〉で放映されていた『パーフェクト・ボディー』というドラマで、『パワーレンジャー』でピンク役を演じた女優さんが、体重をキープするため、食べたものを吐くシーンがあった。そうか、たくさん食べても吐いちゃえば大丈夫なんだ。つらそう、と思ったのと同時に、わたしもやってみようと思った――ミントチョコをひと箱食べたら、太らないはずがないわけだし。

過食嘔吐は二年ほど続いた。左右の眼球に血栓ができ、鼻血が出てしまったのでやめたけど、あくまでもわたしの意地でやめただけのこと（ここまでやった自分に嫌気も差してたし）。ママはわたしをセラピストに診せようと考えた。その人の名はディミトリ・ノヴァノヴィッチという。ディミトリは、わたしが六歳のころからママのセラピストをしていて、初対面ではなかった。ママ自身もトラウマを抱えてて、三日ぐらい寝込むこともあった。セラピーと投薬、それまで処方されていた薬をやめさせた精神科医のおかげで、ママは精神を健全な状態に維持できていた。ママを治療した実績を知っていたわたしは、この先生をひそかに信じていた。

ディミトリは華奢（きゃしゃ）なメガネをかけ、チノクロスのパンツにボタンダウンのシャツを着ていた。息はガーリックパウダーとインスタントコーヒーのにおいがした。わたしは椅子に座ると、ママとしたけんかの内容や学校での悩みごとについてディミトリと話し合った。わたしがひととおり話し終えると、先生はわたしの不意を突くように問いかけた。「性的虐待をされたことはある？」

「どういうことですか？」わたしはディミトリに尋ねた。

「だれかに不快な感じで触られたことはある？」

「意味がわかりません」なにがなんだか、ほんとに、さっぱりわからなかった。

「あったことを正直に話していいよ」

そう言われても、やっぱり怖かった。「わたしが言うことは秘密にしてくれますか？」

「もちろん」ディミトリは言った。

「わたしは話すけど」念を押すようにわたしはもう一度言った。「秘密にしてくれますか？」

「約束するから」

ディミトリが約束するって言ったので、幼少期にあったことを話した――わたしを自分の部屋に連れていって、〝お医者さんごっこ〟をした、年上の少年のことを。あのころはまだ、自分がされたことを頭で考え、言葉として表現する力はなかった――あんなに小さかったんだもの、恥ずかしいという感情がセックスと結びつくなんて、とか、自分がされたことを大人に説明する、とか、考えただけで、頭がパンクしそうだった。

わたしは覚えていることをすべてディミトリに打ち明けた。このとき別の話題にも話が飛んだからか――話したのは攻撃されるのが怖いってことだけじゃなかったから――あの部屋を出るとき、とても気が楽になった。重圧から解放されたような気分だった。わたしは家に戻ってベッドにもぐりこんだ。ぐっすり眠った。自分はみんなのためになることをしたんだと満足しながら。

翌朝、登校して一時間目の国語の授業に出ると、これまで会ったことがない人がいた――真面目そうなスーツ姿の男性が、教室のすぐ外に立っていた。彼を見かけても、わたしは特に、なんとも思わなかった。

席に着き、カバンからバインダーを出したところで先生がわたしのところに来た。「ジャック」先生の声は優しかった。「校長室まで一緒に行きましょう」

なにがあったか、すぐわかった。うそつき。うそつき。うそつき。秘密にして、って言ったじやない。

わたしは校長先生がいるお部屋に入った。彼女はわたしを動揺させないよう気を遣いながら、前の日にディミトリに打ち明けた〝お医者さんごっこ〟のお兄さんが補導されたと言った。わたしは椅子の背に、ばったん、と身を預けた。びっくりして口が大きく開いた。舌が紙やすりみたいにザラザラしてきた。時間が止まったかと思った。

ママが学校に呼び出され、わたしを連れてディミトリの診療所に出向いた。途中に墓地があって、もう何万回も前を通っているはずなのに、ぜんぜん景色が違うように感じた。ハイスクールの競技場の前も通った。こちらも前とはぜんぜん違って見えた。だれにも言えなかった秘密をママに知られたと思うと、どれもこれも、グレーのフィルム越しに見ているようだった。あのとき〝お医者さんごっこ〟をしたと言っても、大人たちは〝実験みたいなもの〟だったと片付けた。ところが、どんなことがあったかを具体的に話したら、セラピストが性的虐待だと警察に通報するほど深刻なことだったと、大人はようやくわかったってわけ。

ディミトリを加えて三人で席に着くと、わたしはもう話せなくなった。ディミトリの診療所は一階にあり、広々とした窓をロールスクリーンが覆っていた。わたしは席を立ち、窓に駆け寄るとロールスクリーンを蹴って窓の外へと飛び出した。駐車場を突っ切ってトウモロコシ畑に踏み込み、走っている途中で転んだ。

ママが迎えに来たので、一緒に車へ戻った。わたしは鼻血が出た。みっともなくて、恥ずかしくて、どうしようもなかった。

「大丈夫よ」ママは言った。「すべて解決するから」

「解決なんかしない」わたしはしゃくり上げた。

「児童相談所に相談しましょう」ママは言った。ママはこうも言った。弁護士をしているおばさんにも相談しましょう。わぁい――おばさんにもバレちゃうんだ。

「おばさんに頼みたくなければそれでいいわ、お兄さんの側が訴えることはまずないでしょうし、わたしたち家族で問題に向き合ってもいいのよ。ママからジャックに指図はしない。訴えたいのなら、ママは止めない。でもね、あなたが訴え、あのお兄さんが裁判にかけられたら、新聞に載るの。わが家の新聞にね」

わたしの心はどんと沈んだ。ママはさらに言った。「どんなことがあっても、みんなジャックが好きよ。あなたの好きにしていいの。もしあなたが、この話を公にしたくなかったら、まわりがどう言っても、『精神的に耐えられないから、かかわりたくないです』って答える選択肢だってあるのよ」

わたしはうなずいた。訴えるかどうか聞かれるたび、わたしはノーと言い続けた。〝ノー〟、これがわたしの出した答え。何度も何度も繰り返した。

それから数週間、警察は水泳の練習中だったわたしのところに捜査官を送り込み、大人の監視のないところで話を聞き出そうとした。町の名士の一族だから警察は手出しをするなという理屈は通らない。あの人たち、わたしがうそをついている証拠をつかもうと必死だったのかもしれない。だけど、児童相談所がかかわっている問題にわざわざ取り組もうとする関係者がいなかったため、この事案は立ち消えになった。

その後、両家の間で内密に、わたしと例のお兄さんとで、ふたりきりで話をさせようということになった。わたしは拒んだ。無事に部屋から出てこられるって保証がなかったから。だけど、対話を拒んだ結果、わたしはもっと面倒な立場に置かれた。秘密を守り通すことはできるけど、ジャックはやっぱり変な子と、白い目で見られることになる。

この日を境に、わたしはすべてをネガティブにとらえるようになった。くるくる巻き毛だったわたしの髪の毛をひっつかみ、あんたは大丈夫よって言って聞かせられるようになるまで、わたしはこれから九年間、リスク高めの自己破壊行動を繰り返すことになる。

＊＊＊

以後、わが家ではこの一件にだれも触れなかった。家族が触れない話題はほかにもあった。〝スティーヴは断酒中、ママはもともとお酒を飲まないのに、キャビネットのお酒が減っている。どこに行ったんだろうね？〟。チャット窓にここまで入力してから席を立ち、どういうことだと尋ねられると、わたしが「なんでもない！　ほっといて！」と声を荒らげ、会話はここでおしまいになる。

性被害の問題が明るみに出たころから数年ほど、わたしと両親との間に会話は一切なくなり、お互いなにを考えているのかわからなくなった。断絶を川にたとえたら、容易には渡れない、白波立つ急流ぐらいに激しいものだった。性被害の話を持ち出したら、わたしに落ち度があったと誤解されるんじゃないかって、心配で——わたしから求めたとか、誘ったとか。家族はみんな誤解するって思い込んでいたし、しかたがないとあきらめてもいた。

なぜかというと、わたしは家族の中でいつもできそこないとして扱われていたから。大げさに騒ぐ子。キャーキャーわめく子。気の利いたことが言えない子。〝個性的〟な子。感情の起伏が激しい子。わたしって、生まれたころからずっとハイテンションだったわけ、ハニー。でも、これについては、わたしに落ち度はひとつもない。大人ばかりがいて、わたしがやったんじゃないかって話し合ってる部屋の中に入っていくなんて、ぜったいにムリ。

わたしは隠しごとをすると行動に出るタイプで、すぐ家族にバレてしまうので、わたし担当のセラピストから、いわゆる〝患者とみなされた人（ＩＰ）〟という肩書きをもらってしまった。ＩＰって、機能不全に陥った家族で心に傷を負い、問題行動を起こすようになった人のこと。ＩＰは、家庭内で対処するのが一番適切であるはずのものめごとから逃げようとする人。問題児扱いされるのはもうたくさんだった。そこで、人生という物語の流れを変えようと考えたの。

トラウマやうつ症状、絶望を乗り越えるのは、日々、それればかりに集中することが必要な大仕事で、わたしは暗闇の中にひとすじの光を見つけることに追われていた。光ってなに？　わたしにはわからなかった——神様が与えてくださるもの？　自分の中で生まれる化学反応？　先天的、あるいは自分で育てていくもの？——でも、いつも、自分が楽しみながら没頭できるものがあると、つらい時間をやり過ごすことができた。ハニー、忙しければ、どうとでもなるもの。八年生の新学期を迎えるころ、わたしは次に夢中になる対象にロックオンしていた。岩石採集には以前から興味があった。〝モノ〟を集める楽しさは切手で覚えた。コイン集めもそう――忘れてたわ。一八八九年から一九九九年までにアメリカ合衆国で発行されたコインは、すべて集めた。コレクションをコンプしちゃったの。その後、チアリーディングをはじめることにした。グラフィラ・コンラトヴィッチから、ジュニア・チアリーディング代表チームへの選考テストを受ける気はあるかと打診があったとき、みんなをあっと言わせるだけの自信があったもの。

選考テストでは緊張しっぱなしだった。会場はハイスクールの競技場――ジュニアハイスクールじゃなかったの――百人は下らない女子が集まり、サッカーのチアリーダー枠十名、フットボールのチアリーダー枠十名、フットボールのジュニア代表チアリーダー枠六名、バスケットボールのチアリーダー枠十二名をめぐって争う。わたしったら宙返りもできなかった、代表枠に入れるか悩む必要も……なかった。

二〇〇〇年のフィギュアスケート世界選手権でミシェル・クワンがまさかの逆転勝利を実現させたのに匹敵するほどの熱意で、チアのかけ声と一分間のチアダンスを覚えたわたしは、選考テストの日まで、毎日熱を入れ、本気で練習に取り組んだ。冗談半分で申し込んだはずが、自分がれっきとした社会の一員として認められる黄金のチケットになると感じたから。

五月十一日、金曜日。選考テストの日が来た。もう昨日のことのように覚えている。わたしは自分のすべてを出し切った。体育館の床の上で全力を尽くした。審査員たちの前でただひたすら、だれにも負けない熱意を見せつけた。わたしが発したかけ声のすみずみに、はつらつとした元気のよさとチームスピリットが光り輝いていた。でも、トウモロコシ畑だらけのクインシーというちっぽけな町で、社会的規範やジェンダーの既成概念をものともせず、史上初、チアリーディング代表チームにゲイの男子を合格させっこない。わたしはゼロパーセントになるまでエネルギーを使いはたして、家に帰った。力を出し切った。精も根も尽きはてた。一秒が一分に、一分が一時間に、一時間が一日かと思うほど、くたくただった。そんなこんなで、月曜の朝がやってきた。十四歳のゲイの体をひきずるようにして登校すると、口には出さずに完全なあきらめムードで、月曜日の授業を最後まで受けた。月曜日の放課後、代表入りリストが発表されるのを待たなきゃいけなかった。

最後の授業の終わりを告げるベルが鳴ると、わたしは『となりのサインフェルド』のキャラ、ジョージ・コスタンザ顔負けの図々しさで生徒たちを押しのけて進んだ。階段を駆け下り、合格者を書いた紙を貼り出す廊下にたどり着くと、息を殺して、自分の受験番号――今でも覚えてるわ――を探した。その番号はフットボール代表枠にあった。合格よ。

さっそく翌月からチアリーディング合宿がはじまった。この年、わが校のホームカミングデー対抗試合の激励会で、チアリーディング代表チーム四組合同で大がかりなダンスをすることになった。先輩のお姉さまたちと練習できると思うと、わたしはうれしくてたまらなかった。チームの振り付けを担当するカーラコフ先生って、地元高校のチア部すべてに同じ振り付けを教えるところが、映画『チアーズ！』に出てくる振り付けの先生とそっくりだったけど、わたしたち新入生が、そんな裏事情を知っているはずがない。そのカーラコフ先生が体育館に入ってくると、文句のつけようがないほどゴージャスなチアダンスを見せてくれた。わたしね――黙って聞いて。いい？――女子が全員腰を抜かすほど激しいダンスソロのレパートリーを持ってたんだけど、ふと思いついて、オフスプリングの『プリティ・フライ（フォー・ア・ホワイト・ガイ）』のコーラスが頂点に達したところで〝カモン！〟って激しく煽るポーズを足すことにしたの。

ほんとに楽しいシーズンだった。八試合に出場中、ビール瓶を投げられたのはたったの五回。自宅の車寄せに〝おかま〟という差別語で罵倒する人の数は、たったの六十五パーセントだったのが、七十五パーセントまで増えた。だから、チアリーダーになって最初の一年は大成功だったと言っていいと思う。フットボールがシーズンオフになると、あの忌まわしいプールに飛び込み、水泳の練習をはじめた。ミドルスクール時代は水泳から離れていた時期もあったけど、このとき、いじめの原因になったぽっちゃり体型が水泳でスリムになるかも、って思った。でも水泳はチアリーディングほどわたしのハートに響かなかった。チアリーディングに対する熱意の炎は赤々と燃え上がっていたわ。

一年間ずっとチアリーダーを務めるのを目標にしなきゃとは思っていた。そのためには、身長ざっと一八五センチ、コアマッスルがないに等しいわたしの体を鍛え上げ、連続バク転を伸身と立位の両方、マスターしなきゃいけない。それがバスケットボールのチアリーダー枠に入る最低条件だったの。フットボールのチアリーディングがオフシーズンに入る十月、わたしの目標はしっかり定まった。二〇〇二年五月の第一週までに、後方連続転回をマスターし、ハイスクールのチアリーディング部員になる夢を実現させること。そのためには、後方転回なんてできないって、リューリクにさんざん思い知らされた、体操クラブの過去のトラウマとふたたび向き合うのは言うまでもないこと。だけど、当時のわたしは十代の水泳選手らしく、しなやかな体への肉体改造に成功し（この話題はもう少し先で触れるね）、九年以上も自己流で習得したトランポリンとカーペットの上でのフィギュアスケート、空想のオリンピック競技のおかげで身体機能が覚醒した時期でもあったわけ。幼少期はずっと、太っていることを自覚する毎日だった。ピッツァにクッキー、ポップタルト。毎食ごちそうが食べ放題で、わたしの傷ついた心を癒やし、悩みを忘れさせてくれた。こうした過食の日々は、自分の体を好きになれなくなったり、自尊心を失ったりすることにつながる。自分らしくいることが一番なんだと思えるようになるまで、ほんとうに時間がかかった。

水泳とチアリーディングでは情熱のかけ方が違う。わたしは地元でも有名なコーチ――地元体操界のスター、ターシャ・トムロホフのママでもある――オルガ・ワレンティノフナに個人レッスンを受けるという幸運にも恵まれた。というわけで、週に三日のタンブリング教室のグループ練習に加え、週に二度、夜間にプライベートレッスンを受けたわたしは、クインシーの史上初、長身でゲイのバスケットボールのチアリーダーに選ばれるスキルが身につきますようにと祈っていた。だけど、身長一八五センチ、体脂肪率七パーセントの筋肉質の体でタンブリングを習得するのは物理的に難しいという、どうしようもない現実に直面し、目標の達成にはほど遠いところで足踏みしていた。

三月になっても、前方連続転回でフォームピットに飛び込むのが精いっぱい――トランポリンの力を借りず、体育館の硬い床で後方連続転回をやるのはとても難しいの――五月第一週までに後方連続転回ができないかもしれないという現実にぶちあたって、毎晩泣きながら眠る日々を送った。しくしく泣くようなレベルじゃない。愛犬のゴールデンレトリバーが目の前で命を絶たれるのを見ているしかない飼い主の涙をイメージして。この世の終わりみたいな涙のことだよ。『ブリティッシュ ベイクオフ』がBBCからチャンネル4の放送に変わり、大ファンだったメアリ・ベリーやメル、スーが番組から消えてしまったときと同じぐらいの衝撃。でも、この打撃を乗り越えなきゃ。

ロンダートからの後方連続転回をきれいに決めるため、五日間の特訓メニューをこなすとひそかな決意を固めたわたしは、ひたすら努力を重ねた。不安ともずっと向き合っていた。毎日少しずつ形になってきた。

でもね、選考テストは木の床の上でやるの。体操センターは木の床じゃなかった。感触として一番近いのが、コンクリートの床に五センチ程度のクッション材が貼ってある、跳馬の助走路かな。オルガコーチが跳馬の助走路で実際の選考テストの練習をしなさいと勧めてくれたおかげで、四月を迎えるころには、わたしのオリンピック床運動のルーティーンは選考テストの合格水準に達していた。「よーし」わたしは自分を奮い立たせた。「そりゃ怖いわよ、でも、やってみる」

硬い跳馬の助走路で、はじめてロンダートからの後方連続転回を成功させた日のことは、わたし、きっと死ぬまで覚えてると思う。体幹を意識し、両脚をお尻の方に引き寄せれば、手を着いたときに全体重が両手首にかかる衝撃が和らぐことに気付かず、わたしはろくに考えもせず、とにかく体を上下さかさまに吹っ飛ばしていたの。口蓋、お尻、腰、ひじ、手首に感じる衝撃は、高さがある二段ベッドの上の段から飛び降りて、〝もう、やだ〟って思うぐらいにかかとが痛くなる——あの感覚みたいだと想像して。

だけど問題は残りの一か月で、跳馬の助走路でできた後方連続転回をロンダートからの後方連続転回技として完成させ、木の床で跳んで合格水準まで持っていくこと。わたしの体はもう、あざだらけ。足首は何度も捻挫した。でもね、どんなに体を痛めても、わたしの頭の中ではぜったいに折れない決意が根づいてた。

というのも、バスケットボールのチアリーダー専用の練習場がいくつもあったから——町の憧れになるんだよ。合計で十六か所——代表チーム用に八か所、代表補欠チーム用に八か所——骨太で大柄、ハイテンションなゲイのわたしが、ロンダートからの後方連続転回技を決め、町の憧れの一員に加わるわけだから、選考テストへのプレッシャーったら、とんでもないことだった。

練習場ではわたしを含め、選考テストを受ける全員が披露する技の練習をしていた。「ねえ、みんな」わたしは声を上げた。「体育館に行きましょう」

アトランタ五輪女子体操メダリスト、ケリー・ストラッグばりの落ち着きと威厳を味方にして、ハーフコート・ラインに立つと、わたしは精神を集中させた。

バスケットボールのリングを向いて、颯爽と助走に入ると、わたしは自分史上、もっともゴージャスな、ロンダートからの後方連続転回を決めた。その後、勢いあまってリバウンド・ジャンプまでしてしまったけど、余裕であと数回はできそうな印象をみんなに与えた。このゴージャスな技を成功させてから振り返ると、ライバルのチアリーダーたちの間に衝撃が走っていた。ちょっとやそっとでは忘れられない光景だった。この名パフォーマンスにより、わたしはフットボール代表チームとサッカー代表枠のチアリーディングチーム、バスケットボールは代表補欠チームのチアリーディングチーム入りを果たした。〝なんだ、代表補欠じゃん〟って、あきれて目を回したりしないで——バスケットボール代表チームのチアリーダーの座を手に入れるには熾烈な競争を勝ち抜いてこそ。ハイスクール二年生で代表チームのチアリーダーになれた人はゼロだったんだから。そんな高嶺の花的なポジションに、あと一歩ってところまで行けたのよ。それぐらい優秀だったってこと。同性愛者をきらうみなさん、お・あ・い・に・く・さ・ま！

後方連続転回の基礎ができていないので、まず後転をマスターしなさい。リューリク・パヴロフスキーは七歳のわたしにそう言ったけど、苦手意識が災いし、体操競技への情熱は失せていった。でも、わたしはこのときついに、バク転への情熱を取り戻したの。

オルガ・ワレンティノフナコーチはチアリーディングチーム入りが決まったわたしを脇に呼んだ。彼女は誇らしさで頬を上気させていた。「ジャック」彼女はわたしの名を呼んだ。「タンブリング競技の上級者は技を習得するために努力する人ばかり。あなたも意志の強さでその座を手に入れたのよ」

わたしは自分に打ち勝ち、ムリだとあきらめていた目標を果たした。それだけじゃない。周囲の人たちからずっと無視され、仲間はずれにされてきた自分がようやく、仲間の一員として認められたと実感した。わたしの中でもチアリーダーという部分は、自信に満ちあふれている。挫折しても必ず立ち直る。自分の姿勢をはっきりと打ち出した。自分の意志で人気テレビ番組のオーディションを受けた。作戦なんかひとつも立てなくても、勝ち目のチャンスを見極める力がある。「どうしてそんなにポジティブなの？」と聞かれても、どう答えていいか、わからない。先天的な素質〝A〟とか、先天的な素質〝B〟とか、いろいろなわたしがいて、チアリーダーに選ばれたこのとき、決してあきらめないという、生まれつきミシェル・クワンみたいな不屈の精神を持つところがうまく働いたんだと思う。どんなに失敗したって、負けるもんかと顔を上げ、タンブリングに挑んだの。

チアリーダーになっても、わたしは相変わらず裏切られ、いじめられ、〝おかま〟呼ばわりされていた。

でも、回転技で宙を舞っている間、わたしは居場所を見つけたと感じられた。

＊　＊　＊

大人になって、アメリカ体操界では性的虐待が横行していたという事実を知り、大きなショックを受けた。ずっと憧れてきた女子選手がこうした痛ましい試練に耐えてきたのかと思うと、胸が痛む。この問題を表面化させた彼女たちの勇気と強さが、わたしに自伝を書かせる原動力となった。性的虐待があったこと自体がひどい話だけど、虐待から心の傷を負うなんてもっとひどいことだし、虐待を受けたわたしたちは心を病み、つらさを回避するためにいろんな負担を背負うことになるわけ。苛烈な虐待を経験してきた人たちが人生に喜びや達成感を見いだせるようになってくれると、うれしいかも。

性的虐待を受けたひとりとして、虐待による負担を感じず、素直な心で喜びや達成感を受け止めたいとわたしは思うようにしている。でも困ったことに、喜んだり、達成感を満喫したりすると、どうしても虐待の記憶が頭をよぎってしまうの。わたしの場合、喜びや達成感と、自分が受けた虐待のつらい記憶が同居している。このふたつを分けて考えることは可能？　苦い記憶は輝かしい達成感のすぐそばにある。喜びは苦しみを上書きできないとわかってから、わたしは自分の心を癒やしてくれるものに、次々と手を出した。幼少期にはたくさんのつらい思い出があるけど、楽しい思い出、充実した思い出もたくさん、起こるべくして起こっているんだから。

虐待のサバイバーでも、堂々と自己表現し、自信を持ち、自分を受け入れていいわけだし、世間も偏見の目で見るべきではない。これだけたくさんの虐待が今もなお起きているのは、人に打ち明けるのはつらいし、不愉快な思いをするという意識が残っているから。でもね、喜びと苦しみが共存するなら、不快感とユーモアだって共存できるんじゃない？　だからシートベルトはしっかり締めてねって言ったのよ、みんな。この本は三秒おきにコメディと悲劇を行ったり来たりするんだから。心に傷があろうが、なかろうが、みんな同じ。サバイバーであることがごく自然な世の中になり、サバイバーの気持ちに耳を傾ける風土が根づいてほしい。

もっと大事なこと。サバイバーは、愛と笑いと光に包まれ、心の傷を癒やす自由があるって言いたい。

Chapter 5 LOVESTARVED

第五章 スイミングスクールの〝彼〟

うっすらと毛が生えた汚れ（けが）のない胸筋の持ち主。ケチのつけようがないほど端整で冷酷なフョードル・オルロフは、夢見る十代の象徴として、わたしの前に現れた。彼の胸筋に頭を預けて眠るという、わたしの夢がかなうことはなかった。フョードルの記憶は、今もわたしの胸をかきむしる。

ひとり語りが長くなっちゃったわね。水泳をはじめた七年生のころ、わたしは身長一六五センチ、体重八八キログラムという現実と直面していた。水泳チームは能力順にグループが決まって、わたしと同世代の男の子たちは、ゴールドかプラチナのどちらかに入るのがふつうだった。

わたしは七歳の子もいる、ブロンズからはじめることになった。

同世代にもうひとり、水泳をはじめる年齢が遅く、泳ぎがうまくない女の子がいた。小さい子たちに笑われないようにと、わたしとその子はとにかく頑張ったの。

同い年のみんなは授業が終わったらすぐ練習をはじめ、プールを去る午後四時半にのこのこってきて、年下の子たちと泳ぐ恥ずかしさったら。でも、しょうがないの。わたしはいろいろと、泳ぐ才能に恵まれてなかったから。胸の脂肪はBカップ級の豊かさ、おまけに足を器用に動かせない。これは大問題よ。

わたしの願いはただひとつ、プラチナグループに昇格すること。そうすれば、水泳選手らしく体を絞り込んだスーパーキュートな男の子たちと一緒に、ゴージャスな時間が過ごせるんですもの。

プラチナグループ一の美形がフォードル。ちょっと待って、一位じゃなかったかも——一位はマックスやルーカスね——でも、フォードルがハンサム第一位の座を脅かす存在だったのは、たしか。タキシードコンテスト限定なら、わたしが選ぶミスター・ユニバース第一位よ（水着審査限定でも、わたし、やっぱりフォードルを選んでたはず）。

フォードルは水泳の素質があって、順位争いやプレッシャーがあればあるほど燃えるタイプだけど、わたしはその逆、プレッシャーでボロボロに崩れ落ちてしまうタイプ。練習に専念しさえすれば、フォードルは州大会出場が見込まれていた。天性の才能に加え、筋肉がほどよく付いた胸、まばらに生えた胸毛、両肩の豊かな三角筋と、理想的なスイマー体型だった。ステロイドで筋肉を増強させているように見えるけど、自然にこういう体に仕上がった。なんてすてき、ゴージャスそのものって感じ。水泳クラブにギリシャ神話の美少年、アドニスを放りこんだみたい。ドリトスのコーンチップスみたいにきれいな逆三角形の体で抱きしめて、わたしの心の傷を癒やして。そしてあなたの車でわたしをさらって逃げて。丸みを帯びた完璧な四角形、史上最強の美しい筋肉でカチカチの胸で、わたしを生き返らせて。そんなフォードルへの想いをそっくりそのまま代弁してくれてるのが、リアン・ライムスのヒット曲、『ハウ・ドゥ・アイ・リヴ』。

今になって思うと、フォードルは顔中ニキビだらけだったし、歯列矯正中だったし、ほんとうにただの十五歳の少年なんだけど、でもね——当時のわたしは、フォードルにキュンキュンしてたの、とにかく。

水泳に注ぎ込む熱意が画期的に高まったおかげで、わたしはフォードルと同じレベルに達した。つまり、週末の水泳大会や毎日放課後の練習で彼と一緒に過ごす時間が増えたってこと。練習中にフォードルの足の裏に触れてもいいなんて、男の子が好きな十代のわたしは、自分の細胞をすべて供出してもいいってぐらいに舞い上がってしまったの。

＊＊＊

もしかしたらバイだったのかもしれないけど、フォードルはかたくなに隠し通した。自分からカムアウトするわたしとは正反対。彼は自分がヘテロセクシャルだというスタンスを守った。このアンバランスさが、わたしたちの関係に緊張感を与え、ゆがんだものにした。同じベッドで一夜をともにしたことは何度かあったけど、わたしたちがキスしたことは一度たりともなかった。フォードルの方からわたしに会いに来たことは一回もなく、ふたりが二十三歳になってからは、会ってさえいない。そのころになったら、わたしも自分がおかしかったわけじゃないんだって思えるようになったし、フォードルがわたしを傷つけまいと、うそをつかないでくれたのもうれしかった。

きっかけは、こんなぎこちない会話だった——思春期のわたしは胸がドキドキ、タオルで体を拭きながら、こんな風に声をかけたの。

「ねえ、そのスイムバッグどこで買ったの？　わたしも練習用におんなじのほしい！」

「えーと、たしか」フォードルが言った。「ママが買ってきてくれたんだ。あとで聞いてみるよ。電話くれたら店の名前教えるから」

まもなくわたしはフォードルに鬼のような電話攻勢をしかけた。当時はもちろん携帯電話は普及していない。わたしはフォードルの自宅の電話番号を頭にしっかり叩き込んで、手のひらにぐっしょり汗かいて、わが家の家電（いえでん）から電話をかけてたの。

フォードルと一緒にいたい、減量したいというモチベーションのおかげで、泳ぐのが上手になった。七年生が終わるころ、わたしの身長はだいたい一六五センチ、体重がだいたい八六キログラムだったけど、夏休みを挟んで八年生の新学期を迎えるころには身長が一八〇センチを超え、体重は七二・五キログラムまで絞り込めていた。成長期だったからというのもあるけれど、わたしが食生活と運動習慣を変えたからでもある。ほかの子たちみたいに、Bカップ級の豊かな自分の胸を平らな筋肉に変えたかったんだもの。

フォードルはいつも親切にしてくれた。スイミングスクールの男の子たちの中でも、彼が一番、照れずにわたしを仲間として認めてくれた。からかわれたらかばってくれるのもフォードルだった。とは言っても、わたしをからかうのはフォードルだって同じ。わたしの胸筋を指でつついては、「おっぱいだ！」とはやしたてたり――でも、ほかの子が同じことをやったら、フォードルが黙っちゃいなかった。

クリスマス休暇という恐怖の一週間を迎え、朝練と午後練の両方があった日のこと。フォードルは、スティーヴが持ってた、媚薬(びやく)系の合法ドラッグを吸った――効き目はバイアグラに似たハーブ系で、ガソリンスタンドで売ってるぐらいのソフトな麻薬ね――フォードルったら六時間も勃(た)ちっぱなしで、仮病で練習を休むことになっちゃった。股間がこんなにギンギンだったら泳げないじゃない。

フォードルとわたしはいつも一緒だった。プライベートの区別が付かなくなった。それほど親しくなっても、わたしたちはあまり話をしなかった。わたしはフォードルのそばにいたかったし、彼はゲイだと思い込んでいた。だからわたしを受け入れてくれるんでしょ？　彼にわたしの気持ちを知られたらどうしようかと考えただけで怖くなってもいた。だから、うまく折り合いを付けようと考えた。やーね、ゲイってどんなものか知りたかっただけ。

成長に応じて性的指向を模索するのって、こんなに心もとないものだった。フォードルがゲイじゃないってわかっても、ひょっとしたら――って考えることは、まだある。フォードルにその気がないってわかっているのに。

今のわたしは、みんなに愛されているって自信がある――みんな、わたしに夢中よね？　(うっそ、でも半分ほんと。今までさんざん試練や苦悩に苛(さいな)まれたせいか、わたしったらバカバカしいぐらい自己評価が高いところがある。でも、思春期のベイビー・ジャックからは成長したから。ベイビー・ジャックは限度ってものを知らなかった)

＊＊＊

このころ仲がよかった女の子にエフゲニアって子がいた。ミドルスクール時代、エフゲニアは夏休みになるとクインシーを離れてパパとラスベガスで過ごしてたんだけど、彼女から〝キャトルコール〟というものがあるのを教わった――アメリカの次世代を担うスーパースターを発掘する、公開オーディションね。〝アメリカの次世代を担う〟は、わたしが受信したメッセージなので、ちょっと誇張が入ってるかも。エフゲニアの話だと、こういうキャトルコールはしょっちゅうやってて、いつ芸能プロダクションの目に留まるかわからないから、モールに行くときは〝らしい〟格好で行くこと、と教わった。それってつまり、ブリトニー・スピアーズ二世になる日がいつか来るってことよね。「知らなかったの？　おしゃれしてモールに行って、スカウトされたって人はたくさんいるんだよ」エフゲニアはわたしに言った。うえっ。それって、モールに行かなきゃスターの尻尾すらつかめないってことじゃない。そんなある日のこと、スイミングスクールの遠征でクインシーを離れたとき、フォードルから、両親とモールに出かけるので一緒に行かないかと誘われた。

「もちろん行く。タレントのスカウトがいたら困るから、ちょっと着替えてくる」

「は？」

「スプリングフィールドのモールにタレントのスカウトがいるかもしれないじゃない！　こんな

格好では外、出られない！」

　わたしはホテルに戻って着替えた。その日のコーデはまだ覚えている。GAPのショートパンツ。丈はひざのちょっと上、色はパウダーブルー。カラーコーディネートを考えて、ブルーのボーダー柄スウェットシャツ、足元はビルケンシュトックで仕上げて、もう完璧。ヘアの方は、下ろした前髪にたっぷりジェルを付けて、ほかは洗ったまま自然に乾かした。まだおしゃれに開眼してなくて、前髪以外に使うスタイリング剤を知らなかったからなの。全体はナチュラルに仕上がってるのに、前髪だけガリガリ言いそうな巻き毛だなんて。

　スプリングフィールド・モールに旋風を起こす準備は、これで完了。

　モールでスカウトされるかもって期待するなんて、世間知らずもはなはだしいけど、フォードよりはマシ。彼、頭の回転が速いとはお世辞にも言えなくて。でも、そこがかわいかったんだけど。わたしが教えなければ、ミズーリ州の州都がどこかもわからなかったんだから。フォードが考える最高におしゃれな週末って、ブランソンにある家族のビーチハウスに行って、友だちとビールを飲むこと。それじゃあ女友だちが車に乗ってくれないわよ。

　でもね、あのときは彼がダサいってぜんぜん思わなかった。なんてすてきなんでしょとアツくなってた。わたしのタイプでもあったし。十代のわたしが好きになるのは決まって女の子が好きな男の子（またはわたしがそうだと思う子）で、パンツにうんちが付いてそうだけど、わたしの目にはゴージャスに映る子たちね。わたしが自分に恋愛感情を持っているのはフォードもある程度わかっていただろうし、悪い気はしなかったはず。だけどわたしたちの間に上下関係が生まれたのは、お互いのためにならなかった。フォードルの愛情がほしくてあがくわたし。わたしが自分に尽くすよう、糸を引いてるフォードル。

フォードルを恨んでなんかいない。彼だってわたしとの付き合い方で悩んだと思うから。うまく行かなくて当然。自分が男の子を好きかもしれないという気持ちに折り合いを付けようとしたのは、フォードルだって同じだし、彼は異性愛者でいてほしいという家族や世間からの期待に応えたかったはず。水泳の練習があるたび、〝あなたをこんなに愛してるのよ〟オーラを放ちながら、お目々に星をきらめかせたベイビー・ジャックにじわじわ追い詰められたら、やっぱりキツいと思うもの。わたしたちはお互いを大切に思っていたけど、自分たちではどうしようもできない世間の目に、息が詰まりそうだった。大人になった今、あのころを振り返ると、わたしはフォードルや彼の家族に悪いことをしてると考えないよう努めていた。あの人たちはとてもいい人で、たくさんのいい思い出しか残っていない。不快な評判を耳にしても、わたしには知られないよう、あれこれ気を遣っていてくれたの。

そんなわけで、わたしとフォードルは、ゲイ版ルイス・クラーク探検隊として、未知なる性の領域へと足を踏み込んだわけ。一緒にポルノ動画を楽しんだわ。裸で一緒に歩いて、どちらがセクシーか競い合ったりもした。映画を観ながら抱き合ったり――ちょっとだけイチャイチャしたり。少しずつ気分が盛り上がっても、わたしが求めていたことまでは進まなかった。わたしったら、大人になっても変わらない――ウーバーで配車されたドライバーがタイプだったとき、〝腕と腕タッチテスト〟で相性をチェックしている。腕で相手の腕をタッチしても平気なら、ハグまで進んでもオーケーだけど、引っ込めたら相手の意志を尊重するの。

　バカルディ151とウォッカを浴びるほど飲んで、はじめてドロドロに酔っ払った日のこと。その晩、わたしたちは並んでマスターベーションをし、彼は二時間わたしの部屋のトイレでゲーゲーした。そしたらフォードルのおばさんがフォードルを迎えに来て、わたしたちをステーク・ン・シェイクに連れていってくれた。

　それにね、フォードルがガールフレンドを作ったことも、わたしの苦悩に拍車をかけた。ふたりのデートにわたしも呼んで、ディナーをおごるから呼んでとせがんだ。「わかったわよ！」わたしは腹立ちまぎれに叫んだ——フォードルがわたしもガールフレンドも対等に接してくれるのを確かめたかったから。わたしの要求はきりがなかった。わたしの心はすっかり病んでいた。すっかり泥沼にはまっていた。

　わたしたちは車に乗ると、ＣＤに焼いたヒット曲を聴いていた。エヴァネッセンスとかＰ！ＮＫとか。ジャスティン・ティンバーレイクの『クライ・ミー・ア・リヴァー』、『ムーラン・ルージュ』のサントラやデスティニーズ・チャイルド——アルバム『サヴァイヴァー』収録曲ね。そしてアヴリル・ラヴィーン。アヴリル・ラヴィーンはヘビロテだったわ。

　ふたりが出場した最後の州大会の前日、すね毛を剃らなきゃいけなくて、フォードルと一緒にバスタブで剃ったのはよく覚えている。若い男の子のムダ毛がぷかぷか浮いていた。ふたりで出る最後の大会になったのは、わたしが州代表の選考基準からはずれたから。わたしたちは当時十五歳。フォードルはすっかり大人の体に成長していた——胸筋がくっきりと見え、腹筋も立派、一月だっていうのに白人男性とは思えないほど日焼けした肌（今だから言うけど、フォードルはぜったい日焼けサロンに通ってたはず——行ってたらぜったい〈サン・プレイス・タンニング〉ね）。

ところがすね毛をトリムしたり剃ったりするはずが、フォードルったら切れ味の落ちたカミソリを上下に力を込めて動かしたもんだから、肌が切れて血が流れてきたの。わたしは彼の手からカミソリをひったくった。

「そうじゃないでしょ！」と言って、わたしはそっと、優しく剃るやり方を見せてあげた。

それからわたしたちはかわいらしいスウェットパンツを穿いてベッドルームに戻ると、ふたりで一緒に寝ているベッドにもぐりこんだ。寒い晩で、眠ってる間にもう、自分の脚にすね毛が生えてきたのをよーく覚えている。

わたしは多くを望んでいたわけじゃないの——フォードルと一緒に毛布にくるまったり、いつも着替えに使っているロッカールームで彼の後ろに忍び寄ったり。体の関係を結ばなくても心は満たされたし、わたしたちの間に絆が生まれた。

この日、彼はうちに泊まったんだけど、わたしたちは服を一枚ずつ脱いでいった。「フォードルがシャツを脱いだらわたしも脱ぐ」わたしたちは上半身裸になった。「フォードルがスウェットパンツを脱いだらわたしも脱ぐ」わたしたちは下着だけの姿になった。

「パンツ一枚でトウモロコシ畑を走ろう！」ふたりで外に出て、角を曲がったら、フォードルが全裸になっていた。

やだ、どうしよう。わたしはドギマギした。これからどうなっちゃうの?

わたしたちは、『プレイボーイ』誌のバックナンバーが七〇年代からどっさりそろっている、秘密の隠し場所を見つけた――ページを開くと、もう、毛深い茂みだらけ。雨に濡れた『プレイボーイ』誌を手に、わたしたちは隣り合ってマスターベーションした――まさに新人若手ブロマンスの世界。フォードルが眠っている間にハグしたら、彼が目を覚まして「どうしておれの上に乗ってるんだよ!」とわめく。わたしはベッド上の自分の陣地に撤退――こんなエピソードも、まさに新人若手ブロマンスの世界。

運転免許を取ったフォードルは八七年型ダットサンを手に入れたけど、彼の両親は息子がわたしとふたりだけで乗るのを許さなかった。わたしを乗せると運転中気が散るし、第一うるさいから。失礼だし、迷惑だし、だいたい事実無根よ。

つまらないことをめぐって倦怠期の夫婦みたいな口げんかをはじめたこともあったっけ――どっちの家に泊まるか、わたしがフォードルとドライブするか、しないか――とか。だけどわたしが一番ムカついたのは、彼がわたしじゃなく、ほかの女の子と出かけたとき。

「お前、うるさすぎ!」フォードルがわたしに怒鳴り返した。

「わたしはべつにどうだっていいけど!」

ほかの人とはデートしてほしくないから青筋立てて怒ってたんだけど、わたしたちはもう、一緒にいることがなくなっていた。あのとき部屋にいたフォードルは、きっと幻。

「へえ、エレーナとデートすればいいじゃない、毎週彼女とふたりっきりで会ってなかったら、世間がどう思うのかな？」わたしのリミッターは切れそうだった。「歯の矯正器具も、ジェルで固めた髪も、すごくそそる。あのダサい中古車も、そそるのよ！」

「そんなこと聞きたいんじゃない」フォードルは言った。「話したいのはそんなことじゃないんだ」

車寄せまで走ってフォードルを追ったけど、彼は車のスピードを上げて、出ていった。すごすごと家の中に戻ったわたしは、彼のママに家まで送ってとお願いした。

だけどわたしたちは必ず仲直りしたの。感謝祭が終わって最初の日曜日、フォードルの家族とクリスマスツリーを買いに行った。「一緒にドライブしよう」って彼は言った。ドキドキしない方がおかしいよね。

フォードルにジャケットを貸してもらったとたん、彼の一部になったような気分になった。イリノイ州のはずれにあるクリスマスツリー農場に着くと、わたしたちは仲良し写真を何枚も撮ったり、かくれんぼをしたりと、ほんもののカップルみたいに楽しんだ。

このぐらいの年齢になると、わたしもやっと、家族連れじゃなく、友だち同士で外出するようになってて、ポモナ・ダイナーで極ウマなターキーとグレービーソースのトーストサンドイッチや、アップルパイを食べたりしてた。

このときのわたしの脳内を文字に起こしてみるわね。「次はいつ会える？」、「次のデートはいつ？」、「次はどんなことしようか？」、「今度いつショッピングモールに行く？」、「次の水泳競技会はいつ？」次が決まってないと不安なので、フォードルに電話で、わたしがどれだけ楽しみにしているかを伝える。

わたしたちが付き合えるわけがない。それは自分自身が一番よくわかっていた。フォードルはストレート、わたしはゲイ。彼がゲイかも、わたしたち付き合ってるのって、いつでも、だれにでも言えるけど、彼がヘテロセクシャルである権利は守ってあげなきゃ。たとえわたしがそう思いたくなくても。

代わりにわたしはクリスティーナ・アギレラのアルバム『ストリップト』を聴きながら、空想の世界へ逃避する。空想の世界の一番みだらなシーン――わたしはロッカールームで自分の体をタオルで拭いている。BGMはアギレラの『ビューティフル』。だれかがわたしの肩をそっとつつく。フォードルだわ。彼がわたしにキスする。「おれはゲイ」そして、こうつぶやくの。「お前が好きだ」

わたしは答える。「知ってた。あなたがわたしを好きって、ずっと前から知ってた」

ロッカールームでなくてもいいの。十代だったわたしが見る白日夢では、物語がローラーコースターみたいにハイスピードで流れ、舞台はボウリング場からバリ島へと自由に変わる。蜜みたいに甘く、愛し合う気持ちさえあれば、それでよかった。

わたしが十六歳になった年、わたしとフォードルは、ママに引率されて週末のシカゴを訪ねた。シカゴって、わたしのゲイ心をかきたてる街――わたしたちはカップルになるため、ここに来たのかと勘違いしてしまいそうなほど。

フォードルと腕を組んで、エスカレーターにいくつも乗った。わたしたちはママとはべつに、クイーンベッドがふたつある部屋に泊まった。バーンズ・アンド・ノーブルでエロティックなゲイ写真集を買っていたお兄さんふたり組を見かけたので、話しかけた。バーンズ・アンド・ノーブルのトイレは、個室でセックスしてる連中がいるから気を付けてって教えてもらった。わたしたち、ほんもののカップルと間違われたのかな？　フォードルも信じられないって顔をしていた。

「おれはストレートだよ！」あの子、言い訳がましく言い返した。わたしったら変な声が出ちゃうわ、たちまちズボンがふくらむわで、自分の大きくなったペニスをウエストバンドで押さえてごまかした。

今考えると、あのお兄さんたちはわたしたちが十六歳よりもずっと年上に見えた上、自分たちがナンパされたと誤解して、公衆のトイレでエッチなことをするのはやめろよと警告したのね。ゲイ相互組合からのご忠告ってこと。だけどあのころのわたしったら、そこまで回る知恵がなかったのよ。

たぶん、あの日がはじまりだったのかもしれない――週末になると一緒につるんで、ずっと仲良しでいられると信じていた日々が終わるときが来た。

それから日を置かず、授業の間の休み時間、廊下を歩いていたわたしを、マグダリーナ・シュテフィリコフが呼び止めた。

「信じられない、あんた、フォードルと付き合ってるって言いふらすなんて！」

「だれがそんなこと言ってるの？」わたしはマグダリーナに聞いた。

で。

「しらばっくれてんじゃないわよ！」

「わたしじゃない！　そんなことぜんぜん知らない！」

友だち同士で数回こんな会話を繰り返して、ようやく真相がわかった。「フョードルとセックスしてるって、ヴァリンカ・プロストコフに言ったんだってね」でもわたし、彼と一緒のベッドに寝てるなんてヴァリンカに一度も打ち明けたことないのに――ただ、彼が好きだと言っただけで。

フョードルから「もう口も利きたくない」と言われたとき、具体的にどんな会話をしたかは思い出せない。彼としては話し合う気もなかったと思う。わたしはただ、目の前に突きつけられた事実を現実だと受け入れるだけだった。

ある日、慣れ親しんでいた日常がガラリと変わる。一番大切な友だちが友だちじゃなくなる。噂を真に受け、わたしを信じてくれなくなる。ランチのとき、小さなテーブルをみんなと一緒に囲むこともなくなった。希望や夢はまっぷたつに折れ、おまけにこんなに無神経な形で汚された。わたしは、こんな人たちとあと二年もクインシーで一緒に過ごすなんて耐えられないと思った。じゃないと、その前に死んでしまう。

あのころ、わたしはとても傷ついていた――自分で自分を飲み込んでしまえれば、どんなによかったか。あれからずいぶん経ったけど、子どもだった自分たちを振り返ると、フョードルはわたしを傷つけるつもりはなかったの。

でも結果的に、彼はわたしをズタズタにした。

その後、執着心があらゆる苦しみの元凶であるとわかった。わたしはどれだけ彼に執着していたか、ないものねだりを彼にしていたか。フォードルがわたしをきらったからじゃない――でも、当時のわたしには、わからなかった。彼にきらわれるようなことを、わたしは進んでやってきたのよ。人同士の力関係は自分たちで生み出すもの、気が付いたらいつの間にかできていた、なんてことはないの。

たとえ期間限定でも、フォードルといると楽しくて、不満なんかぜんぜん感じなかったので、彼がいない日々は骨の髄までつらかった。あの、苦いできごとから生まれたわたしのかけらは、成人した今も残っている。でも今のわたしは、寂しさって大切なひとりの時間なんだと思えるぐらいには成長した。ひとりになるのがあんなに嫌だったわたしが、今ではひとりの時間を楽しめるようになった。心が満たされる暮らしを送るためには一番大事な変化だったかもしれない。

わたしにとって大きな転換期とも言えるこの時期、水泳は我慢してまで続ける意味はなく、代わりにチアリーディングが希望を与えてくれた。クインシーを離れて、新天地へと羽ばたくという希望を。要するにね、この町にもう一年だけいたら、できるだけ遠いところに進学する。そして途中で目にしたナイスガイを片っ端からモノにしてやるって決めたわけ、ハニー。

愛に飢えた天使は、拒まれてもぜんぜん気にしない、ど太い神経を手に入れたのよ。

フォードルに棄(す)てられて受けた辱めがあまりに重くて、自分には生きてる価値なんかないと思った。わたしってぜんぜん面白くない。太ってるし、男の子っぽくないし、うるさいし、かわいげがない。おまけに今度は、信じていたみんなの間で、わたしは性的指向がおかしいうそつき呼ばわりされている。この現実が、わたしの内なる子ども（インナーチャイルド）を負のスパイラルへと追い込み、追い詰めていったわけ。

　わたしは性被害を乗り越えた。そして今度は、信じてきた親友から拒絶され、耐えている。もう失うものなんか、なにもないってこと。

　スティーヴはずっとわたしに言ってきた。地下行きのエレベーターに乗らなくていい。わたしはこの言葉をお尻のポケットに入れて、ずっと教訓にしてきた。

　スティーヴはこうも言っていた。地下には必ず底がある。ひどく傷つけられたエゴをひきずり、わたしは『アメリカン・アイドル』で一世を風靡（ふうび）したケリー・クラークソンのセカンドアルバムのタイトルじゃないけど、故郷を離れる（ブレイクアウェイ）ことにした。

Chapter 6

第六章　堕ちていくわたし

親しかった友だちはみんな離れていった。スイミングスクールはもう、わたしのホモセクシャルなハートをドキドキさせる場じゃなくなった。わたしのハートはみだらな方へと傾いていった。

インターネット初期の時代、〈マップクエスト〉みたいな地図サイトにはよく助けられた。お世話になったといえば〈ゲイ・ドットコム〉。わたしみたいな子でも拒絶しなくて、来る人拒まずの楽園だったので、すぐにハマった。

わたしは若くて怖いもの知らずの迷子だった。そして、人として浅はかな決断をたくさんしようとしていた。

ついこの間、ママと話してて、わたしが思春期のころのことが話題に上った。どこでなにをしていたのか言えなくて、息子として母親にうそばかりついていたのがどんなにつらかったか、ママに洗いざらい打ち明けた。わたしはママに隠しごとをしてたし、育ててくれてありがとうという気持ちが欠けていた。だから、もっと素直な気持ちをママに伝えればよかったのに、自分をとてもみじめな立場に追い込んでしまった。ぐらつかない心を持ち、ちゃんとした大人になることより、両親の顔色を見る大人になってしまった。

ぐらつかない心を持ち、ちゃんとした大人になる？　わたしには超不可能なこと。

両親に心を開くことができなかったので、そのあたりのことを一から十まで教えてくれる、年上の男性を探すようになった。ゲイの魂の叫び。荒れ狂う性ホルモンのほとばしり。あのころのわたしの理解力はパウダーシュガーがかかったミニドーナツの穴ぐらいに小さかったけど、感情と期待は、それをはるかに上回っていた。なんでもドーナツの穴にたとえちゃうこだわりの強さもそうだけど、こんな感情をどうやってコントロールしたらいいのかわからなかった。そこでわたしは、凍てついた性の荒野に迷い込んだ自分を教え導いてくれる、〝性のシェルパ〟を探そうと考えたわけ。こうして行き着いたのが、〈スーパー8モーテル〉の隣にある薄汚れたアパートとか、赤の他人が借りてる変な部屋とか。その部屋の持ち主には、ダルそうな目をしてカウチに寝っ転がってる遠い親戚がいて、しつこいぐらいドアを叩いてくる。そしてわたしはその部屋で、年上男性の、ソフトクリームでできてるのかと思うぐらいふにゃふにゃのアレが、ピチピチしたわたしの若い体の中へとためらいながら入ってくる現実を振り払おうとしている。

こんなシチュエーションはトラウマしか生み出さない。あとで後悔するような相手に体を売ったら、心はズタズタに引き裂かれるけれども、苦痛も限界を突破しちゃうと、なにも感じなくなり、受け止めてしまえるものなんだと実感した。トラウマで引き裂かれそうなセックスではなく、心が豊かになるようなセックスができるようになったのは、二十代も後半になってから。はじめて人を愛するようになって、愛する人と心から結びつくゴージャスなセックスのすばらしさを知ったの。

あえて言っちゃうと、わたしはめちゃくちゃだった。初対面の人と寝ていた。ママの車を黙って借りて、スプリングフィールドまで移動して、プリントアウトした地図を後部座席にまき散らしたまま、窓を開けてマリファナを吸ったりとか（まだ自分の運転免許を取ってなかったころの話）。

ＡＯＬのチャットルームで知り合った男性とテレフォンセックスもした。おかげで、クインシーから出ていくカウントダウンをはじめるタイミングが早くなった。

子どもらしい無垢な部分と、だれにも言えない秘密を抱えた部分がおかしな形で同居する毎日。わたしは子どもと大人の間で迷う、欲情した少年だった。スポーツジムの〝サーキットトレーニング〟って知ってる？　まさに当時のわたしがそうだった——ただし、わたしのサーキットトレーニングはこんな感じ。トランポリンのトレーニングをする時間。カウチでドーナツを食べる時間。テレフォンセックスの時間。バイオリンのお稽古の時間。チアリーディングのチャントを練習する時間。過食の時間。

テレフォンセックスの時間は優先順位が一番だった。〈二十代ゲイ〉や〈三十代ゲイ〉のチャットルームで雑談していた相手とツーショットに持ち込み、エッチな雰囲気になる。ゲイ向け出会い系にはほかにも〈dudenudes.com〉というサイトがあって、こちらには余裕で抜ける、ポルノまがいのコンテンツがいろいろ用意されている。

そこのチャットルームで、オハイオ州からアクセスしている男の子と知り合った。ノラ・ジョーンズのデビューアルバム『カム・アウェイ・ウィズ・ミー』を聴きながら何時間も電話でおしゃべりし、ふたりで仲むつまじくマスターベーションをしたら、そのあとはごくたまに、お互い射精したあとの小腹を満たすおやつを用意して、おしゃべりを続けることもあった。彼はハイスクールの学校劇に入れ込んでて、役のオーディションでは同じ役でもフェミニンな自分は選ばれず、〝ストレートの男子〟ばかりが有利に扱われるのが不公平だと、よく愚痴っていた。

わたしたちは学校で撮った画像をメールで送りあった。セックスをまったく連想させない、ヌードなしの画像だったけど、ファイルサイズの大きい画像をダイヤルアップ接続で送ると膨大な時間がかかった。彼が送ってくれた画像に、ハロウィーンで『チャーリーとチョコレート工場』のウィリー・ウォンカに扮(ふん)したコスチューム姿のものがあった。そのときはじめて、自分が好きになる相手の傾向が〝病んでる〟って自覚した。わたしは彼がシェアしてくれた画像に一方的に嫌悪感を抱き、二度と会いたくないって思い、こちらから連絡を絶った。あのウィリー・ウォンカは、わたしが〝病んでる〟って自覚する、いいきっかけになった思い出の人。

両親は不思議に思った。わが家の長距離電話の料金がなぜ今月にかぎって高いのだろう、って。

「オハイオに住んでるこの人、だれ?」両親はわたしに聞いた。

「べつに!」わたしはヒステリックに反応した。「キャンプで知り合った友だちだよ!」

ウィリー・ウォンカの彼には、ほんとに悪いことしたわ。とってもキュートな赤毛ちゃんだったのに。わたし、ずっとひどいいじめを受けて、とても傷ついていたの。どうか、ゴージャスな大人に成長していてくれますように。

クインシーで受けた心の傷を癒やすため、さまざまな治療を受けたけど、あのころは外見も、精神的な部分も、両親が喜ぶような息子になることを最優先させていた。それって結局、わたしがなりたいほんとうの自分とは正反対だったのね。ママは今でもわたしのことを百パーセント受け入れ、いつも愛情を注いでくれている。でも、それだけでは不十分なこともある。自分を愛し、自分を高め、自分を受け入れることを、ママはわたしに教えてはくれなかった。

「そこまで言う？」って思われるかもしれない。わたしは子育て学で博士号を取ったわけでもない。子育てがどういうものかもわからない。だけどあのころのわたしの場合、親に食べさせてもらっているうちは、親の期待に沿って生きることが第一だと考えていたのはたしか。家族が決めたルールは尊重し、口答えはしない。その代わり、十八歳になったら好きなことをしてもいい。ただし、十八歳をすぎても両親に経済的負担を背負わせるなら、主導権は親が握る。自分のことは自分でできる大人になることは重視されず、親の言うことを素直に守る子になる方に力を注ぐタイプの子育てかな。

どうやって自分を愛せばいいのかもわからないまま、気がついたら十八歳になっていた。頭に血が上りやすくて、冷静な自分をキープすることが下手、親の顔色をうかがうことしかできない、赤ちゃんのような大人になってしまったの。

わたしは親から、いじめに遭ったという耐えがたい経験に対処する方法を教えてもらいたかった。自尊心を傷つけられたらどうやって克服するか。自己嫌悪にどう向き合うか。自分の体が理想とかけ離れていて、とても不満だったらどうすればいいのか。だけどわが家で、そんな話題で話し合うことはなかった。決められたことはとにかく守りなさい、「これがダメならどうすればいい？」って相談するとか、生き方について話し合う前に、決められたことを守りなさい。わたしが知りたかったのは、好奇心旺盛で、人間性が豊かで、自立した大人になるにはどうすればいいか。まわりの人たちと上手に交流しながら、心の中に野獣を飼う、貪欲なクイーンになるには、どうしたらいいのか。だけど、自分とかけ離れた役を演じようと努力しては失敗するのを繰り返してたら、十八歳になっていたわけ。

わたしは家族から見捨てられなかっただけでも、超スーパーラッキーだった。クィアであることが受け入れられなかった時代、うちの家族は、クィアな子どもであるわたしに社会が突き付ける悪しき要素をできるだけ背負わせないようにと努めてくれた。でも、外の社会の風潮を察知したわたしは、不安に思うのは自分が悪いからだと決めつけ、自分を傷つける方へと向かっていた。

不安のはけ口が食べることだった。とにかく過食に走った。そして行きずりの男性と寝た。チャットルームに接続したら、何時間も心を殺してた。不健康以外の何物でもない形で、体だけ交わっていた。健全な人間関係をどうやって築くのかってことすら、わからなかったの。

あのころの自分が今のわたしぐらい世の中をわかっていたら、心の中にいる赤ちゃんの自分を、こう諭したはず。ほんとうの強さ、男らしさって、人と違うという勇気を持ち、大胆に振る舞うこと。自分らしさを押し殺して、男の子はこうあるべきという、ありきたりな考え方に合わせようと努力するより、大胆で勇敢に振る舞う方がずっとすてき。〝男らしさ〟って考え方自体にうんざりしちゃうのは、もちろんだけど。

かといって、わたしが男らしくなるチャンスがあったわけでもないし。

まあとにかく、わたしはクインシーという町から出たくてたまらなかった。フォードルとのことでひどく傷ついていたし――それでなくても幼少期の性被害体験が知れわたって、町の人たちからつまはじきも同然の仕打ちを受けてたわけだし――ハイスクールの最終学年になってもクインシーにいるのは、もうぜったいに我慢できなかった。

まずは、もっと手っ取り早い現実逃避に乗り出した。夜、チアリーディングの練習から帰ってきたら、ママとスティーヴを起こして、〝ただいま帰りました〟の報告をするのがわが家のルールだった。わたしたちの家は大きいけど古くて床板がきしむから、どんなに静かに歩いたって、家中にいやぁな音が響き渡り、飼ってる犬たちがいつ吠えるかわからなかった。そこで、私道の奥に停めた車のギアをニュートラルに入れ、表通りぎりぎりまで車を押して、そこで改めてエンジンをスタートさせて、さあ、夜遊びに出発。

新しい仲間ができたのよ、ハニー。素行のよくない子たちだった。マリファナを吸うし、門限は破る。わたしたちは不良少女だった。

カリナにアンドレアにエリナにヘレンカ。わたしたちは酒とタバコを売ってくれるガソリンスタンドに向かい、それからひと袋十ドルのマリファナを買って、紙で巻いて吸う。車のＢＧＭはアッシャー、タコベルのドライブスルーでテイクアウトして、『旅するジーンズと16歳の夏』みたいな、ビッチのロードムービーを気取っていた。

うちの家族はミシガン州のアッパー・ペニンシュラにある別荘に出かけるのが毎年の恒例行事

だった。これはあの年、別荘に行ったときの話。別荘はクインシーから車で十五時間のところ。行き先はミトンみたいな形のロウワー・ペニンシュラじゃなくて、ウイスコンシン州につながってる、ミトンの親指にあたる半島。

車の中ではゲームをした。わが家のお気に入りは〈カウ（乳牛）ゲーム〉。まず、車中のメンバーを座席の真ん中でふたつのグループに分け、自分たちが座っている側の窓から見える乳牛の頭数をカウントする。だけど車が墓地を通過したら、それまでカウントした牛の数はゼロになる。白馬を飼ってる農場を通過したら、カウント数は三倍になるってルール。このゲームではぜったいに負けないと闘志を燃やす、うちのおじいちゃん、町の要所はすべて頭に入っているから、自分のチームに都合の悪い道を通ろうとすると、路線変更を要求する。そんなことしてたら目的地に着くまで十八時間もかかっちゃうから、わたしたちは墓地を迂回し、白馬がいる農場を優先的に回ることにしたの。

十六歳にもなると、恒例の家族旅行がうんざりって思うようになっていた。当時はマリファナタバコがまだ巻けなかったので、例の不良少女たちが四、五本ぐらい巻いてくれたのを、ニューポート・ライト・100の箱に突っ込んで持ち歩いていた。旅行中はタバコの調達に苦労した——身分証明書の提示を求められないガソリンスタンドは八軒に一軒ぐらいだったわ。だから移動中に箱の半分を吸っちゃったら、吸い殻を箱に戻してた。だってもったいないじゃない！

別荘では毎朝目が覚めたら大きなボウルにいっぱいのシナモントースト・クランチを自分で注ぎ、お外に出て、取っておいた吸い殻を半分吸ってからシリアルを食べる。ちょうどそのころ、お日さまが顔を出すの。『ボブの絵画教室』で、ボブが描いてる絵みたいな風景に、ゼネラル・ミルズ社のシリアルの箱が絶妙にマッチする瞬間ね。

さて、別荘からクインシーに戻る後半戦、ガソリンスタンドで休憩したんだけど、タバコの箱の中には吸い殻がまだ半分残ってたので、わたしは一気に吸った。吸い殻はここ数日分の埃を吸って、とんでもない味がしたけど、お構いなしに吸い続けた。わたしはこんなことでバテる子じゃないもの。手を洗ってお水を飲んだけど、吐き気は収まらない。

帰り道は車の後部座席に座ってたんだけど、吐き気がどんどんひどくなっていく。吐き気は喉の裏側からつま先へ、両手の小指の先から尿道まで、ずーっと伝わっていく。わたしは気の抜けたニューポート・ライト・１００みたいになっていた。唇の両端はタバコの箱と同じ、ミントグリーンみたいな色に変わっている。気持ち悪くてしかたがなかった。でも、ママとスティーヴは、わたしがタバコを吸ってるのをまだ知らなかったし、ふたりにはどうしても言えなかった。

胃の中身が喉まで込み上げてくるのを感じたとたん、わたしはもう我慢できなくなって、ぜんぶ吐いてしまった。嘔吐を受け止める袋は用意していなかったので、わたしはシャツの上に戻してしまった。

「ジャック、どうしたの？」ママがわたしに聞いた。

「きもちわるい」吐きながらわたしは答えた。

もう一軒ガソリンスタンドに寄って、わたしはそこで着替えを済ませると、汚れた衣類を処分した。翌日わたしは悪友たちと、トウモロコシ畑でマリファナを吸った。行きつけの場所で、ローラーコースター・ロードと呼んでいた。マリファナを吸い、音楽を聴きながら、ぶらぶら散歩した。当時のわたしのヘビロテは、アニー・レノックスの『ウォーキング・オン・ブロークン・グラス』。仲間と踊りまくってから、エレベーターっていうゲームをした。しゃがんで深呼吸を数回してから、エレベーター役の子がマリファナタバコを吸い、火の点いた側を口の中に入れて、立ち上がりながら、思いっきり息を吸い込むって遊び。なんてバカな遊びをしてたんでしょ。不愉快に思ったらごめんなさい。

エレベーター役が回ってきて、マリファナがキマってくると、頭の中をミツバチがわんわん飛んでいる。自分が気絶なんかするはずないって思っていた。その後、仲間から聞いたんだけど、わたしったらひざから崩れ落ちて、一枚の板みたいに硬直してたんですって。ミュージカル『ハミルトン』で、アレクサンダー・ハミルトンがひざをがっくりと落として死ぬシーンみたいに。わたしの場合、そのあと顔から地面にばったり倒れちゃったんだけど。

意識を取り戻したら携帯電話が鳴っていた。ママからだった。「帰ってらっしゃい。今すぐ」声からママが本気で怒っているのがわかった。

「マミー、今はムリ。チアリーディングの練習中よ」

「チアの練習はもう終わったでしょ！　それにあなた、今日の練習をサボったじゃない！」

「あと一か月半でチアのオーディションなの！　今、わたし、その練習をしてるの！」

「今すぐ帰ってこないと、ママはあなたの車が盗まれたって警察に届けますからね！」そしてママは言った。「あなたがヘロインをやってることも知ってるわ！　スプーンとライターも見つけた。わが子がヘロインに手を出したらどうするか、こないだオプラ・ウィンフリーが番組で取り上げてたから！」

あとでわかったんだけど、わたし、シナモントースト・クランチを食べたときに使ったスプーンとライターを別荘の裏に置き忘れてたの。バカね。

「ママ、とにかく落ち着いて。とにかく、まだ帰れない」

「じゃあ、スプーンとライターのこと、今説明しなさい！」

「バルコニーでシナモントースト・クランチを食べてただけだってば！」

「警察を呼ぶわ！」

ママにはきちんと話しておきたかった。わたしがマリファナをはじめたのは、クインシーの暮らしは希望が持てないし、誤解されてばかりだし、不安ばかりのつらい毎日を生き抜くためにはしかたがなかったからだって。

スティーヴはいつも、わたしたち母子の間に立ってくれた――ママが『十代のドラッグ使用について知っておきたい五つのこと』みたいな、オプラのお説教ビデオクリップを観たら、まず話し合ってママの動揺を鎮めてから、わが家の蛇口をすべてチェックして、中の金属フィルターがみんな無事に付いているのを確認させる、とか（蛇口から金属フィルターが消えていたら、お宅の十代のお子さんがフィルターを通してドラッグをたっぷり吸っている証拠――らしい）。

家に帰って――トウモロコシ畑で気を失い、意識を取り戻し、だれがどう見てもふだんと変わらない様子にまで整えて――わたしたちは徹底的に話し合った。「メアリ」スティーヴはママを諭すように言った。「ジャックがヘロインをやってたら、彼には注射の跡やあざがあるはずだ」

結局わたしはタバコを吸っていたことを正直に告白してから、ひどい嘔吐はマリファナタバコのせい――ヘロインの離脱症状じゃないって説明した。

これがスティーヴ流交渉術。怒りをなだめるコツがわかっていて、落ち着いて冷静になる方へと怒りのエネルギーを向けさせるの。

タバコの一件が解決してから数日も経たないある日のこと、スティーヴは私道に出て、当時デートしていた男の子と、家族兼用のジープの中で激しく抱き合っていたわたしをつかまえに来た。スティーヴはわたしたちの顔をじっと見て、静かな声で「君たち、ジャックはもうおうちに戻る時間だ」と言うと、家の中に戻った。

わたしが戻ると、スティーヴはとっくにベッドの中、寝室の照明は消えていた。これがスティーヴ流交渉術。

もう、とにかくとにかくクインシーから離れたかったので、ハイスクールの早期卒業に向けた準備を少しずつ進めていたんだけど、両親から反対され、心が折れそうになってた。両親が早期卒業に反対する理由をひとつずつ解決していった。

息子を早期卒業させてもいいと思えるほどの信頼を勝ち得たかって？　もちろんよ。早期卒業してから入団する大学のチアリーディング部は決めた？　決めたわ！　大学入学に必要なACTスコアは取れた？　当然。ママの不安を一オンスも残すことなく解決させてから、わたしのかわいらしいボディは、イリノイ州クインシーから、なかば強引に飛び立った。

違う運命が同時進行する映画『スライディング・ドア』じゃないけど、進学できたらどんな生活が待ってるだろうって、ずっと考えていた。コロラド州立大学ボールダー校、アリゾナ州立大学、イリノイ州立大学シカゴ校の三校で、チアリーディングチームのオーディションを受けた。でも、アリゾナ州立大学はパパの母校で、大学があるスコッツデールには、父方の祖父母が住んでいる。ハイスクールの二年生のときには実際に大学を訪ねたこともあったから、わたしにはなじみがあったのね。大学生活はきっと楽しくなる。それにコロラドはジョンベネちゃんが殺されたところ。だから候補から外した――たとえオーディションに受かっても、行かないだろうから。

こうしてわたしは水しぶきを派手に上げながら、アリゾナ州ツーソンに飛び込んだ。大学のチアリーディングの練習は、「あなたたち、人間じゃない別の動物？」って思うぐらいにハードだった。練習は一日に二度、運動部の試合――わたしが所属していたのはバレーボール、アメリカンフットボール、バスケットボール担当のチーム――を週に四回応援するので、ハイスクール時代よりもずっと忙しい。しかも男子と女子、両方の応援をしなきゃいけなかった。自分の身を忙しいところに置いておきたくて、最初の学期は週十五時間授業を取った。それなのに、わたしはすぐに気付いた。寮の部屋で『ゴールデン・ガールズ』や『ザ・ナニー・オン・ライフタイム』の再放送を観ている方が、天文学（アストロノミー）の授業に出るよりずっと楽しいってことに（わたしったら占星術（アストロロジー）と勘違いしちゃったの――十二の星座を学ぶつもりが、まさか数学がメインの授業を取るなんて）。

天文学の授業では、ソフィヤという子の隣に座った。ソフィヤは毎日浮かぬ顔をしてて、大学に友だちがひとりもいなさそうだった。だからソフィヤを救済しようと考えたの。そしたら彼女の方から、マリファナ持ってる子を知らないかって聞かれた。

「バカねぇ」わたしは自分を指さしながら言った。「このかわいい女の子が、お尻のポケットに持ってるわよ」

ソフィヤにマリファナタバコを一本あげて、わたしはいつもの日常に戻った。その日の夜、めんどくさい相手とセックスして、うんざりしながら寮に戻ると、アリゾナ州立大学内警察のパトカーが十台も寮の外に停まっていた。野次馬に聞いたわ。「あら大変――だれがパクられたの?」

そのときだった。警官数名がわたしに近づいてきて、きみはジャック・ヴァン・ネスかと聞いた。

ヤバい。「えーっと、わたしです」

警官はわたしを隅に連れていくと、ソフィヤの画像を数枚わたしに見せた。寮の自室でマリファナタバコを巻き、吸っている姿をソフィヤが自撮りしていた。寮の自室でマリファナを吸っているところをつかまったソフィヤは、わたしからもらったと言ったんですって。わたしの部屋を捜索したけどマリファナは見つからず、今度は車の中を捜そうということになったたってわけ。

「車は友だちのドロテヤが持ってます」わたしは答えた。ドロテヤは、この日から二週間前、わたしがはじめてゲイのパーティーに行った日に知り合った、ゲイとヘテロの境界線上にあるライフスタイルを送る、どこにでもいるようなヘルシーな女の子。会ってすぐ仲良くなったので、わたしは自分の車のキーをドロテヤに渡して、一緒にドライブした。それからは車を彼女の好きなように使わせてたけれども、だって当然じゃない？　わたしたち、もう親友なんだもん。

その週は車の捜索への協力をずっと断ってたんだけど、そうこうするうちに一通の通知書が届いた。刑事事件として扱わなかったけれども、学内に規制薬物が持ち込まれたのを知っていて報告しなかったことを理由に、寮からの撤去を申し渡すという内容だった。

ママはかんかんに怒った。チアリーディングチームにバレませんようにと、わたしは十三人の女神に祈った。ぜったいに陽性だと思ってたけど、薬物検査ではなぜか陰性と診断された。だから、チーム残留はほぼ確定ってわけ。一年生の前期はチアリーディングの練習に明け暮れ、GPAスコア（各国の大学で採用されている成績評価方式）は1・7というさんざんな結果に終わった。両親には3・5だったとうそをついた。「ぜんぶうまくいってるわ！」みんなを安心させて、わたしは飛行機に乗り込むと、後期の授業を受けるために大学へと戻った。でも、そのあと両親には電話で、残念なお知らせをすることになった。GPAスコアが低いのでチアリーディングチームを退部になったこと、そしてカンニングがバレて、天文学の授業を再履修することになったこと（カンニングの相棒はソフィヤ。マリファナ事件でひどい目に遭ってもぜんぜん懲りなかったわたしたちは、最終試験でカンニングをもくろみ、ふたりとも見つかってしまったの）。

ママは冷静に対応し、息子に言われるがまま、わたしとドロテヤのためにベッドルームひと部屋、バスルームひとつのアパートを大学のすぐそばに借りてくれたので、わたしは負のスパイラルに突入した一年生後期の半年間、学業を続けられるはずだった。だけどわたしは一月になってすぐ、〈ゲイ・ドットコム〉で知り合ったボグダンという、ゲイ売買春のあっせんをやってる男性と会っていた。

わたしは彼に泣きついた。金銭的にとても困っているし、大学も退学することになっちゃった（うそだけど）。アパート代はリース契約を結んで両親が支払ってくれてる。でも、車の諸経費、電話代、生活費は自分で稼がなければいけないの。だけど、パーティーで吸うマリファナやコカインを買うお金、アルコール代など、十八歳になったばかりのわたしに必要な資金を稼ぎたかったことには触れなかった。前向きに生きていくには欠かせないわけだし、わたし、間違ってないよね？

はじめての売春用バッグはボグダンが用意してくれた。使い捨て携帯電話とコンドームのほかに、客からひどい目に遭ったとき用にと唐辛子スプレーが入っていた。最初の二か月、ボグダンは自衛しないセックスが危険なことを教えてくれたり、五十パーセントの紹介料を引き、自分のお客を回してくれたりと、結構親身になってくれた。わたしはお金に目がくらんでしまった。ギャングに搾取され、自由になる時間は一日にたったの六時間。わたしはドロテヤと一緒のベッドで裸のまま、震えて、泣いていた。

売春では結構稼いだ。

読んでて不愉快な話なのはよくわかってる。でもね、ＬＧＢＴＱ＋の人々はストレートの人たちよりも圧倒的に不利な立場にある――ドラッグの使用も、セックスワークも、金銭的に不安定な生活が不幸な結果を招くことだってある。当時のわたしはシスジェンダーの若い白人男性で、両親から見捨てられることなく、過ちを犯しても話し合う機会をもらえるという、幸せな立場にあった。幼いころから立ち直るのが早い方だったのは運に恵まれていたと思うし、クインシーでさんざんつらい思いをしてきたから、こんな苦境にも耐えていけたんじゃないかな。

それにね、わたしだってこのことを書くのはとてもつらい。公表すると決断するのにもかなり勇気が必要だった。つらい思いをたくさんして、どうしようもない現実にぼうぜんとしているしかなかった少年時代、同じ境遇にいる子どもたちを助けたいと考えたことがあった。行き場のないゲイの子どもたち向けに、センスがとってもいいフィットネスクラブをはじめたい——大きな三角お屋根のログキャビンがいいな——ジュースバーとヨガスタジオがあって、大きなスコーンとヘルシーなスナックも食べられて、事業を拡大させてフランチャイズ展開ができたら、スパも併設しよう。まさか自伝を書いて、自分の夢が語れるなんて思わなかった。

わたしたちはこの話題について語り合い、行き場のない子たちを日の当たらない場所から救わなきゃいけない。だからわたしはこの本を書いた——わたしが真実を語ることで、小さなベイビー・ジャックたちが救われ、わたしがたどった、とても苦しく、心の傷をともなう過ちを体験せずに済むかもしれない。たくさんの小さなベイビー・ジャックたちは、そんなつらい過去を語らずに生きていけるはずだから。

話を元に戻すね。それからすぐ、ボグダンは五十パーセントの分け前を回収しようとして、気が付いたら、わたしは覚せい剤の製造現場で売春をすることになった。わたしが消されて行方不明者リストに載らないようにと、ドロテヤは仕事場までいつも車で送ってくれた。彼女はわたしを降ろすと、数軒分下ってから車を停め、仕事が終わるまでそこで待っていた。仕事場が近づいてくると、頭の一部が機能停止するのを感じる。正面の入り口から入ると歯が抜けた男性がいて、灰色がかった体がくすんだラベンダー色に染まっていた。彼は自分が座っているカウチに一緒に座ろうと誘い、なにかが満タンに入った水タバコを出してきた。今ならわかる――あれはきっと覚せい剤ね。当時はわからなかった――一緒にパーティーをやろうと言われたけど、断った。

ちょうどそのとき、男が三人、家の裏側から入ってくる物音がした。無事にここから出ていきたいなら、変な好奇心は持たない方がいいって感じの、危なそうな人たちだった。わたしを呼んだ人に、ベッドルームに行かない？　って聞いた。彼はしぶしぶ「いいよ」と言った。

ベッドルームに入ると、彼はドアを閉め、わたしの方を向いて「おれもあんたみたいな仕事をやってたんだ」って言ったの。「報酬は現金で払う。現金のありがたみは、よくわかっているからな」と、彼は現金を小さなタンスの上に置いた。

「キスはしないからね」無意識のうちに、こう口走っていた。「手でご奉仕するだけ。我慢できるのはここまで」

「よし」彼は言った。「わかった。この家は怖いか」

「ええ、怖い」

彼はベッドに腰を下ろした。「あのな、おれ、明日メキシコに行くんだ。しばらく身を隠さなきゃいけなくなって」

彼はベッドの下に手を入れ、黒い箱を引っ張り出した。箱を開け、そこから銃を取り出した。

トップスはもう脱いじゃったし、靴は表のドアで脱いだ。手元にあるのは売春用バッグだけ。現金が入った封筒はすぐ手の届くタンスの上にある。

わたしはまたたく間に腹を決め、封筒をつかんで彼に背を向けると、開いた窓から表に飛び出した。窓には網戸が張ってあったけどお構いなし、網戸を突き破った先、土埃が舞う赤土の前庭に降りて、それからは全速力で、数軒先で待ってる車のところまで走った。

次の日、わたしはママに電話したんだけど、大泣きして声にならなかった。自分の体を売っていたの、家に帰らなきゃいけないのと訴えた。

「どういうことなの？」ママがわたしに尋ねた。

「どういうことなの、って？　わたし、体を売ったのよ、あなたの息子は自分の体を売ったの！」

翌日に銀行振り込みで五百ドル送金するから、そのお金で帰ってらっしゃい、と、ママは言った。

売春をしていた数か月、ドロテヤとふたりで途方に暮れていたある日の早朝、わたしは車のボンネットの中に隠れている、小さな黒猫を見つけた。この小汚いアパートの、ひと部屋しかないベッドルームをドロテヤが独占してたから、その子を部屋に連れて帰って、毎晩カウチで一緒に眠った。

わたしは決めた。この仔猫と一緒に出ていこう。

とてもかわいいおちびちゃんだったので、仔猫にはバグという名前を付けた（ほんとうはジェイデンって名前だったんだけど、ブリトニー・スピアーズが息子に同じ名前を付けたって話を耳にして、うちのネコちゃんがブリトニー・スピアーズの息子と同じ名前ってどうなの？　って思い直した。ジェイデン・スピアーズと同じ名前が気に食わなかったからじゃなくて、この子はわたしにとって、息子と同じぐらいに大事な存在だったからなの)。

こうしてわたしはわずかな荷物をまとめ、バグと一緒に兄さんからもらったジープに積んだ。さあ、これからはママの家にバグを無事に持ち込むことと、大学での屈辱的な生活をバネに、美容学校で新たな道を歩むことを考えましょう。

過去がどんなにひどいことばかりでも、わたしはいつか、ゴージャスな人生を送る足がかりを見つけるって心に決めた。

Chapter 7　GUTSY QUEEN

第七章　ヘアスタイリストになってやる！

　クインシーに戻ったわたしは自分を見つめ直した。大学で修了したのは一年生の前期すべてと、後期は最初の二週間だけ——それでも学費は払い戻してもらえなかった。二〇一二年のロンドンオリンピック、女子体操チーム代表選考に臨んだナスティア・ルーキンも、そうだった。自分の実力は段違い平行棒でチームに貢献できると自信を持っていたナスティア、でも演技中、平行棒のはるか上まで跳び上がった瞬間、もろにお腹から落ちてしまった。このとき彼女は決断を迫られた。倒れたまま、こっそりフロアから退場するか、この落下をバネに棒に飛びつき、オリンピックの金メダリストの栄冠をつかむか。さて、ナスティアはチームを優勝に導いたでしょうか？　答えはノー。当時のコーチ、カーロイ・マールタが許すわけがないもの。でもね、大事なのはここ。ナスティアは威厳を保ち、優雅なフィニッシュを決めた。不屈の精神にかけては、わたしもナスティアに負けてなかった（こちらはオリンピックの金メダリストじゃないけど。アリゾナ州立大学でカンニングが発覚、ＧＰＡスコア１・７というさんざんな成績でドロップアウト。だけど決してへこたれなかった）。

　実家に戻ると、パパが外で食事をしないかと言ってきた。さあ、元気出していきましょう！　タレントのタイラ・バンクスみたいにゴージャスな足取りで、待ち合わせ先である地元のスポーツバーに入ったら、パパはタバコを吸っていた。「わたしはどうしようもなく、お前に腹を立てている。殴ってもいいか」パパは言った。

「どうぞ、パパ！」

パパはほんとにわたしの顔を平手打ちした。

家族全員がわたしに腹を立てていた。わたしだって自分に激怒してた。故郷を離れ、両親が心配したとおりの結果に終わった。自立するには若すぎて、前のめりに倒れて挫折、得たものといったら、かわいらしい仔ネコちゃんだけだったんだから。次のチャレンジがわたしの人生をすべて決めることになる。大学はどう考えても向いていない。だけど進路は決めなきゃいけない。生活のために体を売ることは、もうしない。その道を選ぶ事情は人さまざまだし、セックスワーカーをジャッジするつもりはない。でもわたし自身は、魂をブレンダーにかけられ、粉々にされたかと思うぐらいに傷ついた。わたしは自分の身を守れなかった。サクセスとはほど遠かった。これでは自分を好きにはなれない。

大学を全米フィギュアスケート選手権にたとえたら、シングルジャンプをすべて失敗し、ブレードのつま先にあたるトウ・ピックでつまずいて顔から着地、打ちひしがれて氷上に倒れているって感じ？　最後のジャンプでひざ頭を骨折してトレーニングを断念したわたしは、メダルも取れず、見る影もなく、地元に戻るしかなかったの。

こうしてわたしはママとスティーヴが暮らす家にバグをこっそり連れ込み、一族が経営している新聞社で働いてお小遣いをもらいながら、次なるステップに向けて模索をはじめた。あんなに長い間、逃げたくてたまらないと思ってきた故郷に、わたしは尻尾を巻いて帰ってきちゃった。クインシーにこのまま残って家業を継いだ自分の人生を実体験している。わたしは負け犬。

＊＊＊

わたしはずっと、美容学校に通ってみたかった——ほんとに小さなころから、まわりにいる人たちにひと手間かけてきれいに見せるチャレンジはたくさんやってみたし。だけど、ほんとうに美容のお仕事に興味があるのか、それともこれって、きれいなものが好きっていうゲイの典型的な行動パターンなのか、自分でもいまいちわからずにいたの。それってたとえば、好きになれるかわからないけど、卵はとにかくみんな、籠の中に入れときましょうって感じ——美容もそう。ハイスクール時代に自分の髪を染めるのが楽しかったから、将来の仕事にしたいって考えてるんじゃない？　でもさ、あのときわたし、ヴァリンカ・プロストコフの髪をついうっかり消防車みたいな真っ赤に染めたことあったじゃない。わたしの被害者を増やすことになるけど、どうしよう？

アリゾナ州立大学を中退したのだから、美容学校は自分で稼いだお金で通いなさいと家族は言った。そこで、夢と学資支援機関ＦＡＦＳＡへの登録申込書をポケットに入れて、わたしは故郷をふたたびあとにしたってわけ。

ミネアポリスって街にはクールな印象があったので、進学先はアヴェダ・インスティテュートに決めた。そして向かいにセブン‐イレブンがある、小さなアパートに引っ越した。

講座は十一か月で合計千六百時間学ぶプログラム。新しい友だちを作って、自分をゼロからやり直すチャンスだった。アヴェダへの入学を機に、ジャックからジョナサンへと改名した。多彩な学生が学んでいた――中西部出身のブロンドの子が過半数だったけど、ミネソタ州は全米で唯一ソマリアからの難民を受け入れている州だったので、ソマリア人の女性もたくさんいた。ミネソタ州立大学からダウンタウンに向かうに連れ、世界各地から集まった学生が、ビジネスパーソンが、そしてホームレスの人々が増えてくる。ミネソタの懐の深さったら、すごいの。わたしたち学生は、いろんな質感の髪のスタイリングが学べた。多様性のある人たちとの触れ合いはわたしの世界観を広げ、美容のスキルも高めたの。入学してまもなく、肌の色がブラウンの人たちに特有の髪質、いわゆる〝テクスチャードヘア〟を上手に扱うスキルを学んだ。テクスチャードヘア担当のヘターソヴァ先生は、あらゆる質感の髪、あらゆる色の肌のケアについて、熱心に教えてくれた。テクスチャードヘアの授業の一回目、先生は縮毛矯正剤の使い方やブレイズの編み方、カールの質感を変えるパーマ術などの技術とともに、自分とは質感が違う髪でも、臆することなく接するってことも教えてくれたの。先生はよくわたしたちに言ったわ。「髪の毛はみな同じ、ツールで髪の毛を自由自在にスタイリングするテクニックを身につけるのが、わたしたち美容師の仕事」って。ヘアスタイリストのキャリアの入り口で、こんな貴重な経験ができたことに感謝している。だって、難度の高いお客様の施術は何度かあったけど、美容学校時代に基礎をきちんと学んだおかげで心の準備ができたから。

アヴェダにいる間、わたしは化粧品やヘアケア製品の成分に開眼し、わたしたちの体に与える影響について学ぼうと決意した。アロエ、エッセンシャルオイル、乾燥キヌアパウダーのような天然由来成分を肌や髪に使ったときの仕上がりは、化学薬品成分のものとまったく違う。パウダーって言ったらプチドーナツかコカインしか思い浮かばなかっただれかさん（わたしね）にしてみれば、まさに一大発見だったわけ。

アヴェダというブランドは、病気を治療するのではなく、予防するという東洋医学の思想、アーユルヴェーダから生まれた。サステナブルな素材や天然由来成分を採用するアヴェダの思想に、わたしは夢中になった。エスティローダー・グループの一員になり、容器がガラス瓶からすべすべのものへと変わったけど、やっぱりわたしは、クールエイドをごくごく飲むみたいにアヴェダをたっぷり使ってきた。アヴェダのサロン以外に選択肢はなかった。だってわたし、頭のてっぺんからつま先まで〝アヴェダ・ガール〟だもの。

でも、学校で勉強するだけでは生きていけない——働かなきゃ。最初は〈アップルビーズ〉というファミレスで、テーブルまで食事を運ぶ仕事に就いたんだけど、これがもう、ぜんぜんダメだった。お客様がチキンフィンガーを注文してるのに、チキンファフィータをテーブルまで運んじゃう。お客様がスプライトを注文しても、わたしが持っていくのはコーラ。オーダーミスがマネージャーにバレたら大変、だから料理は厨房には返さなかった。「お願いです、クレームしないで」テーブルでこっそりお客様に頼んだ。「解雇されたら困るんです。コンピューターを使う仕事はまったくできないし、やってもストレスでおかしくなっちゃうから」わたしって、オーダーどおりに料理を運ぶことより、自分の天然パーマをアイロンでストレートに伸ばすことの方が大事な子だった。〈アップルビーズ〉で働いた最初のシフトで、わたしはオーダーを十五回取って、そのうち十二回がオーダーミス、お客様に頭を下げて、タダで食べてもらった。

一日の生活費は十七ドル、〈アップルビーズ〉をたったの三週間で解雇されるまで、自分がオーダーミスした料理とナッターバター・クッキーで飢えをしのいだ。

次のバイト先はミネアポリスのダウンタウンにあるレストラン。勤務初日、わたしはテーブルにご案内する前のお客様が立つスタンドに積んであるショップカードの裏にオーダーを書き、ミスをしないよう気を付けていた。わたしの研修担当のマネージャーから、ちょっと来いと呼ばれた。「ショップカードにオーダーを書くな」と、マネージャーは言った。「あのカードはコストがかなりかかっている。ムダにするな」

わたしはうなずいた。マネージャーはカードの扱いに神経質だったみたい。

その翌日、わたしが別のお客様のオーダーを受けていたら、ゲイではなさそうな年配男性が来店し、スタンドの前に立った。オーダーを書き留める紙はないかな――と探していたら、そのお客様に呼ばれた。前日に注意されたばかりだし、ショップカードをムダにはしたくない。困ったわたしはペンでオーダーを手に書き留めた。

ゲイではなさそうな年配男性のお客様は、ご案内スタンドでテーブルの準備が整うのを待ちながら、パニックを起こしているわたしをながめていた。そして彼はショップカードを手に取った。「これに書けばいいじゃないか」

いた。「話したいことがあるんだが」

「ダメです！」わたしははねつけた。「できません！」

先に待っていたお客様をお席まで案内して戻ってくると、彼はイライラしながらそこに立っていた。「話したいことがあるんだが」


この人はレストランのオーナーだった。

彼はわたしを厨房まで連れていき、接客担当や調理担当全員の前で叱りつけた。

「聞きなさい。たとえお客様の髪型がフロック・オブ・シーガルズみたいに変で、足元はボーリングシューズ、チノパンツを穿いていても、お客様からオーダーの取り方についてアドバイスがほしければ、わたしは聞くぞ！　だがな、わたしはきみのアドバイスなどほしくはない。なぜなら、わたしは、この、レストランの、オーナーだからだ！」

もう、脳の機能が完全停止。わたしは走って店を出た。あとで研修担当のマネージャーが電話で謝ってくれたけど、このとき受けた心の傷は致命傷だった。「もう店には戻りません！」って、受話器越しに叫んだ。

でもね、捨てる神あれば拾う神あり。ダニールシュカっていう女友だちは自分の仲間全員をアヴェダ付属のヘアサロンに送り込み、わたしをカット担当として指名させたの。美容学校の生徒がカットする料金はたったの十二ドルだけど、彼女たちはわたしに十ドルのチップをくれたので、生活できるだけのお金が集まった。

その年のアヴェダ・インスティテュートの生徒会長に立候補して、わたし、みごと当選。生徒会長になったはいいけど、ゾイエンカって子が、赤十字に寄付するためにブリーチの空瓶に入れていたおつりが盗まれた、犯人はジョナサンよ！　って言い出した。問題のブリーチの空瓶、ぜんぶかき集めたって八十セントにもならなくて、ほとんどが五セントか十セントだったんだよ。もちろん、わたしはやってない――だけど一度だけ、「だれか、あの瓶から二十五セント、駐車場代としてツケにしといて」って頼んだことはあったから、ゾイェンカはそれが許せなかったとしか考えられない。

「あなたみたいな人たちってムカつくのよ」ゾイェンカはわたしに言った。生徒会はわたしを除名し、別の女の子が生徒会長になった。

そのゾイェンカ、その後、勤務先のサロンで売上金を盗んでつかまったんだって――〝怪しい～〞って顔にならない方がおかしいよね、ハニー。さあ、このわたしの顔、撮って！　ま、それはそれとして、わたしはやっぱりヘアメイクが大好きで、お客様と接する仕事が大好きなんだって再確認できて、ひと安心。たとえ、たまぁにストレスが爆発しても――たとえばフィンガーウェーブの練習中、イライラしてマネキンの頭をドロップキックして、窓を割っちゃうとか――わたしは最高の自分に近づきつつあるって思えた。荒れに荒れていたアリゾナ時代を乗り越え、身辺がきれいだと気分もよかった。自分がまともだって感じたのは久しぶり。

ミネソタの夏はきっとゴージャスって期待してた。でも摂氏四〇度にも届きそうなほど暑く、湿度は九七パーセントと、ゴージャスのかけらもなかった。猛暑日が続いたある日、愛するバグちゃんの呼吸がとうとう怪しくなった。猛暑日はいつか終わると思ってたのに、気温は毎日上昇してた。

打つ手がなくなり、わたしはママに電話した。「わたしのネコちゃんが脱水で死にそう。エアコンが必要なの——口座に少しお金を送って」

ママはしぶしぶ同意し、わたしと大親友のターシャは、うだるように暑いアパートの部屋に設置する、窓に取り付けるタイプのエアコンユニットを買うことになった。だけど七軒目のホームデポにたどり着いたところで、うちから半径五〇マイル圏内でエアコンを売っている店が一軒もないという現実に打ちひしがれたわけ。パニックを起こしたわたしは泣きながらママに電話した。ママのおかげで、ミネアポリスから二時間以上離れた町、ダルースにあるスポーツ用品店でエアコンを売っているとわかり、わたしたちは、車で引き取りに行った。エアコンを載せてアパートに戻ると、わたしはエアコンの据え付けに必要な工具が入った小さなボックスを取りに自分のベッドルームに向かった。リビングルームからなにかが割れる音がする。駆けつけると、ターシャが——身長一八〇センチ弱、元フィギュアスケート選手で若い女性のターシャが——カウチと格闘していた。あんまり暑くてやけになった彼女、二階にあるわたしたちのアパートの窓に張った網戸を蹴破り、ダクトテープで懸命にエアコンを取り付けようとしていた。窓とエアコンの間にカウチのクッション材とか、ソックスとか、エアコンの梱包材とか、くしゃくしゃにした紙を突っこんで、冷気をなんとか留めている。わたしはあきれ顔でターシャを見た。「バカじゃないの、ターシャ！　窓、どうするの！」

「ジョナサン！」ターシャが怒鳴り返した。「あなたの猫が呼吸困難なんだよ！　おかしくならない方がおかしい！」

ターシャを手伝うことにした。滝みたいに流れる汗が目に入ってヒリヒリする。そこで事情が飲み込めた。ターシャの言うとおり。とにかくエアコンを取り付けなきゃ。

それからどうなったと思う？　わたしたちは快適な部屋を手に入れた。うちのアパートに設置されてるエアコンはどういうタイプ？　って聞かれるたび、わたしはこう答えてた。ボロボロの発泡スチロールと、雑誌と、ソファに置くちっちゃなクッションとダクトテープで片側を押さえてるエアコン、って。見た目悪くない？　そうね。ちゃんと動くの？　まあね。ホットヨガスタジオ並みに暑いアパートだけど、エアコンが付いてる窓の周辺一メートルぐらいはちゃんと冷えてた。〝バグちゃんを酷暑から救おう作戦〟は、みごと成功。

＊　＊　＊

ミネアポリスで過ごした学生生活は楽しかったけど、ここで働くのはムリだった。美容学校がいくつもあるので美容師が飽和状態。冬はびっくりするほど寒いのに、夏は生命の危機を感じるほど暑い。ムンムンムラムラの熱気ならいつでもオーケーなんだけど、ハニー。

美容学校の前期と後期の間に一週間ほど休暇があったので、わたしはフェニックスに顔を出すことにした。父方の祖父母が年に数か月フェニックスに滞在していたってこともあって、学校を出たら、フェニックスに住んで美容の仕事をしようと考えたの。父方のおばあちゃんと、もっと一緒の時間を持ちたかったのもあった。彼女は卵巣がんの末期も末期と診断されてて、わたしがハイスクール三年生のころには、がんが全身に転移していた。肝臓も、肺も、がんがむしばんでいた。終末期医療に入って治療の手段はもうないから、身辺整理をはじめるようにと医師から指導があった。おばあちゃんは笑顔でセカンドオピニオンを希望したけど、結果はやはり同じだった。おばあちゃんは笑顔でサードオピニオンを希望し、そこでようやく治療の道があると言われた。おばあちゃんは髪が抜け、聴力も失ったけれども、がんに打ち勝ち、あらゆる不安要素をはねのけた。わたしは子どものころから、このおばあちゃんから気骨と決意というものを教わってきた。信じられるのは結局自分だけだということも。これって、わたしが身につけておくべき不屈のエネルギーだった。それにニューヨークやロサンゼルスみたいな大都会に住んだら、覚せい剤に依存してしまいそうな自分が怖かったし。

面接に行ったサロンの中で、ひときわよかったお店があった。美容学校を卒業したわたしは、そのサロンに採用された——サロン・ベアトリクス・キドー。お店はフェニックスのすぐ隣の街、スコッツデールにあって、カラーリングしたフェイクのブロンドと豊胸手術、そして〝大金持ち〟の聖地——二〇〇六年当時に流行の最先端だった、二万ドルするテスラのスーパーカー級の高級車を乗り回しているけど、実際はローンが山のようにたまってる借金まみれの人たちってこと。ゲイに対してちょっと失礼な態度を取る、ストレートなみなさんばかりだったけど、このサロンに勤務してよかった。お客様のヘアメイクを楽しんで担当できた。

美容師という華やかなキャリアがこうしてはじまったわけなんだけど、スイミングスクールやチアリーディングチームのように、美容師って、ずっと憧れていた華やかな世界じゃない？　だから、まるで社交界にデビューしたみたいに舞い上がった。フェニックスに移るまでしばらく、仕事以外のプライベートで忙しくすることがなかったせいで、わたしはちょっとイタい子になっていた。フェニックスバレエ団所属のヴィクトル・バリシニコフって子に、ものすごく執着していた。ヴィクトルはわたしのコンプレックスを悪い方に刺激してるとしか思えなかった。いいわね、あなたはゴージャスで優秀なバレエダンサー、それにひきかえ、わたしったら、ぽっちゃりさんでなんにもできない。これってどういうこと？——みたいな。ふたりの間に沈黙が一ミリ秒でもあったら、わたしはチアリーダー時代の思い出話を彼に聞かせていた。きっと彼はうんざりしてたと思う。だって今、こうやって書いているわたし自身がうんざりしてるもの。おまけにヴィクトルの華やかさと恵まれた才能は、わたしのみじめでちっぽけな存在だという劣等感をつのらせた。ヴィクトルが思わせぶりなクリスマスのテキストメッセージを送ってくるもんだから、わたしはその後毎日、出勤途中に彼のアパートの前を車で通らずにはいられなくなった。劣等感はさらにつのった。ケリー・クラークソンのアルバム、『マイ・ディッセンバー』も、レンガの雨みたいにわたしに圧を与えた。収録曲の中でも『ソウバー』の、コーラスからケリーがシャウトするところなんて、もう……。号泣して、ウインドウのワイパーをオンにしたぐらい！

一方で、精神的に成長したからか、自分のまわりにいる人たちを好きになるように、自分を好きになってもいいんだと思えるようになった。おばあちゃんはスコッツデールの北側、車ならサロンから四十五分で行けるところに住んでいたので、髪をきれいに整えてあげるって約束した。それから毎週金曜日になると、わたしは四十五分かけておばあちゃんを迎えに行き、四十五分かけてサロンに戻って、シャンプー&ブローをし、それから四十五分かけておばあちゃんを家まで送ったの。おばあちゃんはサロンに着くと、店内にいる年配のご婦人方をひとりひとり回って、思いやりにあふれた言葉をかけながら、ていねいにご挨拶をしていた。「どうも、スーザン——お会いできて光栄だわ。今日はとてもおきれいね！」でも本音は「まあ、あなたの使いこんだバッグ、お庭で汚れたモップを洗うのにぴったりね」だったんだけど。彼女は精神的にとても若い人だったから、年配のご婦人方が自分とほぼ同世代だという意識がまったくなかったってこと。おばあちゃんのように、誠意を持って人と接する大人になりたいと感じた、はじめての経験だった。

当時スコッツデールの美容院で、ブローの相場はだいたい三十五ドル。だけど父方のおばあちゃんは大恐慌を体験してるから、とても気前よく、感謝の心を込めて、八ドル五十セントをわたしにくれた——五ドル紙幣を一枚と一ドル紙幣を三枚、そして二十五セント硬貨を二枚、車での往復とシャンプー&ブローで四時間かけたわたしへの報酬として支払ったわけ。おばあちゃんは自分がとても気前がいいと思っているから、もっとちょうだいとは言えなかった。おばあちゃんの料金はわたしが負担した。結局パパがおじいちゃんに電話して、事情を説明することになった。「父さん、うちの息子の年収は一万八千ドルなんだ。母さんにもう少し払ってやるよう、父さんの方から言ってくれないか」ママも言ってたっけ。「おばあちゃんはだれよりもお金にうるさい人だったから」

わたし、おばあちゃんを〝ヌーニー〟って呼んでいたんだけど、彼女に週に一度のシャンプー

&ブローをプレゼントするようになって三年、電話をしても約束を忘れていることが日に日に増えて、ついに医師から深刻な診断が下った——おばあちゃんの認知症が進んでいた（患者が亡くなるまで、アルツハイマー病とは断定できないケースも多いので）。おじいちゃんは朝鮮戦争に軍医として従軍し、子どもたちからの同居の提案をかたくなに拒んで自立していた人。だからおばあちゃんの介護は自分ひとりでやると言い張り、ホームへの入居も拒否した。おばあちゃんは六年前に不慮の事故に見舞われたおじいちゃんを献身的に支えたから、おじいちゃんとしても、妻を守ろうと必死だったのかもしれない。真夜中にトイレで体のバランスを崩して倒れたおばあちゃんは、夫を呼んで助けを求めた。トイレの水を止めようとしたとき、タンクが倒れ、おじいちゃんの手がバッサリ切れた。命が危ぶまれるほどの重傷を負ったのに、元医師だったおじいちゃんはとても冷静だった。傷は外科医が縫合したけど、手の指を動かす機能はほぼ失われた。

おばあちゃんの認知機能は衰えていった。おじいちゃんは翼を持った異形の竜であり、自分は竜にさらわれたのだと思い込んでいた。いつか両親が助けに来てくれると信じていたけれども、ひいおじいちゃんとひいおばあちゃんは六十年ほど前に亡くなっている。

結局おばあちゃんは入院した。でも、体調は急速に悪化した。おじさんの力を借りて、わたしたちはおばあちゃんの故郷、イリノイ州ブルーミントンの病院に転院させた。転院なんてどうかしていたかもしれないけど、おばあちゃんを生まれた家に帰してあげるのが家族にとって先決だった。ヌーニーはどんなときもとってもおしゃれだったのに、彼女を空港まで送るとき、おじさんは目を覆うほどダサいウインドブレーカーをおばあちゃんに着せていた。

「おばあちゃんはこんなの着て、飛行機に乗りたくないはずだよ」わたしは抗議した。判断力がいくら落ちたって、おばあちゃんは、あのウインドブレーカーを着て外出したくないに決まっているもの。

「大丈夫だよ」おじさんは言った。「わたしを信頼しなさい」

それから十分も経たないうちに、ベッドルームからおばあちゃんの金切り声が聞こえた。

「ケルマリン、わたしは着ませんよ、ぜったいに着ませんからね」

機嫌の悪そうな声とガサゴソと服を探しているような音が聞こえたので、わたしはおばあちゃんの部屋に入った。おばあちゃんにすてきなサルヴァトーレ・フェラガモのネイビーブルーのベストを着せ、キュートなスラックスとサドルシューズを履かせて、彼女が飛行機に乗る身じたくを整えた。

ブルーミントンに帰ったおばあちゃんは自宅で介護を受けることになり、おじいちゃんは妻への終末期医療に同意するという、苦渋の決断を下した。

お医者さんたちによると、脳の機能は低下しても身体はまだ頑健であるため、おばあちゃんはもうしばらく生きていられるとのことだった。高度先進医療を長期間受ける負担額を考えると、わが家に新たなストレスが生まれた。これまでも予想を裏切ってきたおばあちゃんだもの、きっとみんなに負担をかけさせたくないはず。だれよりも倹約家で思慮深い人だったおばあちゃんの体調は、お医者さんたちの予想を上回るスピードで悪くなり、それから二週間も経たないうちに亡くなった。命を縮めてまでも治療費を払いたくなかったのかな？　ううん、愛する家族が長時間苦しみ続ける姿を見守る苦痛をわたしたちに与えないようにと、おばあちゃんが自ら選んだ答えだったと思う。彼女はわたしが二十一歳の誕生日に亡くなった。

わたしはこのとき、父方の親戚からはじめて大人として扱われた。わたしがスコッツデールの別宅に数か月間無料で住めたのも、晩年によく尽くしてくれたからという、おばあちゃんの計らいだったのかもしれない。家賃が浮いた分を資金にして、わたしは自立への足固めに取りかかった。おばあちゃんが亡くなったばかりのころ、これからは誕生日がおばあちゃんの命日だという現実に愕然（がくぜん）としたわ。だけどすぐ、おばあちゃんは、わたしが世界に受け入れられた日を選んでこの世を去り、新たな世界へ旅立った。すごいことじゃないって、ポジティブに考えられるようになった。父方・母方、ふたりの勇敢なおばあちゃんに乾杯。ふたりがいてくれたから、わたしは自分らしさを手に入れられた。今でも毎日、ふたりに会いたくてたまらなくなる。

精神的な成長はほかにもあったわ。サロンで持ち場が同じ、友人のアナトリアが紹介してくれたビクラムヨガがきっかけで、体をヘルシーにするというスタートを切った。ヨガをはじめても、パーラメント・ライト・１００を五本吸ってからレッスンに入り、途中でタバコ休憩しちゃってたんだけど、ビクラムヨガでは中座は望ましくなく、温度を上げた部屋からできるだけ外に出ないルールがあった。おトイレはどうするの？　我慢よ、我慢！　とにかくヨガスタジオから出ちゃダメ。

それこそ毎日、一年間ビクラムヨガを続けて、もっと運動量が高く、複数のポーズを連続して行うヴィンヤサフローヨガに開眼し、ホットヨガから浮遊感を追求するレッスンへと進んだ。あのころのわたしにとって、ヨガとは自意識そのものだった——どれだけ長く逆立ちしていられるかな、開脚のポーズをマスターできるかな、どうしよう、彼ってわたしをセクシーだと思ってるのかな——だけどその後、わたしはヨガの高い精神性へと傾倒していった。『四つの約束』や『さとりをひらくと人生はシンプルで楽になる』、『ニュー・アース』も読んだし、ディーパック・チョップラの著作はすべて読んだわ。『バガヴァッド・ギーター』や『ウパニシャッド』みたいなインドの聖典も読んだわ。お釈迦様ことゴータマ・シッダールタの物語も。それにね、ハニー、『スキニービッチ　世界最新最強！オーガニックダイエット』も読んだんだけど、この本に衝撃を受け、わたしは四年間、超過激なヴィーガンを貫いたのよ。

内面が磨かれると行動に表れる。スコッツデールの美容師として、常連のお客様を一定数確保できるようになった。九か月もすると、予約がいっぱいで忙しくなったわ。評判も上々、口コミでまた新しいお客様が増える。家族ですらわたしを誇りに思うぐらいになったもの。この時点で、家賃を家族から負担してもらわなくてもよくなった。

フェニックスでは経済が沈滞する冬に備えて、渡り鳥が移動するころまでに十分な資金を貯めておくもの。だけど二〇〇八年の夏、リーマンショックで世界経済は底の底まで落ちこんだ。わたしのお客様の中にも、自ら命を絶った人が五人いた。火曜日の朝、今日もご予約はいっぱいねと、サロンに出勤。ところがお昼どきになると、ご予約の半分がキャンセルに。翌日は前日のご予約件数から、さらに二十パーセントがキャンセル。外に出て客引きしようかって、真剣に思ったほど。「今すぐご来店の方、カットは三十ドルでーす。髪の毛のハイライトは無料でサービスしまーす」

リーマンショックがフェニックスの街を直撃。二か月ほど経って、わたしはこの街を出ようと決意した。行き先はロサンゼルスに決めた――フェニックスよりも景気はいいだろうし、ヘアスタイリストとしての腕を磨きたいという素直な気持ちもあった。おばあちゃんをサポートする必要もなくなったし、彼女への恩義は十分尽くした。目の前の信号が青に変わったような気分だった。それにね、フェニックスにいると、どんなにていねいにホイルカラーでハイライトを入れても、みんな、歌手のケリー・クラークソンみたいになっちゃう――二〇〇二年ごろのね――ピアノの鍵盤みたいに、濃い色と薄い色の差がはっきり出ちゃうの。ところがロサンゼルスだと、みんな自然な色に染まっている。どうしてあんなにきれいにできるわけ？

アナトリアとわたしが聞いた噂によると、ロサンゼルスでは女性ヘアスタイリストが細かい手作業でハイライトを入れる、バレイヤージュって技術を考案し、ハイライト料金を六百五十ドルに設定しているんですって。アナトリアはそのヘアスタイリストから技術を学ぶことにした。わたしもすっかりロサンゼルスに行く気になっていた。

＊
＊
＊

ありったけの荷物と猫のバグちゃんを車に乗せ、こうしてわたしたちはロサンゼルスへと旅立った。新しい冒険のはじまりよ。アナトリアはわたしよりも数か月前にロサンゼルス入りして、トーニャ・スコエンカヤ・トゥトベリーゼのアシスタントプログラムに参加していた。トーニャ・スコエンカヤ・トゥトベリーゼはオープン直後から大盛況、ヘアサロンとして絶大な支持を獲得していた。サロンには、わたしが今まで体験したことのない、独特のエネルギーがみなぎっていた。アナトリアは研修を終えると口頭でバレイヤージュのテクニックを指南してくれたんだけど、言葉で教わってもなかなか理解できないもんだから、手作業でハイライトを入れるテクニックが身につくまで、アシスタントプログラムでわたし、あんまりきれいじゃないハイライトを量産しちゃったの。アナトリアがトーニャ・スコエンカヤ・トゥトベリーゼで教わったテクニックをそのままやろうとしたのがそもそもの間違い、わたしには向いてないと気持ちを切り替え、別のサロンを探すことにした。

ロサンゼルスにもアヴェダ・サロンがあると聞き、そこで働こうかとも考えた。でも面接で、仕事はフロアの美容師に付くアシスタント職だとわかった。それでもいいですってことで、アヴェダで働いたんだけど、いつものわたしが出すぎちゃった。カラーリング担当者やお客様の話をまったく聞かない。お客様の背中を濡らしちゃう。一生懸命すぎる。ヘアスタイリストには向いてなかったのね。

もう大ショック。アヴェダのことはよくわかっているって自覚はあったし、自分の取り柄は美容の技術だって自信があったのに、わたしの技術は中西部でなら通用するけど、西海岸で成功するにはぜんぜん足りていないってすぐにわかった。ロサンゼルスの人たちはきらびやかなブランドが好き。だけどわたしには、そのあたりの経験がまったくなかった。

せっかくロサンゼルスに来たのにチャンスをフイにしてしまったばかりか、引っ越し資金として貯めていたお金が底をつきそうになった。もうすぐ破産しちゃう。

またひとつ面接に落ちた日のこと、アナトリアから電話があった。「今すぐここに来られる？新人の男の子が出勤したんだけど、緊張してどうしたらいいかわかんなくなって、おまけに英語もできなくて、とにかく今日働けないならもう要らないって解雇されちゃった。彼の穴埋めで、美容師の免許を持ってる人に、今日すぐ来てほしいんですって！」

「うっそ！　行くわ！」わたしはトーニャ・スコエンカヤ・トゥトベリーゼまで飛んでいった。

信じられないほどの急展開。さあジョナサン、十センチぐらい背筋を伸ばして、気をしっかり持つのよ。たとえだれかにお水を持っていくときでも、アシスタントはランウェイを歩くナオミ・キャンベルみたいに颯爽としてなきゃ。

わたしはツァリーナというヘアスタイリストのアシスタントになった。彼女はどうやら若手ではトップに位置するスタイリスト――三角形に整えたアフロ、くすんだラベンダーのサイハイブーツはステラ・マッカートニー、スキニーデニムにゆったり目のセーターを着て、息を呑むほどゴージャス――ほんと、パーフェクトな人だった。わたしはツァリーナにすっかり心を奪われてしまった。

ヘアカラーの調整は、もともと自分に向いていたんだと思う。仕事の手順は見ていてわかったし、カラーリングの理論もすんなり頭に入ってきた。ヘアスタイルを三次元でとらえるカットは怖くて手が出せなかった。取り柄といったら、レイヤーが入った自分の長い髪を上手にカールすることだったわたしが髪をカットするなんて、どれだけ勇気が要ることか。

自分はずっとヘアスタイリストよりもカラーリストに向いてると思っていたけど、安心して働ける仕事じゃない分野に挑戦するのも大事なことだし、ツァリーナと一緒に働きたいという気持ちは変わらなかった。それに、この店のような高級サロンでは、カットとカラーリングは分業制、両方を手がけることはないの。わたしが穴を埋めた男の子はヘアスタイリストのアシスタントだったから、カットでもスタイリングでも、できることならなんでもやるつもりで、与えられたポストでキャリアをスタートした。それにね、こんなに高い技術力を持つ、プロ意識の高いヘアスタイリストのそばで働けば、カラーリングの知識もたっぷり身につくはずだし。

ツァリーナがその日担当する最初のお客様が来店されると、わたしはものすごい勢いで話しかけた。「お客様、今朝、ここに来る前、どんなことをされました？」わたしは自分のことばかり話した。「えと、わたし、わたしは、スムージーを飲んで、ヨガに行きました！」

自分の立場では、お店に出たらしゃべってはいけないってことを、わたし、ちっともわかっていなかった。ロサンゼルスに来る前は常連のお客様がいて、お客様から気を遣ってもらうのが当たり前だという認識が定着していたので、アシスタントとしてやり直すのは、決して楽ではなかった。わたしは怒濤のごとくまくし立て、場の雰囲気をなごませようとした。ツァリーナに気に入ってもらいたかった。彼女は超一流の美容師だった。ブラシとブロー用のドライヤーで、アフロヘアをヘアアイロンで伸ばしたみたいにストレートにできる腕の持ち主だったの。ヴィクトリア・シークレットのファッションショーで何年もヘアメイクを担当した人。わたしもツァリーナみたいにきれいなブローができるようになりたい、ハリケーンが直撃し、強風にさらされてもびくともせず、きれいなままのセットに仕上げたい。超一流ヘアスタイリストのセルジュ・ノーマントも泣いちゃうような、ゴージャスの極みみたいなアップヘアを完成させたい。ツァリーナはお客様のどんな注文にも、汗を一滴もかかずに、涼しい顔で応えてみせるんだもの、って。

　ツァリーナのアシスタント初日、別のシニア・アシスタントがわたしを奥に連れていった。

「ねえ、気を付けてね。今日みたいにしゃべっちゃダメ——非常識よ。あのお客様たち、ツァリーナとは長年のお付き合いなの。あなたが今朝、スムージーを飲もうがなんだろうが、ぜんぜん関係ないから。あなたの仕事はお客様をリラックスさせて、ツァリーナが仕事をしやすい環境を整えて、わたしたちがスケジュールどおりに働けるよう気を配って、それから、ずっと黙っていること」

「わかりました」

「来週火曜日、あなたをお店に呼ぶから、ナターシャのアシスタント試験を受けていいわ」

　ツァリーナはとても忙しいスタイリストだけど、彼女の大親友がナターシャ。お店はふたりの両方に付くアシスタントをひとり探していた。次の週、火曜日の朝、トーニャ・スコエンカヤ・トゥトベリーゼの店内にカッ、カッ、カッというヒールの音が鳴り響き、わたしの〝ゲイ聴覚センサー〟が、ぴぴっと反応した。くるっと振り返ると、前髪を無造作に作り込んだウェービーボブ、今まで見たことないほど美しいそばかすが頬をほのかに彩る、美容界のクイーンが姿を見せた。キュートなリトル・ブラック・ドレス(LBD)に身を包み、あり得ないほど完璧な保湿を施した脚のみごとさも、今まで見たことがないほど。今でも彼女の脚にまとわり付いてアイスクリームを食べたいぐらい、ナターシャが大好き。それまで女性に惹かれるってことはなかったわたしも、ナターシャのセクシーさにだけは乳首が立っちゃいそう。彼女は両手を体の後ろで縛られても、歯だけで最高のヘアカットを完成させちゃうような凄腕(すごうで)美容師。ナターシャはそれだけの逸材なの。わたしの人生で出会った美容師の中で、圧倒的、超絶第一位よ。でもね、超絶第一位の美容師って彼女の前で言ったら大変、顔にグーパンチが飛んでくるから。ナターシャはそれぐらいお世辞がきらいなの。

わたしはおとなしく振る舞っていた。わたしの仔犬みたいなキュートさが味方したのか、それともウザく思われなかったのか、とにかくうまく行った。わたしはアシスタントに選ばれた。

トーニャ・スコエンカヤ・トゥトベリーゼはだれもが憧れるサロンだった。いつも賑(にぎ)わってて予約を取るのは至難の業。スコッツデールでは、一回のカットで五十ドルもらっていたわたしが、このお店では一回のカットで二百ドルもらう美容師のアシスタントとして雇われた——ひよっこも同然の待遇ね。

でも、このお店は居心地がよかった。懸命に働いてるアシスタントちゃんたちとはすぐに仲良くなった。ゴージャスなサロンでアシスタントをやってる子たちはみんな仲間。仕事が終わったら全員で遊びに行ったっけ。

その分、仕事はとても目まぐるしかった。わたしがアシスタントに付いた女性はふたりとも仕事が速くて、一日に七人から八人のお客様を担当してた。それってつまり、わたしがシフトに入ると十四人から十八人分ものブローをしなきゃいけないってこと。先輩たちが顔まわりのスタイリングをやり、わたしたちアシスタントは後ろ側を、彼女たちと当然同じスピードとタイミングで仕上げるわけだし、途中でおしゃべりも、質問もできないし、お客様がいらっしゃったらすぐご挨拶し、お帰りになるお客様のお見送りもアシスタントの仕事。それにね、お客様がヘアスタイリストとは別のカラーリストにカラーリングをお願いしていたら、お待たせせず、そのカラーリストのところまでお連れするのもアシスタントの仕事。やることがたくさんあるのに、アクシデントは決まってカラーリングの間に起こる。というのも、カラーリングは時間がかかるし、いつ不測の事態が起こるかわからないし、みなさんもご存じのとおり、難しいし、トラブルがあったらみんなアシスタントが悪いってことになっちゃう。とっても安いお給料で馬車馬みたいに働くけど、覚えておいて、アシスタントのせいばかりじゃない。先輩たちはアシスタントに劣等感を抱かせようと、わたしたちに面と向かって言うの。「さっさと慣れて、持ち場に戻りなさい」

わたしが見たかぎり、サロンのマネージャーは権力に酔っていた。彼女はデスクにいつも、アシスタント志望者の履歴書を積み上げていた。三か月も持たずに逃げ出すから、マネージャーはすぐに補充できる人材を確保する必要があった。性格が気に入られ、仕事を覚えるのも早かったので、わたしは彼女のお気に入りのひとりになったけど、あの人の冷酷な裏の顔を知っていたから、お気に入りの座に甘んじてはいけないと気を付けてた。

それに、常連のお客様は有名人ばっかり！　まだ無名のセレブでも――どうせD級でもね――取り巻きを六人連れてトーニャ・スコエンカヤ・トゥトベリーゼに来て、自分からパパラッチに居場所を教えれば、サロンを出たらすぐ、きれいに整えたばかりのヘアスタイルを撮影してくれるもの。

　ちなみにわたし、ブローに来たジェーン・フォンダの接客を担当したことがある。あか抜けてて、親切で、上品を絵に描いたような人だった。うかつには近づけない尊い（フィアースダム）お方の域に達していた。その後、ジェーン・フォンダのヘアスタイリストのアシスタントを数回務めて、彼女のシャンプーも担当したの。

　いつだったかな、ジェーンがわたしのロングヘアを褒めてくれたことがあった。「あなたってジーザスみたいね」あのロングヘア、まったくジーザスを意識してなかったんだけど。

　それから数年経って、『クィア・アイ』のリブート版の制作が発表された直後、ファブ5がドラマ『グレイス＆フランキー』のプレミアに招待された。そこにジェーンも、リサ・クドローやリリー・トムリンと一緒に招かれていた。わたしはあらためて自己紹介をするつもりだった。だって、『クィア・アイ』がまだ配信されてなかったのに、わたしがジェーン・フォンダと世間話ができるわけがないじゃない？

　インテリア担当のボビーの方がわたしより大胆だった。あの子ったら、一歩前に出てわたしたち全員をジェーンに紹介したの。彼女は辛抱強く、全員の自己紹介を聞いてくれた。そのとき思わずジェーンに話しかけちゃった。「ジェーン、わたし、トーニャ・スコエンカヤ・トゥトベリーゼに臨時のアシスタントで入ったとき、あなたはわたしをジーザスみたいって言ってくれました。あなたの髪をシャンプーしたこともあります。『グレイス＆フランキー』の大ファンです。

プレミアに呼んでいただけて、とっても光栄です」

彼女の目がキラリと光った。「覚えているわ」

「わたしです！」

わたしは貴婦人のようにひざを曲げ、ジェーンと握手した。彼女と〝おめでとう〟を言い合ったとき、大きい方をお漏らししちゃいそうだったわ！

ジェーン・フォンダはすてきすぎて、手の届かない憧れの人、同じ舞台で、あの人と並んで写真を撮ったときのことを思い出すたび、動悸が止まらなくなる。

有名なテレビ伝道師、ジョイス・マイヤーが言ってた。『神様は箱に閉じ込めて、運命を逃さないこと』そのとおりだと思う——未来なんて、だれにもわからないんだから。

＊＊＊

二週間に一度、週末はアナトリアと車でスコッツデールに戻り、常連のお客様の予約を受けてたんだけど、この移動がかなりの負担となってきた。時給八ドルの仕事を週に六十時間こなし、土曜日の午後六時から翌朝の午前一時まで車を飛ばしてスコッツデールに行く。アシスタントも付けず、日曜日はそれぞれ十二名、月曜日にはだいたい八名ぐらいのお客様を担当して、月曜日の夜にはロサンゼルスに向けて出発。午前一時か、もっと遅くに到着して、朝の八時にはトーニャ・スコエンカヤ・トゥトベリーゼに出勤。時給八ドルの仕事をまた土曜日まで続ける。こんな生活を数年続けてたら、ぼろくそになっちゃった。でも、生活のためにはこうするしかなかった。サービス業はね、職場に行って働かなければ生活できないの。

でも、お客様は大事にしていた。わたしは受付のカウンターでお客様をお迎えするのが大好き。トーニャ・スコエンカヤ・トゥトベリーゼには、髪の毛にちょんちょんとハイライトを入れるだけで七百五十ドルもらえるカラーリストがたくさんいた。彼らはバレイヤージュっていう繊細なカラーリングの名手、一方わたしは髪の毛をアルミホイルで巻くだけのスタッフ。美容業界でもトップクラスの才能に恵まれたカラーリストが手がける、華麗な変身シーンを目の前で目撃してきた。このサロンで一流カラーリストの仲間入りをするには、長い下積み生活を進んで引き受けなければいけなかった。

ロサンゼルスに拠点を移した理由に、自分の技術を極めることがあった。おかげでかなり上達し、ヘアスタイリングがとても上手になった。もうひとつの理由は収入アップだったんだけど、わたしはずっと努力を重ねた――一流ヘアスタイリストの一員になるために。実はね、わたしって負けず嫌いだから、ダウン寸前まで働くところがあるの。体調を崩すほどじゃなかったけど、睡眠時間をかなり削るわけ。一度やるって決めたら、完全に自分のものにするまで、ぜったいにあきらめない（後先考えず、最初っからエンジン全開で突っ走るって感じかな）。

仕事が終わると泣きながら車を運転して自宅に戻り、泣きながら自分の夕食を準備する。わたしは一生、立体的なカットができないんじゃないかと不安でたまらなかった。ナターシャのみごとなカットは毎日のように見ているのに、あんな風にはできなくて、それで……。

毎週木曜日、わたしたちはミハイル先生の研修を受けていた——カミソリの刃が毛髪にちゃんと当たっていなくても、その都度注意しないタイプ。超つまんないジョークばっかり言うけど、思いやりにあふれた先生だった……と思う。

自分が担当するスタイリストが早めに上がっても、アシスタントはサロンに残り、ほかのスタイリストをサポートしなければならない。ある日、わたしはあるスタイリストを手伝うようにと指示された。一緒に仕事をしたことはなかったけど、最悪な噂しか聞こえてこない人だった。彼の名はイゴール。

イゴールと一緒に働いていて楽しいと思える日もあれば、悪意のあるイヤミで泣かされる日もあったわ。ブローとスタイリングは耳より前をトップスタイリストが担当し、耳から後ろは決まってアシスタントにまかされるの。スタイリストが左側のフロントからスタイリングをはじめたら、アシスタントは右側の後ろからはじめる。つまり、スタイリストとアシスタントは同じ側をスタイリングしちゃダメってこと。

トーニャ・スコエンカヤ・トゥトベリーゼで働いて八か月がすぎたある日、イゴールはある女性のお客様の後ろをブロードライするようにと、わたしに命じた。彼は天然毛のブラシを愛用していたけど、わたしは金属ブラシしか使ったことがなかった。どんなに一生懸命やっても、髪の毛がまっすぐになるようブローできない。

ブローが終わると、イゴールが確認した。

「ここはストレートにしてってって言ったよね」

「イゴール、すみません」わたしは謝った。「豚毛ブラシの扱い方にまだ慣れていなくて」

「言い訳はいいから、ホモ野郎。このブラシでストレートに伸ばせって指示しただろ?」イゴールは身を乗り出してわたしに耳打ちし、わたしの手からブラシをひったくると、床に投げつけて言った。「AIDSで死ねよ。おれの目の前から消えろ」

その日あったことをマネージャーに話しても、彼女は肩をすくめるだけだった。「そうね、イゴールはたしかに手厳しいかもしれないけど、お客様のご希望には必ず応えている。だからわたしは彼を評価しているの」この手の意地悪はサロン内では日常茶飯事、だったらわたしもここは我慢して、いつかクソ意地の悪い、立派なヘアスタイリストになってやるって決めた。

アシスタントがスタイリストに昇格するには、十項目の〝チェック項目〟をクリアしなければならなかった——その中には、いくつかあるカット技術をマスターするという課題もあった。十項目すべて合格してスタイリストに昇格しなければ、受付から新しいお客様を紹介してもらえない。

カット技術を評価するトップにいたのがミハイル。彼と自分のボスにあたるスタイリストの両方が出勤した日、しかもふたりとも予約が入っていない時間にカットを見てもらい、合格基準に達しているかを判定してもらう。あんなに忙しいトップスタイリストたちが同じ日にふたり、しかも同じ時間帯でシフトに入るなんて、めったになくて——特にミハイルは週に三日しかシフトを入れていないのに——ムリに決まってる。

だけど、このわたしにシャギーカットをやらせてもいいって言うモデルを見つけたので、シャギーカットのテストを受けるところまでこぎつけた。ヘアスタイリングのテストって、ほんと、チアリーディングのオーディションみたいなストレスを感じるんだから。みんながわたしを見ている。カットをしている間、心臓が眉間に移動したかと思うぐらいに鼓動が間近に聞こえるけど、取り乱さず、冷静な態度で――だからといって、集中しすぎて無言のままでもダメ。サロンでは愛想がよくて話がうまく、さらに好感度も求められるし。

というわけで(自分史上)最高にモダンでおしゃれに見えるシャギーカットが成功。ミハイルは『ヴェロニカ・マーズ』に出ていたリサ・リナみたいなシャギーカットが好み。つまり、思いっきり盛って、毛先を遊ばせて、細かい起伏があって、〝感電した?〟って感じの。それってわたしの美意識に反する。サロンの美意識がミハイルと一致しても、わたしは受け付けない。とにかくお客様が傷ついて、黒歴史として葬り去りたくならないようなスタイルにしようって頑張った。盛り盛りのリサ・リナ風シャギーじゃなく、『Lの世界』のキャラみたいにシャープなスタイルを心がけた。

カットをチェックしたナターシャは〝パーフェクト〟と言った。それなのにミハイルったら、技術面はパーフェクトだけど、トップがぺたんこなので合格は出せないって言った(ぺたんこじゃありません、一九八七年にはやった、〝感電した?〟みたいなシャギーじゃ、あ・り・ま・せ・ん)。

もう、ショックで、ショックで。わたしは裏通りに出て、流れ落ちそうになった涙を引っ込めてからサロンに戻り、その日の午後はナターシャのアシスタントを務めた。

ミハイルはわたしにつらくあたった。彼は授業中、わたしの手からハサミを取り上げて、こう言うの。「このシャギーカットではダメだ。それなのにきみは勝手なことばかりやって、先輩に助けを求めなかった。その理由を説明しなさい」こんなことも言われた。「ここ、あきらかにおかしいね。ぼくは平行に切るよう指示したのに、これじゃ垂直じゃないか。どうしてこう切ったの？」カットモデルさん、椅子に座ったまま硬直している。「きみはどうして指示を聞かず、勝手にカットするの？」

一週間かけて、ロックンロール風シャギーカットを習う研修があった。基本はアシュリー・シンプソン風。あごのラインでカットして、顔の周囲は包み込むように、だけどバックは鎖骨レングスをキープして、顔まわりにたっぷり段を入れて軽めに仕上げ、長めでファッショナブルなマレット・ヘアにする。

当時わたしにはニコラというお得意様がいた。スコッツデール時代からカットを担当していて、わたしがロサンゼルスに拠点を変えたのと同じころ、ロサンゼルスへ引っ越してきた。ふだん、ニコラの髪はサロンでのシフトが終わった夜中、自宅に戻って切っていた。自宅でも仕事ができるよう、アリゾナで使っていた美容室用の椅子を一脚、ロサンゼルスの自宅に持ってきていたの。

月に一度の技術研修はとても厳しくて、カットの種類によっては、自前でモデルを連れてくることになっていた。直前でモデルにキャンセルされたり、すっぽかされたりしたら、コーヒーショップやモールを駆けずり回って、サロンの業務時間が終わってから研修がはじまるまでの四十五分間で、赤の他人にモデルをお願いすることになる。例のアシュリー・シンプソン風カットが課題になった週、頼んでいたモデルにキャンセルされたので、ニコラにモデルをお願いできないかと電話で頼んだ。

「そろそろヘアスタイルを変えようかと思っていたけど、上司が許してくれるぐらいの長さはキープして」ニコラは条件付きで承諾してくれた。

ニコラの髪を切りはじめると、ミハイルが近づいてきた。「ジョナサン」彼は言った。「長さをそこに決めたら長すぎないかな」

「わかってます、ミハイル」わたしは答えた。「でも、おっしゃいましたよね、あごのラインじゃなく、首の中間ぐらいの長さでもいいって」

ミハイルはいらだたしげに言った。「トップは唇のラインだと言ったはずだ」

彼はわたしからハサミを取り上げると、ニコラのサイドの髪を上唇の長さに切りそろえた――彼女の髪を二十五センチ近く切っちゃったの。ハサミを置くと、ミハイルはその場から立ち去った。

ニコラはぼうぜんとした様子で、わたしの顔をおずおずと見た。「ジョナサン」彼女は言った。「ちょっと待って」

ニコラは椅子から飛び降りたかと思ったら、バッグからウォッカのミニボトルを取り出し、二本とも一気に飲み干してから、もう一度わたしを見た。「やっちゃって」

「ニコラ」今度はわたしがおろおろする番だった。「後ろを長いままにしてたら、マジ、マレット・ヘアになっちゃうよ。超ダサいマレットだよ。正真正銘のマレットだよ」

「あなたがやりたいようにやっていいわ」

「唇のラインで切りそろえて、かわいらしいボブにもできるけど」と、提案してみた。「前髪を作ってもいいかも。どうする？」

「ボブがいい！　ボブにして！　とにかくボブでお願い！」

シャギーカットのはずが、最終的にはヘルメットみたいなマッシュルームカットになった。カットが終わってからニコラとふたり、まるでお葬式みたいに号泣しちゃった。

「なんだ、これは？」できあがったカットを見て、ミハイルが言った。「どこにもシャギーが入ってないじゃないか！」

その日の晩、ニコラは酔っ払ってわたしのアパートに泊まることになった。わたしはなかなか眠れず、何度も寝返りを打った。ニコラはもう、わたしのお客様じゃなくなるかもしれない。

でも、ニコラはわたしがサロンを変わっても、ずっとお客様でいてくれた。彼女のように、お気に入りのヘアスタイリストとしてわたしをずっと大事にしてくれるお客様は、ほんとうにありがたかった。

つらいときこそ成長するチャンス。このサロンで不愉快な思いはたくさんしたけど、たくさんのことを学び、機転も利くようになったおかげで、わたし自身も成長したし、ヘアスタイリストとしてのスキルもぐんと上がった。わたしは体中の細胞を残らず振り絞って、トーニャ・スコエンカヤ・トゥトベリーゼで頑張ってみた。でも、二年近く働いてもアシスタントのままだし、わたし自身、ヘアスタイリストとしての目標値がどんどん高くなってきたし、そろそろ辞めどきかもしれないって思った。お客様が払った金額の二十パーセントを報酬としていただくために、健康を犠牲にして、いじめが絶えない環境を我慢するのは割に合わないし、そろそろ独立してもいいタイミング（お察しのとおり。サロンに出て二百ドルのヘアカットをしても、スタイリストがもらえるのは四十ドルとチップだけ）。これだけ勉強できたし、お金持ちの方々を担当できたんですもの、それについては感謝している。わたしを成長させてくれるボスや、なりたい自分のお手本になる人から知恵を授けてもらったし、なにより「それってわたしのためになりません」と、はっきり言うのが大事だということを学んだ。

トーニャ・スコエンカヤ・トゥトベリーゼをついに辞め、別のサロンに移ろうと決意はしたけど、やっぱり不安でたまらなかった。だけど大学を中退したときとは違って、この選択は失敗だったとは思わなかったわ。これからもっといいことが待っている。そんな期待に胸が震えていた。

Chapter 8

第八章　ボディ＆ソウルメイト

MR. CLEAN

セルゲイと会った晩のこと、一分、一秒、すべて覚えてる。

二〇一〇年十一月二十二日、わたしはウエストハリウッドにいた。トーニャ・スコエンカヤ・トゥトベリーゼを辞めてからずいぶん経ったし、そろそろわたしも健全なアメリカ人らしく、ゆとりのある暮らしを送ろうと考えていた。

アリョーシャという男の子と知り合ったのは、ツーソンに住んでいたころのこと。黒人のルーツを持つ子で、出かけるときはいつもMACの化粧品でフルメイクして、とってもきれいだった。彼と出会ったのは、生まれてはじめて行ったゲイのパーティーだった。わたしは当時十七歳。アリゾナ州立大学の一年生で、チアリーディングをやっていた。アリョーシャはハイスクールの最上級生だった。彼はよくわたしのアパートに遊びに来て、街を案内してくれたり、ツーソンのゲイ仲間を紹介してくれたりもした。

アリョーシャはとてもいい子だったけど、悲惨な過去の持ち主でガラスのようにもろくて傷つきやすく、アルコールに軽く依存してたので、酒をかなり飲んでも運転しちゃうような、ちょっと困ったところがあった。わたしはこういう子をすぐ好きになっちゃう。自分の心がヒリヒリ痛むタイプにときめいてしまう傾向があるのよね。ドラマチックな人が好き。今までもそうだったし、これからも、きっとそう。

だから二〇一〇年のあの日、ウエストハリウッドの〈トランクス〉っていうゲイバーから、アリョーシャがお店で泥酔して意識を失っている、引き取ってくれなかったら警察を呼ぶって連絡があっても、わたしはちっとも驚かなかった。

〈トランクス〉に着くと、アリョーシャはバーのカウンター席でうつ伏せになって倒れていた。そのそばで、これまで見かけたことのなかった人が壁にもたれて立っていた。洗剤ブランドキャラクターに〝ミスター・クリーン〟ってあるけど、彼はまさに、あのキャラを黒人にしたような人だった。身長は一九〇センチぐらいで、モカ・ラテみたいな色の大きな瞳、大きくてたくましい胸と、だれもが目を奪われそうなルックスの持ち主。彼の名はセルゲイ。しかも、店にはひとりで来ていた。

「ここ、空いてる?」わたしはカウンターで、彼の隣の席を指して言った。彼は首を横に振って拒否した。そこでわたしはアリョーシャをジャガイモの大袋みたいに肩にかついで車まで連れていくと、ドアをロックしてもう一度バーに戻った。

「〈アビー〉(ウエストハリウッドのゲイバー)で待ち合わせしてるんだ。一緒に来ないか?」

「もちろん。行くわ、喜んで」アリョーシャを迎えに来て、と電話でアナトリアに頼んでから、わたしたちは〈アビー〉に行った。店の中は会話が途切れ途切れにしか聞こえないぐらい音楽がうるさかったけど、そんなこと、どうでもよかった。セルゲイがわたしの手を握ってくれてるだけで、よかった。わたしは一瞬で恋に落ちた。

その晩はセルゲイとウエストハリウッドのバーを渡り歩いた。深刻な話はせず、軽妙な会話が弾んだ。わたしより背の高い男性がきれいな歯を見せて笑い、どこをどう見ても男の中の男って感じの彼が、わたしのようにヴィーガンで、ロングヘアを頭のてっぺんでまとめた、ヨガ大好きなヒッピーに惚れるなんて、ほんと、信じられなかった。

セルゲイにアパートまで送ってもらって、わたしたちはキスした——でも、セックスまで進まなかった。ほかの人とはこんなじゃなかった。ナンパした相手の車を駐車場に停めて、部屋に呼んで、さっさと済ませて、おしまい。もう二度と会わないって感じだった。セルゲイは違った。彼とは健全なお付き合いがしたかったの。心から愛していたから。今のパパであるスティーヴと腕を組み、セントジョンズの聖公会教会の通路をしずしずと歩く自分の姿が目に見えるよう。

それから二日後、再会したわたしたちはヴィーガンフードをケータリングして、部屋で一緒にテレビを観た。二度デートしたのにセックスしなかった自分ってすごいって、褒めてあげたくなったわ。体の関係を持った男性と心を通じ合わせることができたのって、記憶にあるかぎり、このときがはじめてだった。自分を否定するのではなく、自分のいいところをちゃんと認めることができた。十代のころ、ママがわたしによく言っていた。「セックスとはふたつの心がひとつになること。あなたの中にだれかを受け入れるのは、その人の心も受け入れること」って。ママ、〝受け入れる〟だなんて露骨すぎる！　だけどママはほんとうにこう言った。そして実際に、心がひとつになるようなセックスをはじめて体験したとき、ママのあのときのアドバイスを思い出して頭がクラクラしたのと同時に、やっぱりママは正しかったんだと、なんとなくほんわかした。外で会う最初のデートの日、セルゲイは車で迎えに来てくれて、ふたりでゲティ美術館に行った。

ゲティ美術館で過ごしたこの日は感動的で、魔法にかけられたような気分だった。わたしははじめて行ったんだけど、もう、想像を絶するほどの美しさ——どこもかしこも、白い大理石がふんだんに使われてるんですもの。セルゲイは手をつないでくれた。ためらうことなく、わたしと手をつないでくれた。セルゲイはわたしの後ろに立ち、わたしたちはプロムのパーティーに来た十五、六の子たちみたいに、初々しい写真を何枚も撮った。セルゲイはちっとも恥ずかしがらずに、公の場で恋人らしく振る舞ってくれて、ますます彼が好きになった。わたしと一緒にいることを恥ずかしがらなかったボーイフレンドは、彼がはじめてだったから。

思春期のころに付き合ったボーイフレンドの中に、腕を組んで下校しても、すぐ手をほどいてしまう子がいた。セックスや好意をひた隠しにするのは、ゲイの間ではよくあること。たくさんの人と体の関係を結んだけれども、一緒にいるのを見られても気にしなかった相手は、これまでたったのふたりだったと記憶してる。セルゲイはパートナーとしての理想像、わたしにとって未知の世界の夢という夢がすべて現実になって、目の前に現れたような人。

わたしたちを見た人たちの反応をうかがうのも楽しかった。わたしたちはどんな風に見えるのかな。ＬＧＢＴＱ＋の仲間たち——特にＬ（レズビアン）とＧ（ゲイ）の人たち——は、自分とそっくりか、逆に正反対の相手と付き合う傾向があるんだけど、それってちょっと意識しすぎって思うことがある。べつに、みんながみんなそう、っていうわけじゃなくて、わたし個人の感想ね。わたしたちの場合、セルゲイの男性的な部分とわたしの女性的な部分がちょうどよくバランスが取れていた感じ。彼はアメリカンフットボールのキャプテン、わたしはチアリーディングチームのリーダーだから。

セルゲイと出会ってから、オキシトシン、エンドルフィン、バソプレシン、テストステロン、エストロゲン、とにかく、あらゆるホルモンが一気に高まって彼を求めてしまったんだけど、この混乱はこれが最後？　それともまた混乱するの？　彼はわたしがはじめて、本気で愛した人だった。

付き合いはじめて四か月、セルゲイにお尻をつかまれるたび、お尻のお肉をキュッと引き締めていた。彼が望む理想の自分になろうと必死だっただけなのに、あら不思議、お尻がほんとうに引き締まっちゃった。

わたしたちはそもそも、自分はこうしてほしいって相手に伝えるやり方が決定的に違っていて、特にベッドでの気持ちの伝え方はお互い、ぜんぜん相容（あいい）れなかった。わたしはずっと、出会い系アプリで相手を探すとか、セックスするなら薬物でハイにならなきゃって思ってたんだけど、セルゲイはそういうのを望まなかった（要するに、わたしって質より量ってタイプだったのよ）。どんなセックスがしたいかという自分の希望を、わたしはセルゲイに伝えることができなかった。恋というタンゴを対等な関係で上手に踊るにしても、お互いの踊り方が違うって感じかな。大人同士の真剣な恋愛をしたことがなかったので、彼が苦痛に感じるような形で、情熱的に翻弄してほしいなんて言えなかった。まだ若くて、ゲイのわたしは、セックスのとき、お尻ってこんなにきれいに動くんだって感動はしたけど、それだけでは物足りなかった。だからセルゲイとの関係が負担になってきた。みだらな炎を感じないという理由で、わたしは彼と距離を置くようになった。

あと、もうひとつ。彼と一緒にいる時間が持てなかった。セルゲイはとても働き者だった。猛烈に働くからこそ生活習慣のリズムが整う——そう言われちゃうと、反論できないでしょ？　セルゲイは午後十一時から午前五時まで夜勤のシフトをこなし、その後コーヒーショップの店長として働いた。午後四時から十時半まで寝て、それからまた夜勤のシフトに入ってた。

そんなこんなで、恋人と過ごす時間は一日のうち三十分間だけになってしまった。月曜日から土曜日まで働き詰めだから、日曜日はいつもゾンビみたい。こんな生活習慣がすぐに変わるわけがない。

わたしのママはワーカホリックだった。ママがどんなにわたしを愛してくれていたか、大人になった今ならわかるけど、相手と充実した時間を分かち合うことが愛を伝える手段なら、そういう時間を持てなければ、相手からどんなに愛してるって言われても、その言葉は心に響かない——大切なのは、愛する人と過ごす時間だから（〝愛を伝える方法〟がわからなかったら、いったんこの本を置いて、『愛を伝える5つの方法』（ゲーリー・チャップマン・著、いのちのことば社・刊）を読んで。まさにこれがテーマの本だから。でも、ほんとうはこの本を読むのをやめてほしくないの——ちょっとググって内容を確認するだけにして。きちんと読むのは、この本を読み終えてからで大丈夫）。今になって考えると、はじめて真剣に愛した人は、ワーカホリックってところがママと一致していたのね。ふたりとも愛情を態度で示し、愛してるって気持ちを言葉で伝えてくれたけど、わたしがそばにいてほしいってどんなに願っても、ふたりとも、わたしと向き合う時間を作ってはくれなかった。さて、「どうしてこんないい人と別れたの？」っていうご質問に答えるね。ええ。わたしは大きくてたくましい、黒人のママを好きになったのよ。

わたしは彼とずっと一緒じゃなくてもよかった。セルゲイでなくても与えてくれる愛情がほしかった。それにわたしは、彼の生き方も、彼が大事にしていることも受け入れようとはしなかった。

でもね、ハニー、付き合いはじめたころは楽しかった。セルゲイが夜のシフトを終え、軽く酔って帰ってきて、ベッドにもぐりこんでくる。コーヒーショップがお休みの、楽しい日曜日。

彼と一緒にはじめてヨガのクラスに行った日、わたしは気が気じゃなかった。トレーニングのときはタイツの上にいつもショートパンツを重ね着してた。ふたりでカウチに座ってて、わたしは下着姿だったので、着替えをしようと立ち上がって、セルゲイの方を向いて、言った。

「伝えておきたいことがあるんだ。ヨガのとき、わたし、タイツ穿くから。アメリカンアパレルのタイツに、上はローカットで、てろんとしたレーサーバックのタンクトップを着るね。フィットネス界の帝王、偉大なるリチャード・シモンズさまのリアリティーを表現するつもり」

セルゲイは笑いをかみ殺してこちらを見ている。「わかった。ぼくはバスケットボールのショートパンツを穿くよ。それでいいかな？」

「いいわ。でもわたしタイツ穿くからね」

「わかった。その方がいいな。あと、ぼくがお尻をつかむたびに筋肉を緊張させるのは、やめてくれる、ベイビー？」

どうしよう、彼、ヨガのレッスンに行きたくないのかな。だけどセルゲイは、わたしがタイツを穿くと女性っぽくて、ふたりはそういう関係かと勘ぐられるかもしれないなんて考えてすらいなかった。こんなわたしも一時期、男の子っぽく振る舞おうとしたことがあった。セルゲイと付き合う前、ゲイアプリの〈グラインダー〉で〝よお、どう？〟（もっとカジュアルに〝どう？〟だけとか）なんてメッセージを送ったりもした。今になってようやく、恥ずかしさが波のように押し寄せてくる黒歴史をみんなに打ち明けることができたけど、それなりに時間をかけて努力した結果、自分に自信を持ち、自分の中にある女性の部分を愛し、そういう自分に愛着が持てるようになったからなの。今できるのは、自分の女性性を拒むっていう病んだ部分をきれいに洗い流し、傷口を優しくいたわること。男らしさにこだわっていた苦難の時代を断ち切れてよかったと、わたしは今、心からそう思っている。

セルゲイはありのままのわたしを受け入れてくれた。彼のそういうところが好きだった――わたしがどんな服を着たってキュートだって思ってくれたところ。女らしさが過剰だとは考えなかったところ。たしかに彼は毎日、昼も夜も働いてて、わたしと過ごせるのは、週にたったの数時間しかない。だけどあのとき、自分のことを受け入れてくれ、疑いのない愛で包んでくれる人が見つかって、わたしは救われたって感じた。たとえ彼からもらえるのが、ほんの小さなケーキのかけらでも、わたしはそれで十分だと思っていた。

なのに、それでは物足りなくなった。

ロサンゼルスに来るまでは〈ゲイ・ドットコム〉で相手を探してたけど、ロサンゼルスで〈グラインダー〉ってアプリを使うようになってから、〝それ〟がはじまった。プライベートも仕事も忙しくなるに連れ、出会い系アプリでの相手探しも過激さを増した――リスキーで、心が死ぬような出会いばかりを求めた。むなしさを埋めようとして、わたしはいつの間にか、弾けることのない泡の中にいた。相手は決まって、幼いころの性被害を追体験するようなロールプレイングに付き合ってくれる、かなり年上の男性だった。わたしが主導権を握って、〝あの体験〟を再現するの。どうしてこんなプレイをしたのか、難しい心理学の専門用語で説明はできないけど、それこそ山のようにセラピーを受けて、ある結論に行き着いた。解決できないでいる過去のしこりとか、仕事やセルゲイとの関係に悩み、我慢しきれなくなると、トラウマを抱えたわたしは、現実を拒否し、逃避しようとするからなんですって。心が痛むようなことが起こると、その痛みをセックスで癒やそうとした。過去の悲惨な記憶を追体験しなければという思いにかられ、どこか現実と乖離（かいり）した自分が、トラウマをさらに深めるようなセックスをしたくなる。だってわたしはもう、自分の世界に入り込む場所も、時間も、手段も選べるのだし。いつもコンドームを持ち歩いていた。性感染症（STD）をだれより恐れていた。その一方で、無秩序に相手を探しては関係を結び、弾けることのない泡に閉じ込められた自分を探し続けてもいた。

最初の数回は怖くてしかたがなかった。アドレナリンとエンドルフィン、パニックとドキドキが一緒になると、子どものころの、教会での、あの体験がよみがえる。トラウマが周期的にやってくるものとは知らなかった。幼少期のトラウマがフラッシュバックしても、数日経つと、恥ずかしさや悲しさ、パニックから解放される。わたしっておかしいの？　こんなこと望んじゃいない。薬物と縁を切ったのに。これってほんとうに自分が望んでいたことなの？　恥ずかしいという思いはやがて、自分の価値ってなに？　という、原点のようなところへと流れていく。恥ずかしさはどうでもいい。とにかく、どうしていいのかわからない。瓶に詰めた恥ずかしさがたまりにたまって爆発したら、わたしはまた、弾けることのない泡の中に戻り、心と体を満たしてくれる人を探す日々に戻る。

セルゲイと出会う直前ぐらいで、マズいんじゃない？　って、さすがに考えるようになった。危機的状況に達したというより、あれ？　わたし、セックスは週一だったのに毎日やってる――という程度だけど。それって、リアルな知り合いは少ないのに、ゲイならそこら中にいる大都市で暮らしているからだって考えることにした。糖質制限ダイエットを二十一年も続けられた人が、ある日突然ガールスカウトのクッキー販売本部とか、タコベルの本社のど真ん中に立たされたらどうなるか、言わなくてもわかるよね？　条件がそろっちゃえば、自分とはまったく縁のなかった領域に手を出したくなるもんだから。

アリゾナ時代はヘアスタイリストとしてサロンに立ち、お得意様を増やしていった。ヘアスタイリストは番組の主役になったも同然――お客様からプライベートのことを聞かれるし、人脈ができてくる。でもロサンゼルスで得た新しい仕事はアシスタント、わたしが主役になることはなかった。不都合があればみんな、こちらが悪いことにされた。みんな遠慮なくわたしに不満を投げてくる。急に、評価されたい、大切にされたい、人気者になりたいという気持ちが押し寄せてきた。自分に合った仕事をしている、正当に評価されているという実感がまったく持てなかったから。性被害のサバイバーとして、セックスは自分の価値を認め、自分を癒やすものだと考えるのはごく当たり前のことだったし、そう考えることでトラウマが緩和されたから。

スケジュールと心にできた隙間を埋めるように、一年間ずっと、相手が見つかればすぐ体の関係を結ぶという日々を送った。セルゲイと知り合ってからも、ひとりのときは出会い系アプリで相手を探した。友だちも多くなかったし、セルゲイが帰ってくる朝はいつも、お目々キラキラ、尻尾ブンブンでお出迎えしていた。

セルゲイと同居をはじめて二か月か三か月で、わたしは〈グラインダー〉のアプリを開いた。言い訳はなんとでもできる――ちょっと友だちを作ろうと思って。アクセスさえすれば満足できるはずだった。大きさ自慢で画像を送っちゃうかもしれないけど。それでよかった。なにも起こらない。悪いことをしてるって自覚はあった。自分だけの秘密にしておくつもりだった。後ろめたく感じながら秘密を抱えて生きる二重生活は、わたしにとってはある意味、もう慣れっこだった。虐待を受け、世の中の矛盾に悩みながら生きてきた人にとって、本音と建前を使い分ける二重生活は、とても傷つくと同時に逃げ場が見つかるのかもしれない。わたしはそうやって生きてきた。

限界まで傷つきながら、出会い系アプリで相手を見境なく探していたあのころ、毎朝こんな風に考えていた。今日もバレない。だれにも内緒。悪いことなんかぜったいに起こらない。

この二重生活が実生活にそろそろよくない影響を与えるんじゃないかって心配になり、秘密を打ち明けられるセラピストが必要かもしれないと考える、もうひとりのわたしがいた。ハンサムとふたり、ベッドで寝っ転がってお水を飲んでるからって、これは健全なことなの？ ほんとは父親ぐらい年の離れた相手を見つけて、ベッドの中でお医者さんごっこがしたいんじゃないの？ わたしってひどい子？ わたしには健全な関係の友だちはできないってこと？ わたしの性癖のせいで、あんなに優しいセルゲイを裏切っているなら、わたしは最低な人間のクズってこと？ 恥を恥で塗り重ね、わたしは自分の心の中に閉じ込められているような気分だった。

ナターシャのおかげでセラピストが見つかった。彼女はわたしにとって、ウエストコーストのお母さん的な存在になっていた。わたしは自分の抱える不安を解決し、内面の不安定さが行動となって表に出てしまう自分を落ち着かせて、人間関係をこれ以上悪化させないように努めた。だけどセラピーにも手が出せない領域がある。ごく親しい友人にまで白々しいうそをついていたら（わたしは〝不作為のうそ〟って呼んでるけど）、セラピストだって踏み入ることはできない。ママが一生懸命働いて稼いだお金で、一回百六十ドルのセッション料を払ってもらっても、わたしは平気な顔でうそをついていた。ごめんなさい、ママ。あのころのわたしはどうかしてた、でも、ママの住宅ローンはわたしが払ったから許してくれるよね？

こうして数か月ほど自分を偽っていたら、ついにダムが決壊した。わたしはセルゲイを裏切り、ほかの男性と関係を結んだ。でも、赤面するような妄想が満たせる相手じゃなかった――理想のタイプとはほど遠い男性だった。もうダメ、おしまい。わたしは恥という名のパイを毎晩エンドレスで胃の中に流し込む覚悟で、収まらない不安に立ち向かった。愛がほしい、だけど、苦しむのはもうたくさん。

翌日、シフトを終えたセルゲイが帰ってきた。彼の顔を見たら、彼の耳元で正直に白状してしまうに決まっていた。彼はその場でわたしとの別れを切り出し、夜のシフトに出ていった。

それからは五夜連続でゲイサウナに通い詰め、あとで後悔する結果を招くことになる――セルゲイとは一度もしたことのないセックスをしたから。ドラッグは使わなかった。必要なかった――悲しすぎて、気持ちがどうかしていたから――心がズタズタだったから、体もズタズタにしてバランスを取りたかった。

ゲイサウナで羽目を外してから、さすがに自分でも、これはどうにかしなきゃと反省したわ。どん底に堕ち、悪魔の手から逃れられなくなるのは、もうこりごりだった。担当のセラピストから、強迫的性衝動（セックスしなければいけないという強迫観念）の疑いありと診断されていたので、ウエストハリウッドにある施設で、セックス依存症に対する12ステップのグループセラピーを受けることになった。そこにはわたしのように、とことん傷ついたクイーンが肩を寄せ合っていて、だけどみんな、治療の効果はあきらかに上がっていた。それだけに、治療に真剣に取り組まなければどうなるかもよく理解できた。12ステップのプログラムでめざましい成果を挙げたスティーヴの姿を見ていたから、ひとりで治療に参加することに、ぜんぜん抵抗はなかった。セルゲイとヨガのレッスンに行ったとき、タイツを穿いていいのかためらったように、たとえ一緒に暮らしてても、セルゲイに依存の話をしていいのか不安だった。でも、いざ打ち明けたら彼は受け入れてくれた。わたしの葛藤を理解し、救いの手を差しのべてくれたの——この時点でわたしは、すでに彼を裏切っていたんだけど。

ウエストハリウッドでお世話になったセラピストが手を尽くしてくれたおかげで、セックス依存症病棟があるテネシーのリハビリ施設に入所することになった。出発する前日に電話をしたら、セルゲイが来てくれた。ゲイサウナで過ごした一週間のことを彼に話して、ふたりで泣いた。

「入所中も電話していい？」涙で言葉を詰まらせながら、わたしは彼に聞いた。ふたりの関係を終わらせたくないっていう気持ちを心から伝えたかった。

「今はなんとも言えない、ジャッキー」これがセルゲイの答えだった。

一族が金銭的に恵まれた富裕層であること、クインシー時代に受けた性被害やいじめの苦しみと懸命に闘ってきたわたしを母親として助けてやれなかったという後悔の念。こんなになってしまった息子を前にして、ママは自分自身をひどく責めたと思う。わたしが助けを求めたから、ママは息子以上の経済的負担を抱えることになった。彼女はわたしのリハビリ施設にかかる費用を全額負担した。わたしが危機を脱するためなら、ママはいくらでも支払ったはず。よく言うじゃない、バカな子ほどかわいいって。

ママにはもうひとり、なにがなんでも治ってほしい人がいた。ほぼ同時期、スティーヴが初期の膀胱（ぼうこう）がんと診断されたの。わたしの苦悩はママもスティーヴもよくわかっていたけど、わたしがリハビリ施設に向かったころ、スティーヴが受けた診断は間違っていたことが判明する。がんは初期じゃなかった。腎臓と肝臓まで転移した末期がんだったの。余命十一か月と宣告された。

でも、わたしは知ってた。スティーヴはそんなことでへこたれる人じゃないって。

ママとスティーヴは最初、診断結果をわたしに知られないよう、あれこれ手を尽くした。がんだと診断されたときはふたりとも治ると信じていた。おばあちゃんのがんが奇跡的に回復したことから、わが家では、「おばあちゃんも大丈夫だったし」と、がんを前向きに考えるところがあった。そんなわけで、スティーヴはがんであるという事実をしかと受け止めて、冷静だった。彼は過去に依存症を克服している――だったらがんだって乗り越えられる。スティーヴはわたしの知る中でも一、二を争うポジティブ人間だった。がんの告知もそうだったけど、ママはスティーヴが元気になってから会わせようと考えていたから、治療については、こちらにいちいち報告しなかった。だからわたしは、彼のがんがそこまで進行しているのを知らなかったというわけ。おまけに当時、わたしはウエストコーストにいて、ふたつの州で週七日働いていた。これじゃ、自分で確かめようにもムリだよね。

化学療法がはじまり、がんとの闘いの火蓋が切られると、ママは病状を包み隠さず明かしてくれた。スティーヴがどれほどつらい痛みに耐えているか、がんがどれほど進んだかは、電話の声でわかった。尿道が打撃を受けてるのよ。血液検査を山ほど受けてるのよ。過酷な検査がいつまでも続くのよ。弱音を吐かないスティーヴが打ちのめされ、ぼろ雑巾のようになっていた。彼の行く末を案じて、わたしは震えた。人生最愛の伴侶を失ったら、ママはこれからどうやって生きていけばいいの？

わたし、小さいころはずっと、スティーヴを父親として認めていなかった。ママはわたしにとって一番の友だちだったのに、スティーヴが突然わたしたちの間に割って入ったから、ママはわたしの友だちの役目から降りた。突然、母親っぽく振る舞うようになった。そのことを十一歳ぐらいまでずっと根に持っていたんだけど、わたしが実家にいるのはせいぜいあと七年、でも、ママは残りの人生をずっとここで過ごすのよね。わたしはクインシーで一生を送るつもりはさらさらなかった。だからママには幸せになってほしかった。

スティーヴはすばらしい継父だった。血がつながっていないんだから、べつにわたしをかわいがる筋合いはなかったのに、彼は自分から進んで仲よくなろうと努め、わたしもスティーヴを慕った。後ろを向いたまま高飛び込みする練習の話はもうしたけど、タイヤの交換、釣り針に餌を付けるコツ、運転も彼から学んだ。バイクの後ろにわたしを乗せ、〝どこを切ったって、おれはワルだぜ！〟って叫びながら走ったことがあった。『天使にラブ・ソングを2』の『一羽のすずめに』をフルコーラス絶唱できたけど、『ムーラン・ルージュ』や『レ・ミゼラブル』のサウンドトラック全曲分ってほどの距離じゃなかった。でもとにかく走った。スティーヴがいなくなったらどうなっちゃうの？　だれがママを支えるの？　ふたりの結婚式で、わたしはセリーヌ・ディオンの『ビコーズ・ユー・ラヴド・ミー』を歌った（下手っぴだったけど）。ママが自分の道筋を見失ったとき、スティーヴはママの目の代わりをしてくれた。彼がママの長所をちゃんと見てくれていたことも知ってる。命を賭けた闘いを繰り広げるスティーヴを見守るのは、ママには過酷すぎる仕打ちだった。

がんは近しい家族の誇りを奪う盗人であり、欲深くて罪深いもの。望みもしないのに降りかかる悲運。こんな悲運が現実となって降りかかったけど、わたしは直視しなかった――できなかった。スティーヴががんと闘う姿を目の当たりにしたら、セックス依存のスイッチが入り、トラウマの追体験が、わたしをさらに絶望の淵へと追い込みそうだったから。幸い、そちらのスイッチが入ることはなかった。

今、こうやって思い返すと、自分で自分を傷つけるような生き方をしてきた理由がわかった。悲劇に見舞われたクインシーの実家を直視するより、自分をめちゃくちゃにする方がずっと楽だったから。わたしとスティーヴの両方の病院に通うことになったママは、とても理不尽な思いをしていたはず。でも、わたしはできるかぎりのことをやった。リハビリ施設との交渉は自分で頑張った。リハビリ施設の人たちは、自分たちなら患者さんを助けられると自信満々。問題はそこなの。患者さんを助けてるって思い込んでるけど、それって自己満足じゃない？　依存症に苦しむ人たちは難破船に乗っているのと同じで、傷ついた心をむき出しのまま、さらしているの。

リハビリ施設に入所したとき、セラピストからは治療に専念するよう指導された。セルゲイと破局し、新しい人生を歩むことになった最初の年だし、恋の予感もなかった。その代わり、施設の中ではミスコン候補のママみたいに、バスルームでほかの入所者の髪の毛を切ってあげたり、眉毛を整えてあげたりと忙しく過ごした（こういうことって厳しく禁止されてたんだけど、だったら眉毛がボーボーのまま、放置しているのだって許しがたいよね。それなら整えてあげる方がいいんじゃない？）。八年ぶりにタバコやマリファナと縁を切り、肺の負担を軽くして、わたしは施設を出た。新生活のはじまりよ。仕事とプライベートのけじめをつける準備が整ったわ。

ロサンゼルスに戻ってひと月も経たずに、セルゲイとまた会うようになった。それから二週間ほどで一緒に住むようになった。治療プログラムのガイドラインは最初から、きちんときちんと守った。セルゲイひと筋の仔ネコちゃんにもなった。彼とよりを戻し、施設に入る前お世話になったセラピストに、もう一度通うことにした。自分を偽ることなく過ごした。そんなこんなでかれこれ八か月がすぎた。八か月なんて短すぎるって、あきれて目を回してもいいわよ。考えてもみて、セルゲイとの出会いからリハビリ施設に入所するまでって、たったの三か月だったんだから。八か月もいい子でいられたのは、人生をやり直せたおかげで精神が成長した証じゃない？

で、サロンでクリスマスパーティーを開くことになったんだけど、セルゲイは仕事を理由に、わたしと一緒に参加してくれなかった。そりゃ怒ったわよ。怒ったと同時に傷ついた。セルゲイのパートナーにふさわしい存在になろうって頑張ったのに、彼はわたしのために一ミリも譲歩してくれなかったんだもの。セックスで、わたしが望むプレイをしてくれないのは我慢する。でも、時間ぐらい捻出してくれたってよくない？　でも、セルゲイはそこも妥協してくれなかった。

賢明な読者のみんななら、どんな結末が待ってるか、もうわかってるよね。即行でセフレ探しにGO！　しかも今度は、まるで業務のように励んじゃったの。セルゲイとの生活と、彼のいない間にだれかと寝る二重生活をエンジョイしまくったってわけ。

セルゲイが仕事に出るとき、「行ってらっしゃい！」と見送って、それから出会い系で相手を探し、もう、だれとでも寝た。ふしだらの頂点を極めましょうって勢いだった。四十分間で最低二回はやったわね。で、夜になってセルゲイが帰ってきたら、何事もなかったかのように、ほほえんで出迎えたわ。わかってる、みんなの気持ちはよーくわかる。わたしはあきれるほどズルい子だった。

このころはじめて覚せい剤を試した。〝覚せい剤〟って書くのはつらい。この本では覚せい剤ってダイレクトな名称を使わずに、ハリー・ポッターの〝名前を言ってはいけないあの人〟のように呼びたかったの。それぐらい距離を置きたいし、二度とかかわりたくないものだから。ほら、わたし、実家が新聞社でしょ、ドラッグで人生を台無しにした人たちが逮捕されたときに撮る顔写真を子どものころから見てきたの。自分には縁のない世界のはずだった。それなのに、もしかしたら自分もそうなるかもしれない、わたしを食い物にする悪魔をやっつける手段を学べる場所にたどり着かなかったら、わたしもそのひとりになっていたかもしれない。目の前で自分の人生がグルグル回っていた。このことを今書いているのは、ゲイコミュニティーで覚せい剤は依然としてまん延してるのに、話し合おうという動きがまだないからなの。覚せい剤を使ったことがあるゲイに付きまとうスティグマと屈辱、それを見て見ぬふりをする社会によって、わたしを含めた大勢のゲイの人生は、もう元には戻れないほど変わってしまった。

覚せい剤の初体験はこんな感じだった。〈グラインダー〉で知り合ったカップルの家に遊びに行った日のこと、彼らはパイプでマリファナを吸ってたんだけど、それから覚せい剤にチェンジ、鼻から吸引していた粉をふっとわたしの口に吹き込んだ。その影響は部屋の中ですぐに出た。『レクイエム・フォー・ドリーム』って映画に出てくる、ドラッグで人生を台無しにするという未体験ゾーンに足を踏み入れちゃったと自覚したとたん、体がガタガタ震えるほど怖くなった。ふたりの家を出て自宅に戻り、暗い部屋でじっと壁を見つめたまま、わたしは泣いた。翌日セラピストのところに行って、昨夜のことをすべて話した。セルゲイとはきれいさっぱり縁を切って、リハビリ施設に戻るという覚悟はできていた。そうなるとわたし、二年続けてリハビリ施設で誕生日を迎えることになるのね。

このあたりで気付いたのは、わたしの場合、依存症は一度では克服できないということ。二歩進んだら三歩後退、五歩進んだら二歩後退。良くなってるって自覚はあっても、途中で何度か挫折している。

12ステップをいくつも受け、リハビリ施設や教会で禁欲のお話をたくさん聞いて知識が深まると、依存から百パーセント抜け出すか、依存に逆戻りか、選択肢はこのふたつしかないという考え方は自分には向いていないと思うようになった。どん底まで叩き落とされても、有効な治療法を見つけて依存症を克服した人はたくさんいる。

性被害、薬物濫用、PTSDという深刻な問題を抱え、解決しようと努めている途中のわたしにとって、〝マリファナ厳禁〟という治療法は心に響かなかった。挫折したからといって、過去の過ちを反省していないわけじゃないの。依存って、完全に断ち切れないものだから。12ステップで実践できることは試したけれども、今は同意できない。一度依存したら死ぬまでやめられないと決めてかかるのって、わたしは疑問に感じる。依存症は一生治らない病だとも思わない。スティーヴは12ステップで立ち直り、わたしも12ステップのおかげで救われた。依存についてオープンに包み隠さず話せる仲間を見つけるって、お金では買えない価値のあることだけど、人に迷惑をかけても、二か月でまた薬に手を出しても、それで人生が終わるってことじゃないから。回復への道はいくつもある。効果が出る治療法を見つけられなかったなんて言葉を、依存に苦しむ人たちに投げてはいけない。

最初にリハビリ施設に入ったときは、自分の生活環境からできるだけ離れた施設を選んだけど、二度目の施設は近場にした。その方が社会復帰がしやすくなると考えたの。それにセルゲイは、施設に入ったわたしを情け容赦なく切り捨てたりはしなかった。強迫的性衝動は、さまざまな問題と向き合わなければ解決できないという現実を受け入れた。だからなんでも正直に胸の内を話してほしい。一緒に乗り越えていこうとセルゲイはわたしに言ってくれた。なんとしても、セルゲイとの関係を守ろうと思ったわ。わたしって、そこまで大事にされていいのかな、って一瞬頭をよぎったけど、彼と一緒にいなければ、わたしはダメになってしまう。選択肢はひとつしかなかった。

リハビリ施設に再入所したわたしは、ヘロイン依存、アルコール依存、ギャンブル依存と、それぞれ課題を抱えた人たちと出会った。なんでもアリよ――みんな仲間。毎週日曜日のファミリーデーには、べっちゃべちゃのバターケーキが振る舞われる？　恒例行事。グループセラピー？大事よ。ここで知り合ったヘレンスカヤって女の子とは、今も親しく付き合っている。ファミリーデーにはスティーヴとママ、パパ、ふたりの兄さんたちが面会に来てくれた。スティーヴのがんは進行し、家族そろって会える日をみんなで心待ちにしていた。わたしの力になりたいと集まってくれた家族に、クインシーの実家を出てからこれまでのことを話した。聞く側も話す側もつらい時間だったけど、これを機に家族の絆は深まった。依存症の治療には欠かせない、自分を見つめるという作業ができたの。家族全員と向き合ったおかげで、幼少期に遭った性被害を家族が本気で受け止めなかったという、つらい記憶に答えが出た。みんな、わたしの話を信じてくれた。幼いころに遭った性被害の真相と、そのとき感じたいたたまれなさを抱えたまま大人になったことを、ごく近い家族に話せたのよ。みんな真剣にわたしの話を聞いてくれた。肩の荷が下りた。わたしはもう、スケートリンクでうつ伏せに倒れるような生き方をしなくていいんだと実感できた。

リハビリ施設を退所した日から一週間、午前十時から午後三時まで外来でグループセラピーのようなプログラムを受け、終わったら、新しいサロンでストレスを感じながら、お客様おふたり分のカットをこなすという日々が続いたんだけど、また震えが来て落ち着かなくなった。もう自分を偽らなくてもよくなったからといって、薬物の習慣が魔法のように消えてなくなりはしない。だからリハビリ施設に二度も入所し、依存が移行期を経て再発したんじゃない。

とにかくマリファナが吸いたくてたまらなかったけど、体から完全に成分が抜けるまで三十日かかるし、月曜日に外来に行ったら検査で陽性反応が出ちゃう。そこでもっと賢い逃げ道を考えた。お気軽で結果が残らない再発対策、それは二十四時間後にはおしっこになって出ちゃう、アッパー系薬物を使うってこと。家族に費用を負担してもらってリハビリ施設に逆戻りし、携帯電話もなく、〝もう、いやっ！〟って思いながらひとりでじっとしてたって依存は治らない。自分には大切な家族とパートナーがいるって素直に認めることができるようになっても、すぐに依存から解放されないって最悪、最悪中の最悪！

依存がまたはじまったきっかけ？　〝むかつく！〟ってことが立て続けに起きたのと、たまたま薬物と出会う機会が重なったから（我慢の限界まで追い込まれると、人って〝むかつく！〟の呪いにつかまっちゃうの）。

いつごろだったかな、まだセルゲイと知り合う前、ヨガのインストラクターと付き合ってた。その彼、二度目のデートでこう言った。「きみって、今まで付き合っただれとも違うタイプだね」

「どういうこと？」

「みんな腹筋が割れてた」

その場かぎりのデートでいろんな人と会ったけど、このときほど短時間で深く傷ついたことはなかった。深い仲になった人から軽々しく外見をバカにされ、二十代前半のわたしの心に、いつまでも残る傷がついた。世間はこんなに人であふれているのに、わたし、また、あのヨガインストラクターと出会ってしまった。彼のアパートは、リハビリ施設から車で自宅に帰る途中にあって、〝ウエストハリウッドの信号付近に元カレがいるわよ〟って、ジョナサン専用スパイダーセンスがアラートを鳴らした。左を向いたら、すぐ横の車にいるじゃない。あの子、運転席で飛び上がるほどびっくりしてた。

わたしたちが再会したらどうなるか、ふたりともすぐ察しが付いた。あの子が覚せい剤の袋とパイプを取り出した。わたしと元カレは、その晩一緒に過ごした。セルゲイにまたひどいことをしてしまった。しかもはじめてのときとは違って、泊まりがけで性交渉を結んだ。車で彼の家まで送ると、ヨガインストラクターはわたしをじっと見て言った。

「今の彼と別れるつもりなのか?」

「ううん、別れない」わたし、シャツも、靴も片方、どこかに置いてきちゃったけど、スウェットパンツは穿いていた。覚せい剤がほんとうに悩ましいのは、人をここまでおかしくしてしまうところなの。

アパートに戻るとセルゲイが入り口の階段に座っていた。

「生活を変えなきゃな」セルゲイは言った。そう言われて当然。なにがどう悪いって、みんなロサンゼルスのせい。誘ってくる人も、場所も、ここにはたくさんある。

わたしが相変わらずだらしなかったせいで、ウエストハリウッドのアパートに南京虫が出るようになったからかもしれないけど、引っ越しの理由はほかにもあった。スティーヴの体調悪化のこともあったし、とにかく家族のそばにいたかったから。

とにかくセントルイスに行きましょうと、セルゲイ(と自分自身)を納得させた。一族の大半が住んでいるクインシーにも近く、ほどよく離れてもいるので――どうしよう、十七年間も逃げたくてしょうがなかったあの町に戻ることになるなんて――と、絶望で頭を抱えなくても済む。

スティーヴはよく言っていた。きみがどこに住もうと、きみはきみだ。でも、ロサンゼルスと決別すれば、すべてが好転するという確信があったの。

予感は的中。セントルイスに引っ越すと、わたしの強迫的性衝動はみごとに消え失せた。まるで地面にできたでこぼこみたいに。

スティーヴはがんに打ち勝った。

〝名前を言ってはいけないあの人〟とは手を切った。噂も聞かない。

この本の残りのページはぜんぶ白紙だから、本の感想を書いてね。推しの女優の切り抜きでデコってもいいわ。塗り絵にしてもいいわよ！

自分の好きなように使って。

――ううん、そんなことは起こらなかった。

暗黒の日々がやってくる。気分がとっても滅入ると思うから、わたしが六年生のときに書いた、ビル・クリントンについてのかわいい作文で気分を切り替えてね。お楽しみに！

（モニカ・ルインスキー、あなたはすばらしい女性、なのに巻き添えにしてごめんなさい。とても勇敢でガッツのある人だわ）

ビル・クリントンの
セックス・スキャンダルについて
わたしが考えたこと

ジャック・ヴァン・ネス

ビル・クリントン大統領の、モニカ・ルインスキー、ポーラ・ジョーンズ、キャスリーン・ウィリーといった女性たちとの報道はもうご存じのことでしょう。でもわたしは、政治家や大人の意見しか聞こえてこないように感じています。子どもたちにも立派な主張があります。これから、わたしや同級生の考えていることについて書きます。

わたしの感情の変化を四段階に分けて書き、その他の意見についても述べます。ただし、問題点がひとつあります。書き手であるわたしが十一歳の六年生ということです。不快だと感じる表現があっても、人間には言論の自由が保障されていることをお忘れなく。子どもたちも大人並みに説得力のある意見を持っていること、そして、わたし、わたしの友人、アメリカの青少年たちの影響力は強いんだとわかってもらうため、この文章を書いています。

わたし個人の意見

ビル・クリントンのセックス・スキャンダルについて、わたし個人が考えたことを書きます。一連の事件があきらかになるまで、わたしは民主党保守派でした。この国は経済的に健全だと思っていました。ところが、事件の全容を知ったわたしは四段階の感情の変化を体験したのです。その四つとは、ショック、衝撃、黙れ、バカみたい、です。今、わたしは二大政党のどちらも支持していません。また、ビル・クリントンも、彼の友人のジェームズ・カーヴィルも卑劣なやつだと思います。

正直に言います。こんな騒動になるとわかっていたら、ビル・クリントンは女性に手を出すような真似はしなかっただろうと思っています。まともな頭を持っている人なら、こんな騒動になるのがわかっていて、まさかこんな卑劣なことはしないと思います。だけどやっぱり、どう考えても、大統領のやったことは、過去、現在、未来のどの時制であっても間違っているし、不道徳です。ヒラリーに関しては、頑張れと言いたいです。娘のチェルシー・クリントン、きみも頑張って。

　これからの期待は、クリントンが弾劾裁判にかけられるか、辞任するかです。だけど、ビルもヒラリーも、チェルシーだって辞任を受け入れるガッツはないでしょうし、大統領が弾劾されることもないとわたしは思います。

ショック

　ある穏やかな朝、いつものようにＮＢＣの『ザ・トゥデイショー』を観ていると、あの報道がいきなり流れてきて、わたしは〝ショック〟を受けました。尊敬し、いつか彼のようになりたいと思っていた立派な人が、あんなことをするなんて。こんなのデタラメだ、ただのゴシップだと最初は思いました。だけどそれは、わたしの思い違いだったようです。信じたくないという思いもあったのでしょう。こんなこと、ぜったいにあってはいけません。きっと数日で消える話題だろうと思っていました。なのに、なんと、八か月以上も世間を騒がせています。この騒ぎ、あと

クリントン

カーヴィル

ヒラリー

チェルシー

八か月は続くでしょう。だからショックなできごとなのです。

現時点でわかっていること

リンダ・トリップ。トリップがモニカ・ルインスキーの爆弾発言を録音したテープレコーダー。渦中の人、ポーラ・ジョーンズ。モニカ・ルインスキーとクリントンの不適切な関係はあきらかになったばかりです。

衝撃

わたしにとっては大きな衝撃だったし、ほかのアメリカ人もきっとそうだと思います。とても〝インパクトのある〟事件でした。まだ少し〝ショック〟が残ってるなあと、自分でも思います。子どものわたしにわかるのは、青いドレスと、刑事免責と、まあ、そんな感じです。わたしたちが大人になり、事件の真相を理解した上で受ける衝撃がどれほどのものなのか、今のわたしたちにはとうてい理解できません。わたしたち子どもには、お手本になる大人の存在、いわゆる〝ロールモデル〟が必要です。わたしにはたくさんのロールモデルがいますが、ビル・クリントンもそのひとりです。彼らは当然のように尊敬される人たちです。こんなにたくさんの子どもたちがロールモデルとして尊敬しているのに、あんなことをして、わたしはとてもがっかりしてます。わたしのロールモデルをひ

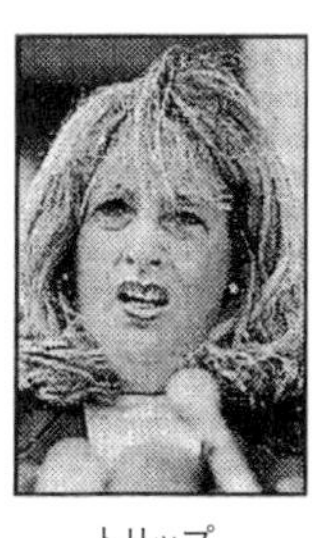
トリップ

ルインスキー

ジョーンズ

とりクビにして、新しい人を探さなければなりません。

一連の事件があるまで、ビル・クリントンは、まさにアメリカ合衆国を象徴する大統領でした。わが国は繁栄していると思ってたのに、だれかさんのおかげで台無しです。だって、そうじゃありませんか？　いやしくもアメリカ合衆国で一番偉い人ですよ。アメリカ合衆国大統領、ビル・クリントンですよ。超・超・最悪の衝撃を全国にもたらしたんですよ。大統領の飢えた下半身のせいで、お金を使いたくてもお金がないとか、高い税金を払うために貯金しなければいけないお父さん、お母さんがたくさん生まれてしまいました。

黙れ

つい最近まで、わたしを含めた国民が夢中になって、ビル・クリントン大統領のスキャンダルを追っていました。言いのがればかりするクリントン大統領に対して、ケネス・スター独立検察官は決して追及の手を緩めないでしょう。お願いですから早く結論を出してください。わたしの頭の中はもう、クリントンのスキャンダルでいっぱいです。耳に入ってくるのがこのニュースばかりで、とうとう夢にまで出てきてしまいました。テレビのニュースはずっと、クリントン大統領のスキャンダルを報じています。ケネス・スター独立検察官の解説を聞きたい人っているんでしょうか？　いないに決まってます。責任をケネス・スター独立検

クリントン

スター

察官に負わせたくはないのですが、話題をわざと引き延ばして、わたしたち視聴者を困らせようとしているとしか思えないんです。お願い、ケネス、頼むからもう黙って。

現時点でわかっていること

青いドレス。宣誓供述書。葉巻。ヘンリー・ハイド（クリントン大統領の弾劾裁判を求めた共和党下院議員）。スター独立検察官の報告書。

ハイド

バカみたい

これらの事実があきらかになった今、スター独立検察官もクリントン大統領も、まさか世界情勢がこんなに揺れ動くとは思わなかったでしょう。タンザニアとケニアのアメリカ大使館爆破事件、パキスタンとインドの核実験、要人の訃報、そして、大統領の責任を追及する連日の報道。

ふだん、テレビのニュース番組でビル・クリントン大統領以外のニュースを流す割合は二十五パーセントぐらいかと思います。七十五パーセントがビル・クリントン大統領のセックス・スキャンダルです。もっと目を向けるべき事件が世界中でたくさん起こっているのに、ホワイトハウスと政府当局は無視する姿勢を守っています。大量破壊兵器を製造しているという話を鵜呑(うの)みにしたアメリカがパキスタンを爆撃しても、これはビル・クリントン大統領のスキャンダルから関心をそらすためのものだとパキスタン側に思われるなんて、ほんとうにバカげています。特定の国を非難しているわけじゃありません、念のため！

アメリカ合衆国の子どもたちに与えた影響（わたしの意見）

わたしのように、クリントン大統領をロールモデルとして尊敬する子どもはたくさんいるはずです。それなのに、この子たちはみな、ロールモデルのリストからひとり削って、新しいロールモデルを探さなければならないのです。わたしたちが尊敬する偉い人が、最悪のお手本を示したわけですから。アメリカの青少年を大事にすると言った彼が、どうしてこんなことをしたのでしょう？　わたしはもう、なにがなんだかわからなくなっています。この問題は、アメリカ合衆国の子どもたちにとてつもない衝撃を与えました。

なんと、まだクリントン大統領を支持する人がいます。「ビルも災難だったね」、そう思わなければやっていられない民主党支持者がほとんどです。

彼はアメリカの恥さらしの当事者であり、自分たちの国をよくするために努力している人々を落胆させました。わたしたちの世代はこれから先、大統領のスキャンダルによる衝撃をさらに深刻に受けることになるでしょう。

ほかの子どもたちの声

匿名を希望する子がいるため、全員の名前を公表しないことにしました。およそ二十人の子どもたちに、今回のスキャンダルについて尋ねました。〝汚らわしい〟から〝バカ〟まで、さまざまな意見が出ました。調査対象の二十人中十九人が、大統領が大きらいだと答えました。好きだと答えた少年は「大統領はしくじっただけだ」と考えています。弾劾、または辞職を望む子どもがクラスの九十五パーセントに達しました。

ある女子が言いました。「プライドが残っているのなら辞職するべき。最初にほんとうのことを言わなかったなんて、卑怯だよ」

うまいことを言うなあと感心した生徒もいました。「不適切なことをする前に、やったらどうなるかをよく考え、たとえ建前だとしても、自分が愛する国家のことにも配慮するべきだったね」結論として、ビル・クリントン大統領はイリノイ州クインシーの子どもたちからきらわれています。

最初に書いたとおり、わたしは自分の意見を四段階に分けて書きました。結論に達しているといいなと思います。

わたしが一番望んでいたのは、子どもたちにもはっきりとした主張があるのをわかってもらうことです。現時点でわかっていることについての意見も示せたと思います。

この事件は収束すると思っていました。まさかトリップがテープで不倫を暴露し、弾劾裁判が審理されるなんて、夢にも思いませんでした。

わたしの意見がみなさんに伝わったかと思います。

ビル・クリントン大統領に言いたいことがあります。子どもたちはあなたがまたスキャンダルを起こすのを見たくありません。ですからもう少ししっかりしてください。

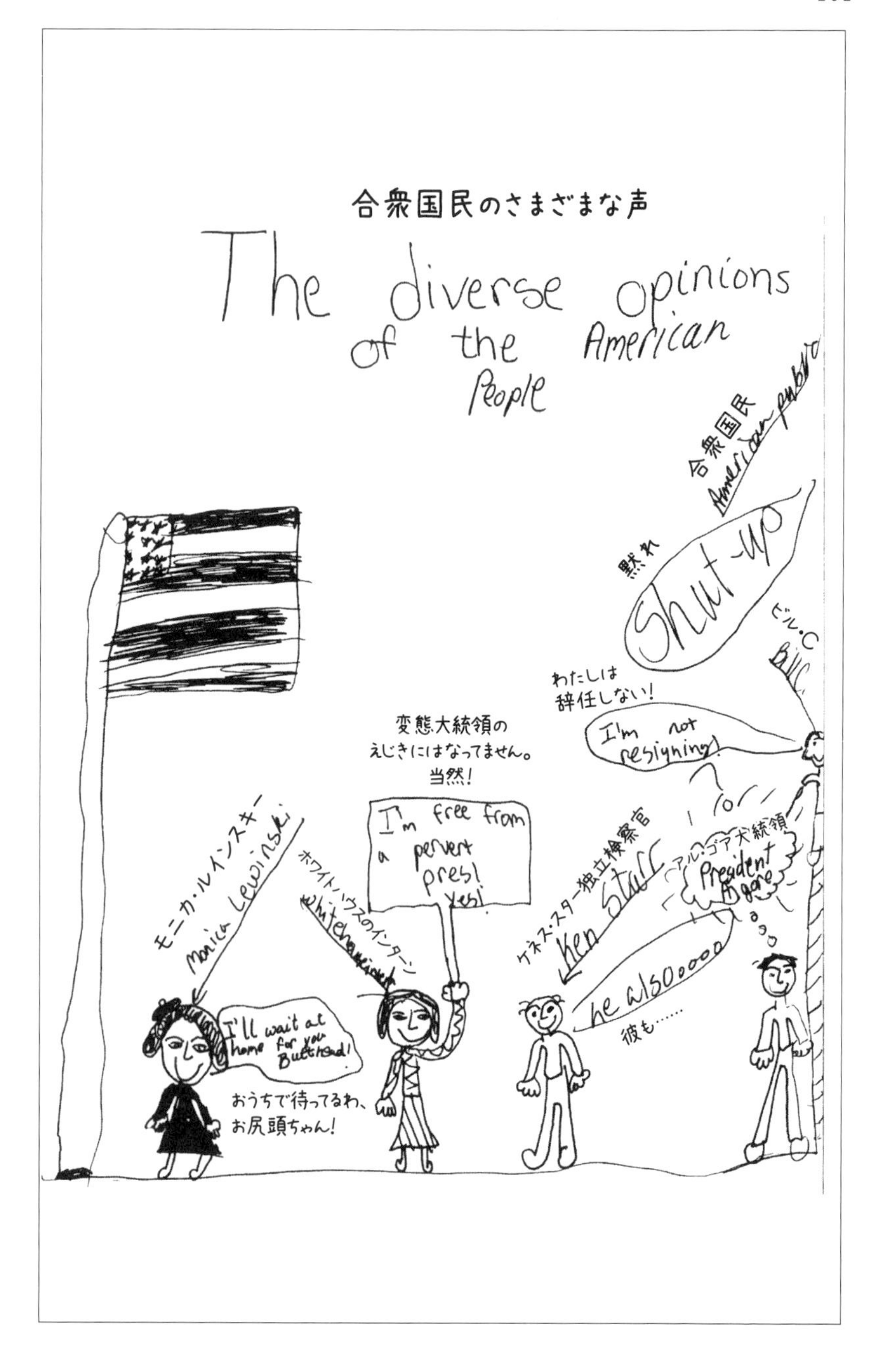

合衆国民のさまざまな声
The diverse opinions of the American People
合衆国民
American pueblo
黙れ
Shut-up
ビル・C
Bill C
わたしは辞任しない！
I'm not resigning!
変態大統領のえじきにはなってません。当然！
I'm free from a pervert presi! Yes!
モニカ・ルインスキー
monica Lewinski
ホワイトハウスのインターン
ケネス・スター独立検察官
Ken Staff
アル・ゴア大統領
President Al gore
he also
彼も……
I'll wait at home for you Butthead!
おうちで待ってるわ、お尻頭ちゃん！

Chapter 9

第九章　人生で最悪の夏

JONATHAN AND THE NO GOOD, VERY BAD SUMMER

　こんなシーンを想像して。バスルームにいるわたし。足元には大切なわたしの猫、バグちゃん。たしか、この日五本目、見知らぬだれかさんの股間にある、大きなおナスちゃんを受け入れるお支度の途中。バグちゃんは信じられないって顔でこちらを見上げてる。わたしは踊ってる。お支度はだいたい終わって、あとはおトイレで浣腸を済ませるだけ。バグちゃんはきっとこう考えてるはず。なんとかしてよ。早く落ち着いて、ぼくをかわいがって、エサをちょうだい。次から次へと股間のおナスちゃんをモノにしないと、一日が終わらないわけ？　そこにほんとうの愛はあるの？　携帯電話の電源を切ろうよ、今日会う相手に「もう来なくていいよ」って言おう。おいしいものをテイクアウトで注文して、この悪夢を断ち切ろう。でないとぼくがきみのママに電話するよ。きみさ、もう何週間も前から、ときどきバスルームの隅で、アジスロマイシン（性感染症治療に使う抗生物質）の箱を手にして、裸のままうずくまって泣いてるよね。ぼくがずっとそばにいてあげるから、かわいい子ちゃん。

　ヨガインストラクターの資格を取ったとき、生徒さんたちに取ってもらうポーズを、すべて正確に見せるようにと習った。あるポーズを生徒さんたちに左右両方で取ってもらうのなら、インストラクターが手本となって、そのポーズを左右両方で見せる。だから、ほんとうのことを言うね。ごめんなさい、セントルイスに引っ越して、すべてが魔法のように解決したっていうのは、みんなうそ。わたしのまわりは悪い方向にしか進まなかった。

　セルゲイと移り住んだころ、セントルイスは一年で一番（ネガティブな意味で）ゴージャスな時期だった。湿度は一〇五パーセント、雨季はいつ明けるのかすら、わからない。セルゲイは小売店で接客の仕事を見つけたけど、わたしの実家のコネで、もっと実入りのいい仕事がゲットできるって、わたしたちは虫のいいことを考えていた。残念ながら、そんな話はひとつもなかったわ。ロサンゼルスより労働市場が小さく、生活費も安く済むから、いい仕事ができてストレスも減るって楽観視してた。ところがふたりとも賃金は目減りし、新天地でふたりの関係をやり直すつもりが、ストレスは逆に増え、経済的にも苦しくなっちゃった。わたしは固定客を増やすため、レンタルスペースを借りた。常連客がまだいなくて、飛び込みのお客様もいないサロンに雇われた美容師が固定客を増やすには、拠点を持つのが王道。でもレンタルスペースだと、やはりお客様が来てくださらない。クスリに溺れ、メンタルがどん底にあったジョナサンに「どうすれば成功できますか？」って聞くのと同じこと。

　毎日がうつ状態だった。ふだんから飲んでいたお薬も、うつに拍車をかけた。当時通っていたセラピストから処方されていた抗うつ剤があったんだけど、あのころのわたしはまだ、精神的に大人になりきれていなかったし、そのお薬がほんとうに効いているという実感がなかった――効き目が穏やかでも、わたしには欠かせないお薬だったのに。気分がよくなる魔法の薬のはずが、ぜんぜん効かないんだもの、もう必要ないって勝手に決めて、セントルイスに着くなり飲むのをやめちゃった。そこから糸が切れたみたいに、うつ症状へと突き進んだ。

セントルイスに引っ越した次の週、兄さんが結婚した。お式に出るため、セルゲイと一緒に車でクインシーに行ったんだけど、スティーヴの命をかけた闘いは、すでにわたしの想像を超えた域に達していた。がんは脳に転移してた。がんができた場所をひとつひとつ攻撃する、定位放射線治療はもう効果がなかった。この膀胱がんは脳にまで転移するほど手に負えないため、兄さんの結婚式が終わってまもなく、スティーヴの主治医は脳全体への放射線照射を決断した。

翌週あった脳全体への放射線照射で、スティーヴの体調はさらに悪化した。ママから電話で、しばらくクインシーにいてほしいと頼まれた。放射線照射の予後がとても悪く、頭皮の大部分が焼け、はがれ落ちてしまったって。頭皮がはがれ落ちたって書いたけど、比喩じゃなく、ほんとうにそうだった。お肉が露出するほどまで。放射線照射から二日後に感染症を発症。感染は頭皮から胴体まで広がり、化学療法に耐えられなくなってしまった。血球数は驚くほど減った。化学療法を断念してから三週間、がんはひと晩で全身に広がった——肺、首、いたるところにがんが散った。

愛する人をがんで失うかもしれないってとき、容体が急変し、もうこれでだめだと感じながら、病状が刻々と悪化していくのを見守るときほど、耐えがたいことはなかった。医師らは感染源を特定しようと頑張ってくれたけど、症状を抑えることはできなかった。それでも効き目の強い抗生物質が投与されたんだけど、スティーヴの血球数は緩和ケアしか手が打てないところまで落ちていた。

そして、彼を自宅で看取るという苦渋の決断が下った。

ホスピスに入ったら、あらゆる苦痛を和らげて最期のときを迎えることに専念する。そのためにモルヒネが投与される。薬物を断ち、それから二十八年間、薬物には一度も手を出さなかったスティーヴに。日一日と死が近づいてくる彼には、モルヒネが必要だった……。アルコールや薬物の依存と闘った継父がモルヒネで沈静化され、眠っている姿を見守る苦悩をどうつづったらいいの……言葉が見つからない。自分自身がまだ乗り越えていないから、わが家に降りかかった、この世と切り離されたかと思うほど胸をかきむしるような苦難をつぶさに書き記す言葉を探すことが、まだ、できないでいる。

スティーヴを家に連れ帰った翌日、お世話になっている教会の聖歌隊と、スティーヴが親しくしていた友人全員がお別れを言うために集まってくれた。彼は数か月ぶりに痛みから解放され、生きるため、まるで獣のように闘っていた間、会えなかった友人や家族と再会できた。こうした人との触れ合いで脳に画期的な化学反応が起きるらしいんだけど、スティーヴにもその効果が現れた。がんに負けるなんて、わたしの勘違いだったんじゃないかと思えるまで回復したの。そこでわたしたち家族は、化学療法を再開できるのではと医師団に提案した。このような病状の好転はよくあることですと彼らは言った。ホスピスに入ったら、なんだかまた病気と向き合う力がわいてくる――だけど、その力は、ただの幻だと。

「あなたたちはセントルイスに戻りなさい。お医者様たちは、あと二週間が山だとおっしゃったわ」ママが言った。

「わかった」セルゲイには受けようと思っていた仕事の採用面接がふたつあり、わたしもお得意様を待たせていたので、ふたりでセントルイスに帰ることにした。

車で家を去る直前にママがわたしに言った。「スティーヴは結婚記念日に亡くなる。わたしにはわかるの」

「そんなことないって」わたしはママを励ました。

ママたちの結婚記念日は翌週に迫っていた。そして当日の朝、ママから電話があった。「帰ってきて」わたしはちょうど、その日最初のお客様を接客していたところだった。「スティーヴは今日、天に召されるわ」

携帯電話が手から落ちた。涙が出た。レンタルスペースを一緒に借りている女性美容師がわたしを見て言った。「どうしたの？」

「ママから電話があった。継父が今日にも死にそうだって」

「ちょっと待って」彼女は身をかがめ、バッグからクロノピン（抗不安剤。パニック障害の治療にも使われる）四錠を取り出した。「とにかくこれ飲んで落ち着いて」

自宅に戻ったわたしは従姉妹に電話した。彼女はわたしを迎えにセントルイスへ向かっている途中だという。クロノピンを一錠飲んで、数日分の着替えを用意した。従姉妹のアレクシスの車に乗ったところでクロノピンが効いて、心が軽くなり、前向きになった。そしたらびっくり、スティーヴがもうすぐ亡くなりそうだというのに、わたしったらウォルマートのテキサスシートケーキと、タコベルのコンボ7番のおいしい誘惑に負けてしまった。どちらも途中でアレクシスに頼んでテイクアウトしてもらっちゃった。途中でもっと寄り道してたら、スティーヴとのお別れの時間があと十五分短くなるところだった。

家の中に入ると、リビングルームでスティーヴがいつも座っていた場所に病院用のベッドが置かれ、彼はそこで寝ていた。家族全員がそろっていた。兄ふたりとそれぞれの妻、スティーヴの娘、母方の祖父母もいた。

わたしは頭が真っ白でなにも考えられないまま、さっき買ったタコスを食べながら座っていた。兄さんが席を立ち、キッチンからワカモレを作る材料を持ってきた。みんなの悲しみはメキシコ料理へと向いていった。

午後五時になった。十六年前のこの日、午後五時に家族そろって写真を撮ったの。男性はタキシード、従姉妹はシャンパンカラーのブライドメイドのドレス、ママはウエディングドレスを着て、家族が増えるという心の準備を整えていた。あれから十六年後、わたしは継父が死の間際であることを知らせる、彼の口から漏れる、あえぐような声を聞いている。肺が機能を停止し、胸水で満たされたという証拠。

「もうすぐね」スティーヴの娘が言った。ホスピスに入院する際、患者の家族は、患者が死にいたるまでの変化を記したブックレットをもらう。スティーヴの症状はゆっくりと確実に、ひとつひとつ、そこに書いてあったとおりに進むので、わたしは怖くてしょうがなかった。寝間着をいじる。いない人に話しかける。怒りをぶつける。あのあえぎ声はリストの次の項目にあった。

わたしたちはスティーヴのまわりに集まり、みんなで手をつないだ。「主の祈りを捧げましょう」ママが言った。

　スティーヴを取り囲むようにして、みんなで手をつないで主の祈りを捧げると、ママがまた言った。「神様、スティーヴはよく闘いました。彼のもとに天使たちを遣わし、天国へとお連れください。彼がこれ以上苦しまないように」そのあと、輪になったわたしたちはひとりひとり、スティーヴにお別れを言った。一周してママがお別れを言う番になった。「彼を天国へとお連れください」スティーヴのすぐそばでママが言うと、彼はふっと、一度だけ弱く息を吸った。それが最後だった。

　全員がベッドに突っ伏した。おばあちゃんは崩れるようにカウチに沈み込んだ。スティーヴの娘は父親に抱きついた。ママは背中を向け、バスルームに走っていった。わたしはママのあとを追った。ママは両手で顔を覆い「こんなの信じられない」と、絞り出すような声で言った。右往左往するママを、わたしはただ見守っていた。一語一語、震える声で、ママはまた言った。「こんなの信じられない」

　ママは涙をぬぐうと、キッチンに戻ってすぐホスピスに電話した。五分もしないうちに、ホスピスから看護師が三名やってきて、モルヒネを回収した。ママはずっとスティーヴのそばにいた。ふたりが六年前に里親になった愛犬、ゴールデンドゥードルのアビーも、スティーヴのそばから離れなかった。わたしたちもスティーヴがあおむけにされてから遺体袋に入れられるのを見ていられなかったので、玄関に近いセカンド・リビングルームに移動し、旅立ちの準備が整うのを待った。三十分経った。十六年前のこの日、ママとスティーヴの結婚式が終わった、午後六時になった。

　スティーヴを乗せたストレッチャーの車輪が動く音がした。玄関までずっと後を追うアビーの足音も聞こえた。アビーはその後三日間、スティーヴが帰ってくるのを玄関で待っていた。

　わたしは外に出るとセルゲイに電話し、クインシーに来てと、なかば叫ぶような声で訴えた。仕事があるから行くのは明日になりそうだと彼は言った。セルゲイがそのとき示せた精いっぱいの誠意だった。

　その日が終わるころになって、言葉で言い表せないほどの悲しみを乗り越えようというときに、愛する人が自分のそばにいてくれない。その事実をかみしめたとたん、ひどいうつ状態にあったわたしはついに、翌日目が覚めなくても、もう構わないというほどの自暴自棄に陥った。あれから数年、オファーが来たいろんな仕事をやり遂げ、こうやって落ち着いてこの本を書いている今、わたしはあのころの自分自身、あのころ起こったこと、あのころわたしの体に起こったこと、感謝したい人たちをじっくりと思い返している。スティーヴを失ったあの日からの試練を乗り越えられたのは、自分を尊ぶ気持ちが芽生えたから。でも、自分を大切にすればするほど、あのころはなんて自分を傷つけるような真似をしていたのだろうかと考える。自分にはなんの価値もないと思っても、いいことなんかなにもない。ヤケになっても、なんにもいいことない。

＊　＊　＊

スティーヴが逝って、わたしのメンタルはズタズタになった。葬儀が終わって、セルゲイとセントルイスに戻った。わたしは一切の感情を失い、抗うつ剤を飲まなくなって、二か月が経過していた。体の中が空っぽになったようだった。自殺までは考えなかったけど、ドラッグを過剰摂取したり、だれかに殺されたり、病気になってもいいと、捨て鉢になっていた。もう、どうなってもいい。ここまで自分自身がわからなくなっていても、わたしには行きたい場所があった。

わたしが出かけようとしたタイミングで、セルゲイが帰ってきた。「どこに行くの？」彼がわたしに聞いた。

「ハウスコールだよ」だれにも呼ばれていないのに、言いのがれをした。

〝ハウスコール〟って本来、ヘアスタイリストがお得意様のお宅に呼ばれて施術をすることだけど、セックスの相手探しを体よく言い換えただけ。また心にたっぷり傷を負い、トラウマに応じた量のドラッグをたっぷり摂取し、わたしは脇目もふらずにゲイサウナに通い詰めるようになった。自分の二重性――わたしの中にいるジキルとハイドって、ずいぶん根深いと実感した。あのころのわたしって、魂をフードプロセッサーでペースト状にするようなひどいことに、自分から進んで手を出していたの。

ゲイサウナでは二時間ぐらいかけて、ひどい依存に苦しみながら、自分を認めてほしいという負のエネルギーをまとい、自分たちを拒んできた日の当たる場所を見つけようとしている仲間を探す。ううん、これは連帯じゃない――じわじわと魂をむしばんでいく、毒を分け合うような行為。わたしはその毒に酔い、溺れる。ここはミズーリ州セントルイスに立つ、悪徳と退廃、肉欲の館。

部屋から部屋へ、暗い廊下を次々と渡り、見知らぬパートナーをひとり、またひとり。斜め下に目をやると、下半身だけ服を着た体が見える。わたしは顔を上げた。セルゲイだった。大きく見開いた目が涙で濡れている。ショックを受けているみたい。

「帰ろう」彼は言った。

「どうしてここにいるの?」

「ここにいちゃだめだ」セルゲイは頼み込むような声で言った。

「帰って」わたしは突っぱねた。「出ていって。わたし、帰らないから」

「帰るんだ。頼む、一緒に帰ろう」

セルゲイはわたしを連れていこうとする。わたしはその手を振り払う。彼はあきらめて手を離した。

「荷物を取りに行かなきゃ」セルゲイを振り切って、最後にもうひとりと寝るため、会ったこともない人がいる小部屋に入った。悲しみと依存に溺れた時間は自分でも驚くほど長く感じたけど、どんなことをしたって、心になんにも響かなかったことの方が、わたしにとっては衝撃だった。感情はもう消えてなくなり、苦痛へと変わっていた。わたしから相手に与えるものはなにもない。身支度を整えてゲイサウナの外に出ると、セルゲイが外で待っていた。わたしたちは一緒に帰った。

わたしが壮絶な強迫的性衝動と闘っているせいか、それともセントルイスで堪え忍ぶ貧乏のせいか、セルゲイはもう我慢の限界に達していた。ママも交えて三人で話し合った結果、セルゲイがロサンゼルスに帰る費用をママが負担して、わたしたちは同棲を解消することになった。目の前が真っ暗になった。セルゲイとの関係は悪い方に進むしかなかったけど、そもそもすべて、スティーヴの闘病からはじまったこと。しかもセルゲイは、わたしとやり直すチャンスをくれたじゃない。

セルゲイとわたしは、いったん壊れた関係を修復できなかった。

彼はロサンゼルスに帰った。セントルイスに残されたわたしは、尖ったものが視界に入ればどんなものでもいい、それを握って、心の中に住む子どもの自分と戦おうとした。

今までと違ったリハビリを受ければよくなるのかもしれない。一風変わった12ステップ・セラピーを外来で受診できる施設をクインシーで見つけた。定番の〝偉大な力がわたしを健全にしてくれる〟という考え方の代わりに、その〝偉大な力〟は必ずイエス・キリストであること、というもの。セラピー初日、プログラムのリーダーがわたしを見て言った。「ひとつ聞いてもいいかね。イエス様は、きみに同性愛を授けたと信じているかい？」

「ちょっとスターバックス行ってきます」わたしはドアまでまっしぐら、二度とそこには戻らなかった。

＊
＊
＊

セルゲイとの別れ、スティーヴの死、西海岸から中西部に引っ越したことで生じたストレスで、わたしは体調を崩した。丈夫な方だったのに、体の調子がとてもすぐれなかった。

その日はセントルイスに四人いるお得意様のひとりからご予約が入っていた。でも、あまりに体調が悪くて、鏡の前に立つことすらつらかった。頭はずきずきと脈打つように痛み、喉も痛い。でもご予約はキャンセルできない。常連のお客様だし、ちゃんとした美容師として扱ってくださる方だから。

サロンに着くとめまいや立ちくらみがしたけど、乗り切る自信があった。それなのに、目がちかちかした瞬間、わたしは床に崩れ落ちた。意識を取り戻すと、お客様用のトレイの隣であおむけに倒れていて、美容師数名がそばに立ち、お客様は泣いていた。どうやらわたし、お客様にバターブロンドのハイライトを入れている途中に気を失っていたみたい。

意識が戻ってすぐに思った――ぜったいおかしい。前に聞いた症状と似てる。インフルエンザをこじらせたとき、こうなるって。熱がなかなか下がらないって。でもちょっと違うかも。今まで美容の最前線で戦ってきたけど、過労で倒れることなんかなかったじゃない。ＨＩＶの感染に備え、アジスロマイシンという抗生物質は飲みはじめていた。〈プランド・ペアレントフッド〉で検査してもらわなきゃ。

床から体を引きはがすようにして立ち上がった。同僚がお客様のヘアの仕上げを代わってくれたので、わたしは家に戻って寝た。

翌日さっそく〈プランド・ペアレントフッド〉に行った。ここは妊娠、出産、性病などの相談に乗ってくれる、全米規模の組織。尿や血液を採り、性感染症の総合反応検査を受けた。狭い検査室で待っていると、看護師が入ってきた。彼女は簡易検査の手順を説明してくれたけど、その検査なら、もう何度もやっていた。看護師はわたしの口の中から組織を取ると、十分ほどで帰ってきますと言い残して部屋を出た。

十分が十五分。十五分が二十分。二十分が三十分。気分はどんどん落ちこんでいく。

検査室の外で数名の足音がした。かすかにドアをノックする音。

「入ってもよろしいですか？」さっきの看護師さんが穏やかな声で言った。彼女に続いて、そわそわと落ち着かない様子の女性があとふたり入ってきた。とたんに察した。この人たちは研修生で、生まれてはじめてＨＩＶ陽性の結果を伝える場に来るんだ。〈プランド・ペアレントフッド〉は、わたしの検査結果を彼女たちにも聞かせる気なのね。

「検査結果についての話し合いに、このふたりを同席させてもよろしいですか？」

「どうぞ」わたしは答えた。とたんに涙がこぼれてきた。「ああ、わたし、おかしくなりそう。やっぱりやめて。この人たちに聞いてほしくないわ。お願い、出ていってもらえますか」

この子たちの顔を見れば結果はわかったようなもの。ふたりは黙って部屋を出た。

看護師はわたしの隣に座った。涙が静かにわたしの頬を伝っていく。うつむいて、その日穿いていたグリーンのカーゴハーフパンツに目をやり、パンツの上に落ちた涙をぬぐった。

顔を上げると、看護師はまっすぐわたしの目を見て言った。「予備検査でＨＩＶ陽性と診断されました」ダムは決壊、わたしは号泣した。

それから彼女は、検査機関に送るためもう少し採血すること、専門医を紹介するので、そこで詳しい検査を受けてほしいと言った。最初に取った血液でもＨＩＶ反応は擬陽性ではなく、陽性と確認されているので、今度はＨＩＶの株の種類や変異があるかを調べるのだという。看護師は紙に印刷した注意書を取り出すと、わたしに説明をはじめた。注意書の日付以降、ＨＩＶ陽性であることを相手に伝えずに性行為を持つと、バイオテロリストとみなされ、重罪に処されると書いてあった。彼女はこの書類にサインを求めた。ペンを持つ手が震えた。サインを終えると、看護師は話題を変え、フォローアップ診療の予約について話しはじめた。このあたりで、目に見えるすべてがモノトーンに変わった。

「もう帰ってもいいですか？」

よろめく足で車に戻り、乗り、自宅に戻る途中、車がこんなに右へ左へとふらふらするのは、ハンドルを持つのもおぼつかないほど自分の手が震えていたからだと気付いた。いったん道路の脇に停めて、（だれかは言えないけど）親族のひとりに電話をかけた。

「これから言うことは秘密にして」と、前置きしてから告白した。「わたし、ＨＩＶに感染した。ママには言わないで。秘密にしてて」

電話の相手は言った。「家に戻ったらすぐ電話して」わたしはそうすると約束した。

三十秒後に電話が鳴った。画面を見るとママからだった。

ママは泣いていた。

しばらくして、兄さんたちからも電話があった。彼らそれぞれ電話をくれた。ふたりとも泣いていた。

数分も経たずに、親族全員からいい加減にしろと手厳しい電話が次々と入った。ママは翌日に大腸の内視鏡検査を控えて下剤をひと瓶飲んで、これから六時間はトイレから出られそうにないとのことで、兄さんが車でセントルイスまで来てくれた。わたしはおろおろしながら到着を待った。

この日は大方の予想どおり、最悪の一日だった。でもわたしはホッとしてもいた――六歳のころから抱えてきた恐怖がようやく終わりを告げたと感じたから。わたしに付きまとっていた、ベッドの下のモンスター。逃げたくてしょうがなかった、あのモンスターに、ようやくつかまえられたんですもの。

この日を境にすべてが変わった。でも、やってることはいつもと同じだった。マリファナは吸ったし、メキシコ料理のレストランから大量にテイクアウトを頼み、ホワイトチーズの一リットルパックを買って、兄さんと一緒に食べた。

モンスターが来るという悪夢は正夢だったけど、わたしはこうして生きている。

最初のフォローアップ診療が一週間後に決まると、付き添おうかとママが聞いてきた。付き添ってくれてもいいけど、泣いたり取り乱したりしないでねとわたしは答えた。

担当のドクターはキュートなフィリピン系の女性だった。先生にした最初の質問は今も覚えているわ。「わたし、七十五歳まで生きていられるでしょうか？」そのときわたしは二十五歳だった。

先生はクスッと笑った。「心臓発作やがんで亡くなる方々と同じぐらい、長生きできますよ」HIVの治療薬は格段の進歩を遂げたので、もう不治の病ではなく、毎日薬を飲みさえすれば比較的体調が管理しやすい慢性疾患になったと教わった。HIVと診断されてからの余命は五十年から七十五年だと先生は言った。そこで思ったの。あら、だったら人生のやり直しができるじゃない……。

そのとき大きな物音がして、振り返ったらママが椅子から崩れ落ちて床にへたり込み、今にも床に突っ伏して号泣しそうなのを必死でこらえていた。泣きすぎたせいで、犬笛みたいにヒュー、ヒュー、という声しか出ない。窒息したの？　って心配になるぐらい、顔が紫色になっていた。

「アン！」わたしは厳しい声で言った。ママが取り乱したら、わたしはアンって呼ぶことにしている。アンは母方のおばあちゃんの名前なんだけど、ママがおばあちゃんに叱られている気分になってほしくて〝アン〟って呼ぶの。「待合室に行って！　取り乱さないって約束したでしょ！」フォローアップ診療に付き添うこと自体が自分には重荷だったと気付いたのか、ママは白と黒の毛が交じったかわいい仔犬ちゃんみたいに、しょんぼりとうつむいていた。ママは病院のロビーで待つことにした。ここでもう一度言わせて。わたしはママが大好きだし、こんな目に遭わせて、とても申し訳なく思っている――ママ、あなたはわたしにはもったいないほど立派な母親よ。

その日一日で、わたしは検査で採血管七十五本ぐらいの血液を採取された。血液検査の結果から、先生たちはウイルスの量を具体的に把握し、それ以上増えないよう食い止める薬の処方が決まる。当時でも処方薬はたくさんあって、わたしのウイルスは薬で管理できる型だった。こうして、いくつかある複合薬が処方された。一日に一度、錠剤を飲むだけでいいの。この抗レトロウイルス薬を飲みつづけて二週間後、ＨＩＶウイルスは検出されなくなった。

ここはみんなに知ってもらいたい、とても大事なことだと思うの。たったの二週間、薬を飲みつづけただけで、わたしの血液からＨＩＶウイルスは検出されなくなったのよ。ウイルス量を検出不能なレベルまで減らし、その状態を維持していれば、ＨＩＶ陰性のパートナーにウイルスが感染するリスクはないんだから。

ＨＩＶ陽性の人々にとって〝検出不能〟って、いろいろな解釈があるの。まず、ＨＩＶウイルス量が検出不能って、血中のウイルス量が検出できないほど少ないということ。ＨＩＶウイルスのウイルス量が検出不能になったら、コンドームを着けずにセックスしても、ＨＩＶウイルスに感染させるリスクがないと、ＣＤＣ（アメリカ疾病予防管理センター）も認めている。たとえＨＩＶ陽性で妊娠しても、妊娠中ずっとウイルス量を検出不能なレベルに保つよう、一日に一度ＨＩＶ治療薬を服用すれば、胎児への感染率は一パーセント未満で出産できるし、出産してからも、赤ちゃんに四週間から六週間ＨＩＶ治療薬を服用させれば、赤ちゃんへの感染は回避できる。わたしは母親としてのリスクを知ることはできないけど、ＨＩＶやＡＩＤＳの治療技術はほんとうに進歩したのねって、胸が熱くなる。

ＨＩＶに関する知識を自分のために得るのと、人に伝えるのとでは勝手が違う。〝クリーン〟

や〝セーフ〟という言葉で、自分は健康だと強引に納得させようとしてない？　って思うことがある。自分のことは自分で調べるのが一番。あなたに合った真実がそこにあるから。

ＨＩＶウイルスが検出不能になると、わたしはもう感染させる側じゃなくなる。セルゲイが感染しなかったのは、わたしたちは必ずコンドームを着けていたからだし、わたしたちの間に性交渉がずっとなかったので、そもそも感染するリスクがなかった。ＨＩＶ陽性が判明してからは、体の関係を持つパートナーたちに、自分が陽性だって正直に告白してる。ふたりの関係がぎくしゃくしていようが、デートやセックスを何度しようが、あなたたちから感染したんじゃないと示すため。ウイルスにさらされた人、現在別の感染症治療中の人で、投薬を受けていないとＨＩＶの感染リスクが高くなる。彼らのウイルス量がとても高くなったら、対人接触で感染しちゃう。ＨＩＶの啓発活動や、検査機関を受診しやすい環境作りが引き続き重要な課題になる理由はここにある。

セックスによるＨＩＶ感染のリスクが高くなるのは――アナルでもいい、ヴァギナでもいい、とにかく〝受け〟側の人ね。「恥を知りなさい！」って、パールのネックレスを握り締めて怒ってもいいよ、リディアおばさんとスーザンおばさん、でもね、ＨＩＶやＡＩＤＳの発症率を減らし、健全なセックスを広めたいなら、要らない偏見はやめるべきだと思うんだ。

ＨＩＶ関連の教育や知識を広めるには、ＰｒＥＰの前か後かで大きく違ってくると、わたしは考えてる。ＰｒＥＰ、すなわちＨＩＶ暴露前予防投与は、ＨＩＶ陰性のうちから予防のため、一日一度薬を飲んで感染を予防することなんだけど、この治療法が導入されたのは、わたしが陽性と診断された数か月後だった。それまでわたしはＨＩＶウイルスとともに生きてきたけど、新しい治療法の誕生によって、偏見がどれだけ取り払われたことか。勇気をもらったわ。

それに、ＨＩＶ陽性だからという理由で、まるでジャガイモの大袋をドサッと投げ捨てるみたいな、ひどい縁の切り方をされたこともあった。一か月ぐらい、ある男性とお付き合いしたことがあったの、彼のことがとても好きだったし、ほんとうのわたしを知ってほしかったから、セックスはしなかった。でも病気のことを彼に告白したら、わたしとは二度と口を利いてくれなかった。

そうは言っても、わたしだって無意識のうちに陽性者を傷つけていたことがあった。セックスする相手からはじめてＨＩＶ陽性だと打ち明けられたのは二十歳のころ。自分の部屋に呼んだ、いわゆる〝マッスル親父系〟の人だったんだけど、セックスはムリって言ったんだ。あの日のことは一生忘れない。

ＨＩＶウイルスと向き合いながら生きてきた人、デートする相手がＨＩＶ陽性者の人、ＨＩＶ陽性者であることを悩んできた人、そして、ＨＩＶ陽性者という現実を受け入れた人。こうした人たちのことを考えると、感謝と共感で胸がいっぱいになる。ＨＩＶ陽性者だからといって、誇りを持って生きていけない人があまりに多すぎるから。三十二歳のＨＩＶ陽性者であるわたしが今、自信たっぷりにマイクロフォンを持ち、国家政府のＨＩＶやＡＩＤＳの重大な局面への対応方針に――継続的な対応も含めて――抗議しているのには、こうした事情があるからなの。ＡＩＤＳとＨＩＶはアメリカの歴史にしっかりと刻まれた悲劇。目の前で起こっている問題に見て見ぬふりをしてきた人がなんと多いことか。クィアな人たちがジョークのネタにされ、安易に取り上げられるのに、すぐ見向きもされなくなることが、なんと多いことか。人としての価値が軽んじられている、わたしたちＨＩＶ陽性者。

わたしの場合、お薬のおかげで、夢や希望がすべて手に入る寿命が約束された。自分がＨＩＶ陽性者だと診断されなければ、感染したことを一生知らずにいたでしょう。ＨＩＶ陽性と診断されてからのわたしは、一日に一度お薬を飲み、三か月おきに診察を受けている。ヘアケアとスキンケアは怠らず、夢の実現を目指し、上半身裸になったら、前よりずっと美しく見えるよう努力している。それから、フィギュアスケートのカーブ？　あ、これはまだはじめてもいなかったわ。ＨＩＶ陽性と診断されてから、わたし、これからチャンスがたくさんある陰性の人たちよりも多くの目標を達成してきた。

ライアン・ホワイト、ダイアナ元妃、エリザベス・テイラーなどの著名人、ルース・コッカー・バークスといった大勢の活動家のおかげで、ＨＩＶ治療に関する動向を注視している人たちに、たくさんの情報が提供されるようになった。いろいろと迷惑をかけたけど、家族はわたしを決して見捨てなかった。ＨＩＶ陽性と診断されても、家族のおかげで路頭に迷わずに済んだ。でも、大事な人がＨＩＶに感染したとわかると、これまでと同じように愛し、受け入れることができないって人もたくさんいる。

この件については課題がたくさんあるので、だからわたしは、こんなに力を込めてみなさんに伝えようとしているわけ。

アメリカにいると、HIV陽性者は罪深い人と扱われがち。HIV陽性者を罪深い悪者扱いする時代遅れの法律によって、嫌がらせを受けたり、逮捕されたり、HIV陽性を理由に難民申請が却下されたりと、人生が悪い方へと変わってしまうことだってある。現状を認識して改めていくでもなく、HIVと共生する人々に悪い影響を与え、ネガティブな烙印(らくいん)を押すような法制度は嫌になっちゃうぐらいにたくさんある。現代の医学知識でHIVやAIDSとの共生をとらえ、それが政策に反映されているかを確認する必要があるとわたしは思う。HIVは健康に関する問題で、犯罪でも、モラルにかかわることでもない。HIVウイルスはいつ、だれでも感染する可能性があることだから。

同性愛やHIVを忌避する風潮は、アメリカ合衆国はもとより世界中で大問題になっている。同性愛とHIV、AIDSへの差別が強い地域では、治療を受けることすら不可能だし、偏見も広がっていて、チェチェンや中東、アフリカの一部、アジア、そしてアメリカですら、発症者が今でも増えている地域があるの。アメリカの南部で猛威をふるう、HIV陽性者への無言のスティグマに対し、CDCやニューヨーク・タイムズ紙は大々的に啓発活動を展開してくれている。HIVを特別視しないで。だれだって感染するウイルスだから。逆にHIVをみんなで理解すれば、このウイルスの症状を食い止めることができるんだよ。

HIVに感染したことで、わたしは以前よりずっと自分を愛せるようになった。陽性と診断された当初、自分はもう、セクシーだとか、魅力があるとか、そういう対象で見られないのかと、不安になった。恋をすること、これからの運命を受け入れることがずっと難しくなったし、自分のこれまでの人生を受け入れ、軽率な判断をした自分を許さなければならない。それってひと晩で解決できるものじゃないわ。毎日、毎日考えることなの。自分を認め、受け入れる作業を毎日少しずつ、今も続けている。人生って、自分を愛し、自分を許すことを学び、何度も繰り返して身につける、そう、エクササイズのようなものね。

セントルイスでの暮らしは失敗だったかもしれないけど、失敗と言っても小さなものだった。ひどい世界に手を出したりもしたけどね。でもね、ナンシー・ケリガンも一九九四年に警棒で殴られるような事件に遭ったけど、決してへこたれなかったじゃない。

わたしもナンシーと同じ。人生というオリンピックの舞台でやることはまだまだたくさんある。ロサンゼルスに戻ったわたしになにが待っていたかなんて、そのころはなんにも知らなかった。わたしはどん底を見た。さあ、これからは巻き返しのターンよ。

Chapter 10

THE KHALEESI WITHIN* *Except That Whole Unfortunate Ending

第十章　ゲイ・オブ・スローンズ

史上最大の散財（自分で稼いだお金での話）をしてから、わたしはロサンゼルスに戻った。希代のゴージャスな強盗団『オーシャンズ8』は、わたしのために宝石を盗んではくれなかった。でも、かなりの大金を祖父母が贈与してくれた（上品な車が買えるぐらい。家が買えるほどじゃないわ。だけど慈悲あふれる資金援助のおかげでずいぶん助かったんだ）。問題はここ。その贈与はわたしが三十五歳になるまでお預け。ひとり立ちして生活できるだけの、まとまったお金は手に入らなかった。だけどお願いして、二十五歳から少しずつもらえることになった。その額は会社の年間広告収入に応じて決まるんだけど、年に三千ドルもらえたら上出来って感じ。

どんなにつらくったって、ロサンゼルスはわたしの未来の鍵をつなぐキーホルダーだって信じていた。だけどうちの家族は、同族経営の実家が加入しているCOBRAっていう健康保険が、わたしの未来を約束してくれる鍵だと信じて疑わなかった。だから故郷の新聞社の地下で働き、家族のそばで暮らせば、もしAIDSを発症し、万が一亡くなっても、わたしのなきがらを床から抱き起こし、お葬式をすればいいって思っていたわけ。ちょっと待って、死ぬにしたって、今じゃないから！　わたしは家族に言わず、心で毒づいた。

二〇〇一年フィギュアスケート世界選手権のミシェル・クワンのように堂々と落ち着いて、毅然とした態度で、わたしはおじさんのオフィスに入っていった。彼はおじいちゃんの資産管理者を務めていたの。

「どうも、ドミニクおじさん！」わたしは弾んだ声で挨拶した。「おじいちゃんからおじさんの秘書に連絡があったと思うんだけど――わたしの口座に五千五百ドルの小切手を切ってちょうだい。今年のクリスマスプレゼントとして」

おじさんは納得が行かないような顔でこちらを見た。でもわたしは、この件はもう話が付いてるし、おじいちゃんからの伝言が届いていないのはクリスマス休暇で見落としたからだと、おじさんを言いくるめた。落ち着かなくてつま先で床をトントン叩いてたら、おじさんの秘書が小切手を持って入ってきた。受け取ったらすぐバンク・オブ・アメリカに直行、換金して、愛車のキア・リオに荷物を積んでから、ママに電話。セントルイスに行くわね――あら、やだ、愛してるわ、ほんとよ、じゃあね！――そんな感じで、わたしはカリフォルニアに戻った。

わたしの苦境を知り、セルゲイはウエストロサンゼルスの独身者向けアパートでの同居を受け入れてくれた。道幅が広いのにパーキングメーターが少なく、争いが絶えないウエストハリウッドには住みたくなかった。その後に借りたのが、約三メートル四方のワンルームで、小型冷蔵庫と一口コンロがある簡易キッチン、一度に体の半分しか洗えないシャワー。この部屋に月八百ドルの家賃を払ったのよ。これが家賃として払える限界だった。

この五千五百ドルはすぐ底をつくはずなので、一日も早くお金持ちの常連客をゲットして、ビクトリーロードを歩まなきゃ。そう、二〇一二年のロンドンオリンピック女子体操でのマッケイラ・マロニーのように。さっそく、まだご縁があったお客様にメール攻撃と電話攻撃を開始、ヴェニスという町にかわいらしいサロンを見つけ、一からやり直すことにしたの。

　このとき連絡を取ったお得意様の中に、エリン・ギブソンがいた。エリンは当時からライターやコメディアンとして成功していて、トーニャ・スコエンカヤ・トゥトベリーゼに在籍中の数年前、カラーリングの顧客として、別のヘアスタイリストから引き抜いちゃったお客さんだった。はじめてヘアを担当したとき、エリンは無難な髪の色に染めていた――彼女にとても似合っていたけど、時間が経つと、髪の根元がどうしても蛍光オレンジになってしまう。

「エリン、そんなにすてきなカットなのに、どうして根元を染め直さないの？」ある日わたしは彼女に聞いた。

「カラーリング代に大金を出せないからよ！」

「サロンが終わって家に帰ってからでいいなら、夜、わたしの自宅に来ていいよ。五十ドルで根元をきれいに染め直してあげる」って、彼女に提案した。それを機に、エリンは月に一度、木曜日にわが家で根元の伸びたところをリタッチすることになった。彼女にはポートレート専門の写真家という一面もあって、よくアドバイスをもらっていた。仕事で成功する秘訣（ひけつ）とか、彼女の処世術とか。

　ロサンゼルスからセントルイスに引っ越すちょっと前、わたしはエリンにウェブサイト開設の相談を持ちかけた。わたしのポートレートをキュートに撮ってくれたら、お礼に無料でカラーリングをやってあげると交渉した。根元のリタッチ三回で交渉成立。ところがリタッチを一回やってすぐ、わたしはセントルイスに行くことになり、エリンとの約束は立ち消えになって、ポートレートを撮る話もそこで途絶えた。でも、エリンのリタッチを投げ出しちゃったって、ずっと気になっていた。

ヴェニスでも高級ブランドが建ち並ぶアボット・キニー通りに、わたしは新しいサロンをオープンした。トーニャ・スコエンカヤ・トゥトベリーゼで一緒だったみんなを、「ジョナサン、やるわね」とくやしがらせたかった。でも、客足がなかなか伸びなくて大苦戦。オープン初日、エリンはその日最後のお客様だった。挨拶もしないで夜逃げするようにセントルイスに行ってしまったので、エリンが気を悪くしていないかと心配だった。だけど久しぶりの再会で、エリンは彼女の方からわたしにハグを求めてきた。ついこないだ会ったばかりみたいに接してくれた。わたしたちの友情はそこから再開した。

世間話に花が咲いた。セントルイスでなにをしていたのか聞かれたので、あのつらい日々のことを語った。覚せい剤（メス）っていう、とてつもないビッチと知り合った話とか。メスちゃんとは数回遊んで、十五分ぐらい日光浴（太陽に近づきすぎて、地獄の業火に焼かれたみたいに意識がぶっ飛ぶってことね）をしたけど、もうこりごり。ＨＩＶさんを紹介されちゃったから（まさに、芋づる式って感じね）。この打ち明け話をエリンがどう受け取ったかは知らない。ここまで立ち入ったことはごく少数の人にしか話してないけど、あたりさわりのないリアクションばかりの中、エリンは髪の毛一本も動揺してなかった。衝撃の告白を聞いても、いつもどおりに接してくれるエリンの度量の広さに、正直わたしも驚いた。

そういえば、エリンのヘアメイクをはじめたころ、美容師仲間のモラヴァンダがお客様と『ゲーム・オブ・スローンズ』の話をしていたことがあった。盗み聞きしてたんだけど、わたし、途中で我慢できなくなって、話題に割り込んだ。

「そうそう、わかる——わたしずっと彼女に注目してたんだ。あのブロンドのかわい子ちゃん、サッシュをまとってるし、生意気だし——あの子なら全員やっつけちゃうよね。クリスティーナ・アギレラに超似てる。ドラゴンを盗まれちゃって激怒してたね。だってドラゴンの卵なんてどこ探したって見つからないもの。あとね、ミスター・ポテトヘッドみたいな感じの、『オースティン・パワーズ』のドクター・イーブルみたいなやつが、自分の仲間をアレしちゃった」

「ちょっと待って、それ、なんのこと?」エレンは爆笑しながらわたしに尋ねた。

『ゲーム・オブ・スローンズ』のエピソードを夢中で振り返っていたわたしは、現実の世界に引き戻された。「えっ？」

ひと段落して、エレンはなにかを思いついたらしく、真面目な顔になった。「このネタ、あたしの番組『ファニー・オア・ダイ』で使うわ」

「使うって、どういうこと？」

「『ゲーム・オブ・スローンズ』を振り返る番組よ！」

わたし、てっきり、短い動画をエリンとやり取りする程度のことだって思っていた。まさか、セットもきちんと作って、シリーズ化して、照明やスタッフも用意するような番組を作るつもりだったなんて。

＊＊＊

　それから四か月後、メルローズの小さなサロンで、わたしたちのささやかな企画『ゲイ・オブ・スローンズ』の、最初の二エピソードが収録された。どんな番組になるのか、いわゆる〝実況〟をするのか、さっぱりわからなかった――わたしが『ゲーム・オブ・スローンズ』を観ながら、さっぱりわかるのか、主演はやっぱりわたしで、前回の『ゲーム・オブ・スローンズ』をネタに、サロンでお客様とおしゃべりするのか。最初のエピソードは、前回の放送にショックを受けたお客様――演じるのはプロデューサー。だって、この役を引き受けてくださるお客様がいなかったんだもの――わたしは彼の髪をカットしながら、番組でこんなに発音が間違っていたわ！　とディスりまくった。ドラマでわたしが観た最初の二時間分の内容を、思いつくまましゃべったって感じ。ほんとは番組をきちんと観ていなかったんだけど、やれることはとにかくやった。

　エリンからは、撮影前に『ゲーム・オブ・スローンズ』のエピソードを毎回観ることと、「面白いことを言ってね」とはリクエストされたけど、セリフを暗記させるようなプレッシャーをかけたりはしなかった。わたしはカメラの前に立つ。エリンはカメラに映らない場所にスタンバって、どんなシーンだったかを大声でわたしに説明する。わたしは彼女の話を聞いて、思いつくかぎりコメントをまくし立てる。そのあとふたりで、もっと短く、もっと早口で、もっとかっちりと作り込んで、面白さマックスの振り返りエピソードにするわけ。

こうやってわたしが自由に語った内容をエリンが番組として通用するように編集し、さらに磨きをかける。彼女は自分の手で、思いどおりの作品へと仕上げる。制作の実務は別のグループが担当するものだけど、実は、エリンとわたしだけで作っていたの。彼女がいなければ、この本を書くことができなかったんだ。エリンとは毎日話すわけじゃないけど、わたしの人生をここまで変えてくれたのは、ママ以外なら、エリン・ギブソンしかいないと信じている。彼女の友情がわたしの進む道に与えた影響を思うと、うわーって叫びたくなるほど。ものづくりの途中で苦痛が増しても、わたしたちはいつも一緒に成長したし、わたしはずっとエリンを尊敬してたから、『ゲーム・オブ・スローンズ』の実況が真に迫って聞こえるよう努力もした。だって、エリンがせっかくくれたチャンスだったから（もし彼女の本『フェミナスティ・飲みすぎて死なずに家父長制を生き抜く、しくじり女子のためのガイド（未訳）』を読んでなかったら、ぜひ読んで。痛快ですばらしいから。エリンの人となりがよく出ている本だよ）。

話を戻すね。『ゲイ・オブ・スローンズ』のシーズンも折り返し点に来た土曜日の晩、わたしは女友だちと夜遊びに出たの。彼女たちはみんな、今夜はＭＤＭＡを試す、ぜんぜんたいしたことないと息巻いていた——効き目はたったの二時間だし、丸くてかわいらしいお薬を飲むだけで、気分はハイになるけどシャキッとしていられるって言うの。

「完璧じゃない！」わたしは言った。二歩進んだら一歩後退って、こういうことだったわけ。

その日の夜九時半、わたしはＭＤＭＡを口に放り込んだ。嫌な予感はしてたの。三時間後に意識が飛んだ。両眼が顔の八分の七を占めるぐらいに大きくなった。九〇年代後半のエイリアンみたいだった。アパートの角に立ち、開いたり閉じたりするレンガ塀みたいなものから目が離れず、頭の中では、子どものころに聞いたニュースキャスターの地元なまりの声が響き、セックスしたかったのにできなかった人たちの顔が、次々とフラッシュバックする。

時計を見る。もう朝の十一時半じゃない。今日、五時半には『ゲイ・オブ・スローンズ』の本番があるのに。わたしは自分にささやいた。「寝るのよ」ひと晩中一睡もしていない。本番は刻一刻と近づいてくる。

もう、最後の手段。わたしはリハビリ施設時代の友人、ヘレンスカヤに電話した。ヘレンスカヤは覚せい剤――それも超絶ハードなアイオワ産――の常習者。彼女が薬物と縁を切ろうとリハビリ施設に入所したのは二年前のこと、ヘレンスカヤと最初に会ったとき、髪の毛に編みこんでいた趣味の超悪いビーズを取る手伝いをしてあげたわ。それはもうひどい編み込みだったから、切らずに済んだのは奇跡としか言いようがなかった。ところがこのヘレンスカヤ、その後ずっと薬物なしの生活をキープしてて、しかも、やり手弁護士に転身していた。彼女なら相談に乗ってくれると見込んだわけ。

「ねえ、ヘレンスカヤ」わたしは本題に入った。「ついうっかりして、MDMAを飲んじゃった。そしたら、あごが閉じたまま開かないし、瞳孔は逆に開きっぱなしでぜんぜん眠れないの。どうしたらいい？」

「困った子」ヘレンスカヤは言った。「とにかくチーズバーガーを買ってきて。チーズとベーコンがたっぷり入ったやつよ」

「わかった」ため息をつきながらわたしは答えた。

「次、二パーセントのおいしいミルクを買ってきて。チーズバーガーと一緒に胃に流し込みなさい」

「わかった」

「シャワーはちゃんと浴びてね、そしたらきれいに生まれ変われるから。さて、出かけるとき、薬物でおかしくなってる顔から視線をそらすよう、コーデを考えるのよ」

「わかった！　やってみる！」

走って〈ハーディーズ〉に行って、ダブルベーコンチーズバーガーと二パーセントのミルクを買った。ミルクを一気飲みした。バーガーにかぶりついた。マリファナを吸った。だんだん落ち着いてきた。でも、まだダメ。とにかく今、できるのは、頭のてっぺんで髪を縛ってから逆毛を立てて大きなお団子を作り、あたりを見回して一番長いスカーフを見つけたら、お団子のまわりに巻いて、アシンメトリーの蝶結び（ちょうむすび）にするの。これならわたしの瞳孔が大きくなって、顔全体が真っ黒に見えても、みんなの視線はヘアスタイルに向くわ。

『ファニー・オア・ダイ』の収録現場に着いたら、エリンがスタジオの外でわたしを待っていた。わたしったら四十分の遅刻。おまけに髪に変なスカーフを巻いて。

車から出たわたしを、エリンは変なものでも見るような目で見た。「なに、そのかっこ」彼女は言った。「どうかしたの？」

言葉に詰まったけど、正直に事情を話した。

「大丈夫よ。取りあえずコーヒーでも飲まない？」

意外にも収録はうまく進んだ。この回の『ゲイ・オブ・スローンズ』は、いつになく上出来だった。だけど、このときわたし、これまでと違うプレッシャーに身が引き締まった。カメラの前に立つ仕事がしたかったら、仲間とつるんで遊んで一時的に楽しむことより、健康や体調を最優先しなきゃいけない、って。

二十代のわたしはずっと、自分を傷つけてばかりいた。それは自分が身を置く集団が考える〝ふつう〟っていう基準に、がんじがらめになっていたから。たとえば、わたしが一緒に遊んでいた女の子たちがＭＤＭＡを気軽に試すのは、ふつうなこと。みんなやってるし、後悔もしていない。だからわたしもやる。

でもわたしにはトラウマがあるから、付き合ったら自分のためにならない人と寝たり、自分自身とうまく対話することを妨げてしまう決断を下しても、それがふつうだと思い込み、心の傷をさらに深めてしまいかねない。自分がずっと悩み、耐えてきた問題だった。「ふつうでなくっちゃ」とか「やっぱりわたしはふつうじゃない」って迷いを断ち切り、セルフケアで健康になることを第一に考えられるようになったのが、わたしが自分に贈った最高のプレゼント。ふつうであることは、ユニークでもある。だって人ってそれぞれ、個性があるものじゃない？

あなたはふつう？　じゃあ、あなたってどんな人？

『ゲイ・オブ・スローンズ』第一シーズンは好評だった。この人気に弾みを付けるため、エリンと一緒に作戦を練ることにした。スピンオフの企画は前から考えていたけど、制作側からオーケーが出なかった。『ゲイ・オブ・スローンズ』の配信を決める会議では、わたしの個性なんか理解できそうもない偉そうな人たちの間で、キメのセリフ〝わたしのドラゴンたちはどこなの？〟が受けた。でも、受けたのはこのセリフだけだった。

　ある企画会議でのこと。エリンとわたしは、ティナ・フェイとエイミー・ポーラーの脚本家コンビが出るリアリティーショーみたいに、まるでピンボールの玉のようにアイデアを飛ばした。そのとき制作の偉い人から、『ゲーム・オブ・スローンズ』第一シーズンの、どんなエピソードのパロディなのかと尋ねられた。

「えーと、」わたしは答えた。「肩にごっついパッドが入ってるヒーローと貧しい女性が結ばれ、女性は妊娠します。そして、彼女は首領にとどめを刺し、赤ちゃんを産み、ピラティスのスワンダイブをさかさまにした形で崖から飛び降りるんです！」

　会議室はしーんと静まりかえった。「それは『スパルタカス』だよ」だれかが言った。「『ゲーム・オブ・スローンズ』じゃない」

「そうね」わたしの負け。わたしたちが『ゲーム・オブ・スローンズ』第三シーズンをまったく予測できないのは、当時、ふたりとも最初の二シーズンを観ていなかったからだとみんなにバレてしまった。ストーリーをまったく知らないのにどうしてこんなことを言ったかというと、数年前にリハビリ施設で『スパルタカス』を観たからで――『ゲーム・オブ・スローンズ』を通しでは一度も観ていなかった。そこで心を入れ替えた。第二シーズンまで熱心に視聴した『ゲーム・オブ・スローンズ』おたくになっちゃえ……ちょっと流行の波には乗り遅れちゃったけどね。

『ゲイ・オブ・スローンズ』が着実に支持されるようになっても、コンテンツ女王蜂こと、エリンには悩まされていた。彼女が考えていることが理解できない上、毒のある皮肉をこちらに浴びせてくる。エリンの毒ってどんなものかというと、オリジナリティーのある表現をつねに求め、細かく、細かく確認を求め、いちいち意見を言うけど、なにが言いたいのかまったくわからないところ。一方、自分ってもしかして、ヘアメイクじゃないことにも才能があるんじゃない？　って、考えるようになったのもこのころ。わたしには情熱を駆り立て、やる気が出るだけの好奇心と野望がある。これは十代の自分にはなかったもの。チアリーディングでもなければヨガでもない。わたしが頂上を目指す、新しい山が見つかった。

最初にロサンゼルスに来たとき、有名になりたくてこの街に越してきた人たちを、わたしは冷ややかな目で見ていた。反省したわ。自分だってその中のひとりじゃないの？　でも今は違う。わたしは今、エンターテインメントという新しい活路を見つけたから。

そこで芸能活動担当のマネージャーと組み、オーディションを受け、プロモーションビデオの撮影をはじめた。だからってすぐスターになれるわけじゃないけど、とにかくスタートを切ったのは、成長著しいデジタルの世界を学び、発信したかったから。新しいチームとのプロジェクトを始動させてから数か月、すごいニュースが飛び込んできた。スタイル・ネットワークから最初の大型オファーが来たの。だけどね、大型オファーから墓場に沈んだ例はいくつもあって、このオファーが来た翌日、スタイル・ネットワークはエスクァイアに買収された。男性向けチャンネルに方針が変更されたので、わたしのオファーはぺちゃんこにつぶれちゃった。

「ジョナサンって、小惑星が地球を直撃した前日のティラノサウルスみたい」これがマネージャーの感想。

友人の紹介で、セリフがあるバラエティー番組へのゲスト出演のオーディションも受けた。そしたら〝わたしのドラゴンたちはどこなの？〟をしつこいほど言わされた。六度目になるとさすがに不安になってきて、セリフは頭から飛んで消えるし、〝サイド〟を〝スライド〟と間違えるし。でも気にしない。だって、本番でわたしに与えられたセリフはひとつ。〝カップケーキ！〟だけ。

それから数年、オーディションを受け続けたんだけど、〝ゲイの親友〟役とか、〝レッドカーペットの上を歩くセレブのファッションチェック〟のような番組への出演ばかりで、わたしのような逸材にぴったりの仕事じゃなかった。というわけで、自分の好奇心が満たされ、健全で新しい分野に興味が持てるような作品を安心して作れる環境が必要だと痛感したの。わたしが力を入れているポッドキャスト、『ゲッティング・キュリオス』は、こうしてはじまった。友人のクロヴィスがポッドキャストを手がけていて、『ゲッティング・キュリオス』の立ち上げを手伝ってもいいよと申し出てくれた。ポッドキャストは門外漢だったし、わたしたちの番組は行き当たりばったり的なもの。でも、クロヴィスなら、『ゲッティング・キュリオス』を軌道に乗せたら、その後はこちらにまかせてくれるはず。それから一年ほどで、『ゲッティング・キュリオス』は制作費不足を理由に配信が終わっちゃって、それはそれでガッカリだったんだけど、続ける価値のあるコンセプトだという姿勢に変わりはなかった。そのタイミングでクロヴィスがパートナーのオクサーナを連れて現場に復帰し、このポッドキャストに新しい配信ネットワークからオファーが来るまで、わたしひとりで配信できるようにとサポートを請け負ってくれた。クロヴィスたちのおかげで、広く世間をとらえ、自分のストーリーを伝えることができた。それはとても感謝している。

このころ芸能活動では『ゲイ・オブ・スローンズ』以外に仕事らしい仕事はなく、ヘアメイクの仕事を続けながら、もっと大きなオファーが来るのを待っていた。

「わたしを売り込んでくれるエージェントが必要かも」ある日、わたしはマネージャーに提案した。「チーム・ジョナサンには、司会者オーディションに売り込みをかけるメンバーが必要だと思うの。司会者のオーディションがたくさんあっても、わたしたちにはその情報が入ってこない。ジョン・オリバーが『デイリー・ショー』のホストに選ばれたみたいに、営業すれば、道が拓(ひら)けるかもしれない。わたしがゲイ界のクリスティアン・アマンプールとして、世界中を取材することも夢じゃないでしょ」

チームのみんなが言ったわ。「その前にジョナサン、あなた、司会者養成コースに通わなきゃね」ひどくない？

彼らにはチームから降りてもらった。大人になって、自分の主張を通した数少ないできごとのひとつだったんだけど、個人活動をはじめてすぐ、プールの一番深いところに生まれてはじめて飛び込んだときみたいだと感じた。

怖いんだけど、いろんなものから解放されたような気分。世界にただひとりの人間になってしまったりとか、組織から独立したときに感じる不安とか恐怖って、人によっては致命的な弱点になるときもある。わたしだってそうだった――もともと自分に厳しいタイプじゃないし。タイムトラベルができるなら、悩んでいた昔のわたしにアドバイスしたい。「孤独を恐れちゃだめよ、ハニー――きっとうまくいくから。バカなことをしちゃダメ。さっさとトレーダー・ジョーズに行って、オートミール・レーズン・クッキーを買ってらっしゃい。お口の中でとろりとろけるチョコレートチップ・クッキーもね。これからたくさんのストレスがあなたを待ってるけど、甘いお菓子を食べると気分が少し楽になるわ、クイーン」まわりの人たちがあなたを信じ、あなたも心からだれかを信じる心があれば、夢はきっとかなう。あなたには手が届かない夢だとまわりの人たちが思っていたら、閉じたドアを開くのはあなた。夢に向かってお尻を押してくれる人を探すの。交友関係ってわたしたちの進む道に影響するものだから、自分の可能性を形にする上でマイナスになる人たちとは縁を切っていいし、それはあなた自身が決めること。以前はそれってわがままだと思ってたけど、ごくごく健全なことだと思う。

＊＊＊

わたしの人生の旅の目的地にニューヨークが加わった。グレブとの出会いがきっかけで、わたしは彼にニューヨークに連れていってもらった。大人になってはじめての旅行。グレブの元彼はエリートビジネスマンで、アッパー・ウエストサイドに超豪邸を持ってたの。そこを独身者向けアパートみたいな拠点にして、わたしたちは足しげくニューヨークに通うようになった。グレブとは別れちゃったんだけど、その後も例の超豪邸を使わせてくれて、なんて気前のいい人なんでしょ（グレブの元彼もね）。おかげでニューヨークという街がよくわかったし、経済的にも都合がいいところだった。なぜならわたし、ロサンゼルスで物件を借りて美容院を営む小規模経営者で終わりたくなかったから。ニューヨークははるかにゴージャスで、ほしいものがすべてそろっていたんだもの。

ニューヨークに着いてすぐ、ここに住みたいって思った。なんとしても引っ越さなきゃって。ヘアスタイルからして違うの。ハードでエッジィで、無造作で毛束感があって。「顔まわりに馴染むようにハイライトを入れて、あと伸びた分のリタッチもお願い」なんて無難なオーダーじゃないの。個性的で面白い。その人が生きた時代や暮らしぶり、装いが反映されたスタイルが無限にある。エネルギー、建築物、生活様式、カルチャー——ニューヨークのあらゆる息吹が、まるでタピストリーのように複雑に、そして美しくひとつに溶け合っている。

ニューヨークって大都会すぎて、わたしにはムリってずっと思っていた。だけど一度足を踏み入れたら、まさに理想の場所って感じたの。夢に見たお池に、ついにたどり着いたアヒルちゃんの気分よ。スイスイ泳いじゃうわよ、クイーン。

ニューヨークのヘアスタイリストでブロニスラフっていう知り合いがいるんだけど、彼、スコッツデールではじめて働いたサロンのオーナーの、なんと親友だったの（ここでみんなにワンポイントアドバイス。出会いは大切にして！　いざというとき必ず助けになるから）。そこでブロニスラフに相談した。ニューヨークでお得意様を増やしたいので、サロンのオーナーと話すきっかけを作ってくれないかな、って。こうして毎月一度、一日だけニューヨークに通うようになった。仕事のためじゃないの――アッパー・ウエストサイドのあの豪邸に滞在し、ニューヨークという街に慣れることが大事だったから。そしたらニューヨークへの愛着がますます深くなっていった。ロサンゼルスに帰るたびに思った。ニューヨークを去りたくない。もっとここにいたい、って。

その年の秋、ライフスタイルスキルを紹介する帯番組の司会をすることになった。司会者交代にともなうオーディションと聞いて、全力を尽くして頑張った。『ゲイ・オブ・スローンズ』以降初のメインキャスト。ありがたいことにプロデューサーのラヴラは『ゲイ・オブ・スローンズ』のファンで、とてもいい人だった。一エピソードのギャラは三百ドル、期間は三週間。

「テレプロンプターを使ったことある？」ラヴラがわたしに尋ねた。

「もっちろん！　テレプロンプターっていったらジョナサンって、業界では有名よ。テレプロンプターがあると、とっても気持ちよく仕事ができるの」（一度も使ったことなかったから、すぐにググって調べたわ）「じゃ、二日後に！」

天性の才能があったわけじゃないのに、結構早く覚えちゃった。ずっとカメラの前に立ってる仕事を三週間続けたら、一話契約の仕事もやらないかと誘われた。まとまった形で仕事がもらえる契約じゃなかったし、ギャラは出ないけど、ニューヨークに行けるんならそれでいいよね、と納得したりもして。そこでニューヨークとロサンゼルスを行き来し、ヘアメイクの仕事をしながら、もっといいオファーが来るのを待つことにした。

次の日、ニューヨーク行きまであと三日というところで、元マネージャー——数年前にチームから降りてもらった、あの人——から電話があって、『クィア・アイ』のリブート版のキャスティングを進めていること、彼らが売り込みに使う短いプロモーションビデオに出るゲイに、ぴったりだという話になったと聞かされた。「共和党支持者の多い州をピンクに変えて、大改造計画も一緒にやるような番組だって」ありがとうとお礼を言ってから電話を切って、現在のマネジメントチームに電話をかけて、マグニチュード8・5の大騒ぎになった。「いったいどうして、あの元マネージャー、本人に話すら来てないっていうのに、わたしの人生ががらっと変わるような大チャンスを検討してます——だなんて、しれっと電話してくるわけ？　さあ、三日でプロモーションビデオを撮るわよ、みんな！　月曜日までに先方との打ち合わせをセッティングしなきゃ」

当時のわたしは、大親友ポリクサナのカウチに腰かけ、自分の落ち度をひとつひとつ数え上げては落ち込み、もうこれでおしまいだわって、傷心と喪失の間を進んでいた。『ゲイ・オブ・スローンズ』の第一シーズンが終わり、第二シーズンが決まって第四シーズンまで続いても、オーディションで笑い飛ばされようものなら、ユーチューブでの成功がむなしい挑戦に終わってしまうし、わたしのようなキャラクターが求められるようなジャンルがエンターテインメント業界にある？　『ゲイ・オブ・スローンズ』が、わたしのエンターテインメント系コンテンツ制作のキャリアのピーク、あとは落ち目になるだけなの？

それでもかまわない――ヘアメイクのお仕事はずっと好きだったたし。美容師としての技術を磨くため、懸命な努力を重ねたのは、自分の糧になったから。ニューヨークで常連のお客様を増やそうと、それはそれは頑張ったし、おかげで西海岸と東海岸の両方で、ヘアスタイリストとして成功できた。四年かけて成功への足がかりを築き、少しだけ有名になり、インスタグラムのフォロワーも着実に増えたけど、でも、いつか、わたしにも大ブレイクのチャンスが来ると思っていた。

二十代の前半、わたしはずっと、幼少期や思春期に乗り越えてきたことをありのまま、少しずつ受け入れる強い意志を手に入れるために戦ってきた。この困難な時期を抜けた先には、夢と情熱を追い、ほんものの成功を手に入れる道筋がはっきりと見えていた。セルゲイとの関係をついに清算することになったとき、わたしはずっと、セルゲイと〝わたしたち〟のため、自分を抑え、自分をいたわることを我慢してきたのだと知り、胸が痛んだ。彼が永遠にわたしの前から去ってはじめて、ふたりの関係がかけがえのないものだったとわかるなんて。

Chapter 11 WHO IS SHE?

第十一章 あの子はだれ？——『クィア・アイ』オーディション

『クィア・アイ』オーディションの日、わたしはぜんぜん身なりに気を遣っていなかった。

仕事先から現場に駆けつけたので、メイクボックス（仕事で使うヘアスタイリング用品が入ったバッグのこと）持参だった。服は黒ずくめ、メイクボックスに取り急ぎ入れておいた毛クズ取り用の粘着式コロコロ・ローラーで、その日担当した十二人分のカットで服に付いた毛を取り除き、その場でできるベストなところまで持っていったけど。仕事帰りの格好を満足できるレベルまで整える時間的余裕すらなかった。午後五時まで働いた現実もありのまま——あごひげは首まで伸びてるし、フレッシュとはほど遠かった。プロデューサーが期待する『クィア・アイ』の美容担当って、ストレートの視聴者層が引かないよう、見かけが男性っぽいキャラクターじゃないかなって考えてた。でもね、親友のドラゴミラはいつもこう言ってたの。『あきらめたら、チャンスは百パーセント手に入らない』（たしかアイスホッケー選手のウェイン・グレツキーの言葉だと思うんだけど、アイスホッケーは守備範囲外だからよくわからない。だからドラゴミラ、名言を授けてくれたあなたに感謝する）。だからオーディション中はロングヘアを低めのシニヨンに結って、ヒッピーテイストのシックなゲイ男性を意識した。でも内心では、彼らはわたしの外観だけで落とすと確信していた（それにね、また例によって例のごとくのジョナサンなんだけど、オーディションに行くのに携帯の充電がゼロパーセント。受付にいた女性に「充電して」って、キュートに厚かましくお願いした。だって、携帯の充電が切れたままアッパー・ウエストサイドに帰れないじゃない！　彼女は快く了解してくれた。「そちらの青いカウチにおかけになってお待ちください。もうしばらくしましたら、キャスティング担当者がまいります」って言ってくれた)。

もしこの本をわたしの声で脳内再生しているなら、ここからは、音声をダニエル・レヴィ制作総指揮のシットコム『シッツ・クリーク』のモイラ・ローズ（演じるのはキャサリン・オハラ）の声に切り替えて。

さて。わたしはプロデューサーの登場をドキドキしながら待っていた。うつむいたら、自分が着ていたリック・オウエンスのトップスに、カットした髪の毛がいくつも付いてるじゃない。不安になってる場合じゃないわ。わたしのデコルテが台無し。髪の毛が目立たないよう座り直さなきゃ。だって、この日のコーデ、不満だったんだもの、デヴィッド（『クィア・アイ』のエグゼクティブプロデューサー、デヴィッド・コリンズのこと）。

オーケー。ここから先は、わたしの声に戻していいよ。

キャスティングプロデューサーとの面接で、自分が『クィア・アイ』の美容担当に向いていると思った理由を尋ねられた。

わたしは正直に言った。『クィア・アイ』は、わたしにとって願ってもない大チャンスです。というのも、家族に自分のセクシャリティーを臆せず話せるようになるからです。オリジナル版の『クィア・アイ』は両親と観ていました。番組のファンでした。美容担当のカイアン（・ダグラス）は、わたしの初恋の人です。カルチャー担当のジェイ・ロドリゲスは、彼のサイン入り写真をベッドの下に敷いて寝ていたぐらい、大好きです」うっかり問題発言を言いそうだったので、そろそろ自分語りはやめることにした。「意識高い系男子（メトロセクシャル）って言葉は好きじゃありません。メトロセクシャルってセクシーな男性の代名詞のように使われていた時期もありましたが、自分らしさを大切にする精神が軽視され、外見が目立つことを重視するようで、現在では、その存在が問題視されています。美とはその人が身につけてきた知識の表れであり、その知識を駆使して、その人が追い求める理想に近づけるかということではないかとわたしは思います――完璧な身だしなみの〝メトロセクシャル〟というステレオタイプのイメージではなく、清潔感をキープすることが自分にとって一番だと思います。美しい髪、美しい肌は、その人の内面から生まれるという考え方を広めたいと考えています」

「リブート版『クィア・アイ』になにを期待しますか？」この質問はぜったい来ると踏んでいた。「自由にまかせていただけるなら、多様性を重んじる番組にしたいです。わたしたちのコミュニティーは、ゲイであることを公表できるようになるまで長い年月を要しました。リブート版では多様性を反映した内容であってほしいと思います」

翌日、次の審査に進むという通知があった。第二次審査では自作の動画を撮って提出しなければならない。セルフプロデュース力を見るオーディションね。これまで撮影したプロモーション動画はみんなひどい出来だったので、急に不安になってきた。動画によるオーディションもぜんぜん受けたことがなかった。オンラインで相手を探すときも、自分はかわいいから、キュートさがよくわかる画像作りに手をかけようって考えなかった。みんな、わたしが放つポジティブな美を受け入れてくれてると勝手に思い込んでいたわけ。それまでのプロモーション動画は、ケープ姿のお客様を相手に髪の毛の色を変えるプロセスを撮りながら、緊張しまくってセリフを言いながら泣きじゃくったり、キャラクターもシチュエーションも、ジョナサン・ヴァン・ネスをアピールするものとはとうてい言えない。それに自己アピール用のプロモーション動画を提出するなんてぜんぜん聞いてなかった。それに今回のオーディションは降ってわいたような話じゃない。こんな動画を『クィア・アイ』のスタッフに送ったら、ぜったい不合格になると本気で考えていた。撮影がはじまったら照明が強すぎて大汗をかき、ひどく緊張してしまったんだもの。やっぱりダメだとあきらめた。

ところが、それがかえってよかったみたい。それから数日後、最後の五十人に選ばれたという連絡を受け取った（なんだか『アメリカズ・ネクスト・トップモデル』によくある展開だよね、ハニー。脱落する最後のふたりに毎回残るのに、脱落通知を受け取らずに勝ち残るような。わたしはさながらサイクル8のジャスリーン・ゴンザレス。サイクル7では脱落したけど、復活して優勝したモデル。コスメブランドの〈カバーガール〉がイメージキャラクターの契約更新をしたモデルが、ジャスリーンとサイクル6の勝者ダニエレ・エヴァンスだけっていうのも気になるところ）。次の審査はキャストの相性を見るテストで、カリフォルニア州グレンデールで三日間かけて行われた。最初の晩、わたしたちは地元のバーに集合した。

わたしたちに届いた長いメールに、こんなメッセージがあった。「みなさんの相性をチェックする絶好のチャンス、壁の花で終わらないように！」

　このときのわたしの心境をたとえたら、まさに、二〇〇〇年シドニーオリンピックのスベトラーナ・ホルキナね。みんな知ってると思うけど、この年のオリンピック、女子体操団体総合の決勝では、跳馬の高さ設定ミスで、第一ローテーションが跳馬だった選手全員が二回とも着地に失敗したのね——金メダルが確実視されていたスベトラーナもミスをした。これで彼女が頂点に立つチャンスは消えたの。ところが第二ローテーションで、跳馬の高さが三十センチ近く低いことにオーストラリアの選手が気付いた。第一ローテーションで跳馬に挑んだ選手全員が、この低い設定のまま二度挑戦した事実を正式に確認し、審判団は、彼女たちに演技のやり直しを認める決定を下した。スベトラーナは第二ローテーション最初の演技者、種目は段違い平行棒だった。跳馬での動揺が収まらなかった彼女は段違い平行棒で落下、ダメージはすでに大きく、跳馬の再チャレンジはあきらめた。栄光のオリンピックでのプレッシャーをそのまま『クィア・アイ』のオーディションに落ちることと同等に見てはいけないことぐらい、わたしだってわかってる。たとえどんな形でオーディションがあっても——わたしは自分の跳馬をかっこよく跳んでみせる。それにしても、スベトラーナ、あのときのトラブルは残念でしかなかったわ。

　初日の晩で今もはっきりと覚えているのはカラモとの出会い。コバルトブルーのスーツに身を包んだ彼が視界に入ったら、わたしのハートのヴァギナが濡れてきちゃった。でも、ずっと前から結婚を前提にお付き合いをしているボーイフレンドがいるとわかったとたん、もうぜんぜんどうでもよくなったけど。でもね、カラモとは黒鍵と白鍵（エボニー＆アイボリー）のように、一緒に目標に向かって歩いていけると直感した。この日、アントニやボビーとは会わなかったけど、部屋の反対側にタンがいたのは覚えてる。彼の骨格があまりにきれいで、近づいて話すなんておこがましいって、おじけづいちゃった。

二日目と三日目は、グレンデールのエンバシースイーツホテルの宴会場に場所を移して面接が行われた。胸焼けでずっと気持ち悪かった――右のみぞおちが焼けるような感覚がなかなか消えなかった。それでも自分の得意なことを紹介するんだもの、とても楽しかった。最初の面接はテーブル単位で行われた。縦に並んだメンバーをグループに分け、一グループ十人ずつが面接を受ける――相手はネットフリックスの人だったり、制作会社の人だったり、番組のクリエイターだったり。自分の番が終わるたび、話の輪がくるくるとメンバー交代し、どんなことを聞かれたか情報交換をする。「なんて答えた？」、「どんなこと聞かれた？」みたいなことを、ヒソヒソ語り合ってた。オーディション仲間とおしゃべりもしたけど、総当たり戦の自分の番になったときのため、体力の温存に努めていた。

体毛について尋ねられたら、どう答えるかはすでに考えておいた。「自分さえよかったら、ボーボーでいいと思います！　それでもあえてワックス脱毛をする理由？　人によっては、脱毛すると自信が持てるからです。脱毛したところの角質をていねいにケアしてあげて、たっぷり保湿したら、お肌にボツボツなんてできません！」自分を偽るのではなく、ありのままの自分を受け入れて愛することがわたしの哲学。生まれつきあるものを磨き、根本を変えようとしないで。それがずっとわたしの精神的な基盤（エートス）だった。人生で学んだことがあったとするなら、自分を受け入れる精神がとても重要だってことかも。どうしても受け入れたくなかったら、嫌だという姿勢をきちんと見せること（この哲学で大きな例外と言えるのは、性別違和のような問題と向き合うときかもしれない。自分の内面に合うよう外見を変える必要があるという認識を持つことだって、だれからも束縛されることのない自由だから）。

次の課題は、〝自分が自慢できるものを見せて、そのストーリーを語る〟こと。最初はヨガを披露するつもりだったんだけど、まさかプレゼンテーションをカメラで録画するなんて聞いてなかったし、ヨガではアピール性に欠けると思った。そのとき、自分の車に、撮影とか、移動中にヘアメイクをするときに使う、大きめのメイクバッグを積んでいたことを思い出した。ライバルたちは控え室で数名ずつ集まって歓談に夢中。〝壁の花で終わらないように！〟とメールには書いてあったけど、わたしの性格はこのとおりだし、こういうシチュエーションではしゃぐと失敗するのがオチだから、だれとも話さず、静かにして、カメラのない控え室ではエネルギーをムダに使わないようにしたわけ。オーディションで相性をチェックする現場で、わたしは数えきれないほど失敗を重ねてきた。だからキャストに合格することだけを考え、ほかの子たちが気取ったりひけらかしたりするのを見て、集中力が削がれないように努めた。

あのときのわたし、二〇一七年女子体操世界選手権のモーガン・ハードみたいだった。世間の注目はラガン・スミスに集まり、彼女が金メダルを取れば、アメリカは七年連続で個人総合のタイトルを手に入れるはずだったけど、ウォーミングアップ中にラガンが足首を捻挫、最終的にはモーガンの活躍で、わたしたちの悲願は達成できたの。わたしはモーガン・ハード、人生でもっとも熾烈な競争に臨むクイーン。

また脱線しちゃった。話をオーディションに戻すね。

車の中からメイクバッグを持ってくると、プロデューサーたちの前で〝彼女〟を紹介した。

「わたしの大事なメイクバッグです。いつも持ち歩いています。どこに行くにも必要な道具がすべて入ります。わたしのわがままに応えてくれるし、とっても丈夫なので、こんなに大きなゲイの体が乗っかっても、ビクともしません。スツールの代わりにもなるんですよ！」スタンドアップ・コメディのリハーサルみたいなプレゼンテーションになっちゃった。

その日の晩、スタッフに呼び出されたわたしたちは、次のステップに進むのはこの中の半分だと言われた。一瞬記憶が飛んだ――こんなにたくさんの候補者が、世界各地から飛行機で集まったのに！　翌日、わたしたちは二十五人にまで絞り込まれた。次のステップに進めたなんて、びっくりよ。エンバシースイーツホテルでのプレゼンテーションが高評価だったというのは、あとから聞いた話。

意外かもしれないけど、わたしってほんとうは内気なジャンキーちゃんなんだ。ノリノリのときはノリノリだけど、どこかでエネルギーをチャージしないとヘタっちゃう。だから充電して自分を取り戻す。サロンで日中ずっとお客様と接したら、夜はひとりで過ごしたいと思うようになった。わたしは頭の回転が速くて、優しくて、愉快で、働き者で、頑固で、言うべきときはちゃんと主張するゲイだってことも、だんだんわかってきた。こんなに大きなチャンスを手に入れる瀬戸際にいるのは怖いけど、ワクワクする。今回のリブート版は新たな展開になるの？　キャストに決まったら、わたし、人気者になれる？　もし決まらなかったら人生が終わっちゃうの？　並み居るライバルを押しのけ、美容担当の座を手に入れることができる？　そうなったときのため、心の準備はできてる？

　でも、やっぱりわたしは『クィア・アイ』のキャストになりたかった。コンセプトを聞いたとたん――共和党支持者の多い州（レッド・ステイツ）をピンクに変えて、大改造計画も一緒にやるような番組だって――わたしのための番組って思ったから。クインシーでは、有権者の半数がトランプ支持者。保守派のＦＯＸニュースが報道のすべて、みたいな小さな町で育ったわたしは世間の風潮には染まらず、冷静に、ＦＯＸニュースの中から信頼できる報道を選び抜いてきた。これをオーディション二日目のアピールポイントにした。愉快なキャラはキープして、全員が話し終えるのを待ってから、現代アメリカ情勢について熱弁をふるった。二十五人を五人ずつ五つのグループに分け、五人が一列に並んで数枚の写真を見る。見せられた写真について、自分の思いを語る。これがテスト。

　候補者がどんどん脱落していく。好感を持った人が消えていく。ふるい落とされずに済んだのは十五人だった。

　ランチを終えてスタジオに戻ると、〝依頼人（ヒーロー）のファイル〟のシーンを収録するテストがはじまった――候補者に用意されたファイルに載っているアイテムについて、印象を語るの――カメラの前で。このテストから、番組の上層部にあたる人たちが加わり、スタジオの外には撮影風景をチェックする別室があって、そこにも偉い人たちが座っていた。撮影が終わるたびに候補者が入れ替わり立ち替わりカメラの前でしゃべり、それ以外は偉い人たちの前にある椅子に座って待っている。こんなのぜんぜん気にしな～いって顔で。とか言って、お腹の調子が悪くなって、トイレに駆け込まないよう、実はヒヤヒヤしてたんだけど。

　美容担当での最大のライバルがだれかは知っていた。実力のある有名ヘアスタイリストで、生放送番組に出演経験があるからという理由で、第一次選考への参加が免除されていた。参加者が集まると決まって彼の話題になった。「美容担当はもう決まったも同然だね」

　小グループに分かれての審査がはじまると、美容担当では彼の名が最初に呼ばれた。美容担当の最終候補者は三名残っていた。まもなくわたしが呼ばれ、彼が部屋から出てきた。

　入ってから、わたしはずっとその部屋にいた。メンバーは都度替わるんだけど、わたしはずっとそこに残った。この長期オーディションで、わたしは一歩一歩、成功に近づきつつあった。

　わたしは考えた。ひょっとして、わたしをこの番組に起用する気？　それともわたしの印象があまりに悪くて、〝かわいそうに、まさかここまで勝ち残るとは思わなかっただろう。C級番組のオーディションだと勘違いしたんだね。スタンドアップ・コメディでもやって余生を送ればいい〟みたいな気分でわたしを自爆させようとしているの？

　あれこれ気を揉んでいたところで、番組のクリエイターがわたしたちの前に出て言った。「きみたちは最終十人のうちの五人だ」

　正直に告白するわ、わたし、気管が口から飛び出ておちんちんの先っぽに乗りそうなほど驚いちゃった。

それからわたしたちは外に出て、二台の車に乗った——五人ずつね。車内でビデオを回しながらすてきなおうちに向かい、ちょっとしたエピソードを収録することになり、リハーサルがはじまった。到着するなり、ひとりずつ分けられ、実際のエピソードでの演技プランを考えることになった。

バスルームでアロマオイルを見つけたわたしは五感に訴えるプレゼンテーションをはじめた。心地よいハンドマッサージと呼吸法をテーマに選んだ。

「大事なのはブランドじゃなくて心地よさだよ」まだ出会ったことのないヒーローに向かって、わたしは語りかける。「セルフケアはここからはじまるから——自分の内面をケアすれば、外見も美しくなる。水をたっぷり飲むことは、保湿剤を使うのと同じぐらいに大事。あと、そう！　この胸毛もすてき。でも半年に一度ハサミで整えてあげて。そうすれば絡まらずに済むから」

同じ車に乗っていたのは、カラモ、ボビー、そしてタン。アントニはもう一台の方に乗っていた。こちらの車にいたフード担当は、面識のない人だった。

あちらの撮影現場でアントニと同じタイミングでカメラに映るたび、わたしは変顔はせず、カメラの前に立つアントニに見とれていた。だって、彼、それぐらい好青年だったし、映画俳優組合（SAG）賞の授賞式で、共演者を見つめるウィノナ・ライダーになった気分だった。彼が料理の話をするのを一日中ずっと聞いていたかったから、個人的には、アントニにぜひフード担当になってほしいと願っていた。

まもなく、わたしたち五人にキャスト決定の連絡が入った。最初に頭に浮かんだのは「えっ、どうしよう」──だって、アトランタに引っ越さなきゃいけなくなったから。このとき、わたし、サロン経営でかなりの収入を得ていたのね。ロサンゼルスに戻ってきたのは、自立できる立派な美容師になるためだった。その目標は達成したわ。自分の内なる悪魔たちと向き合い、打ち勝ってきた。人生を賭けて闘うって意味では『アメリカズ・ネクスト・トップモデル』の参加者と同じだと思ってた。だけど、『クィア・アイ』のキャストは、自分のすべてを投入するだけの価値のある挑戦だったの。だからアトランタ行きの準備を整えたわ、躊躇なくね！

ファブ5の五人がアトランタに集まった時点で、わたしたちにどんなことが期待されているのか、まだわからなかった。南部は空港から外に出たことがなく、滞在も短時間だった。でも、ファブ5のみんなと一緒に過ごしているうちにやる気が出てきたし、番組の方向性が見えてきた。

ボビーはわたしたちより先に現場入りする。インテリア担当という仕事柄、内装工事に必要な時間を見積もって、ボビーはわたしたちよりも準備に時間をかけている。でも五人が集結するころには、快適な撮影環境がきれいにできあがっているの。キャストとクルー全員がそろったら、舞台となる家の中で使える照明と空間の中でキャストが立つ位置を決め、リハーサルをする。

これはよく言われている話だけど、リアリティーショーは撮り直しがとても多くて、キャラクターの感情の高まりや落ち込みの瞬間をとらえたくても、一番いいシーンを一回で撮れないことがある。『クィア・アイ』のチームは、ストーリーを最初からありのまま、時系列どおりに撮るよう全力を尽くしてるので、時系列に合わなくなる撮り直しは、原則的にはやらないの。真実をありのまま伝えることも、この番組がこれだけの支持を集めている理由だと思うわ。これまでの改造計画番組でやっている〝やらせ〟的な改変はせず、その場で起こっていることをそのまま撮っている。テレビ出演はわたしも『ゲイ・オブ・スローンズ』で多少経験があったし、視聴者の立場から見ても、見知らぬ他人とこれまでになかった形で精力的に、真摯に、本音で向き合っていく試みなのは意識していた。世の中に貢献できることをしようという思いを込めて番組を作ろうという意欲のもと、キャストもスタッフも協力してお互いを高め合っている。

『クィア・アイ』出演後、番組では息の合った五人もカメラを離れるとほんとうのところはどうなの？　と、質問してもいいのかなって目で尋ねられることが結構あって、その都度きちんと答えてきた。わかるわ。美容師時代に自分世代の人気者だったセレブをたくさん接客してきたけど、あの人たちも、特に番組の共演者との関係については、ファンの期待を裏切らない答えを用意してたんだろうなあって思う。でもわたしたち五人は番組でご覧のとおり、とても仲がいいの。

とはいえ、付き合いが長くなれば揉めごとのひとつやふたつはある。決まった人たちと家族みたいに長い時間一緒に過ごすわけですもの。だけど実の兄さんたち――子どものころから一緒だった兄さんたちね――と同じように、不快なことをされたら不快だと、わたしは彼らにきちんと言うようにしている。でもね、家族じゃない人が兄さんのどちらかを悪く言ってるって耳にしたら、わたしから嵐のような抗議が来るから覚悟してね。だってわたしは『アメリカズ・ネクスト・トップモデル』で、タイラ・バンクスが参加者のティファニーに「わたしたちはみんなあなたを応援してたのよ！　わたしはどうなってもいい子を、こんな風に叱ったりはしない！」と怒鳴りつけたシーンから、無敵の力をもらったから。

ボビーはホット。カラモはクール。まさにこの形容詞がぴったりなふたり。わたしはどこに行くにも十二分遅刻するけど、人との間に境界線を引かない。タンはどこに行くにも五分遅刻するけど、人との間にきちんと境界線を引く。アントニは五人の中で一番気さくで、おおらかな子。みんなで一緒にいても仲よくやっていけるのは、ひとりひとりが、どう行動するのがベストかをちゃんとわかっているから。ファブ5の印象は初対面のときからずっと変わらない。みんなのことが大好きだし、メンバー交代なんてぜったいに信じられない。

アトランタに滞在中、わたしたちはシーズン1と2を同時に撮影していた。最初の八週間、平日はアトランタで収録、土日はロサンゼルスやニューヨークに飛んで、依頼があったお得意様のお仕事をしていた。このころ、まさか『クィア・アイ』がこんなに人気番組になるとは思っていなかったからね。番組終了後、これまでどおりにヘアスタイリストとして復帰できるか不安でもあった。この仕事が好きだから、ヘアスタイリストの仕事を辞めたくなかった。

そんなわけで、自分のワーカホリックな部分が再燃しちゃった。せっかく時間をかけて築き上げてきたお得意様を手放したくなかったから。残りの人生を『クィア・アイ』の栄光にすがって終わらせたくはなかったしね。エンターテインメント業界には自分の生活を守る保障なんてないのも知ってるし、せっかく築いてきた美容師のキャリアを捨てたくもない。

収録も後半にさしかかったころ、さんざんこき下ろされても、非難されてもひるまず、ビジネスの世界で強くしたたかに立ち向かう、もうひとりの自分と出会った。『クィア・アイ』のキャストになるまで、エンターテインメント業界と美容業界のキャリアの両立を夢見ていたけど、その夢が実現しちゃったんだもの、ハニー。月曜日から金曜日までは収録、土曜日にはロサンゼルスに飛んで、お得意様の予約をこなし、日曜日には『ゲイ・オブ・スローンズ』の収録をしてアトランタに戻り、そしたらすぐ、収録の続きに参加するわけ。楽しすぎる。ストレスは感じた？まあね。内面に電気ショックを受けたような衝撃があった？　あった。だけど同じようなことは美容学校時代にもあったから。成功するまでは疲れた表情は見せない。優雅さを忘れずに。だから涼しい顔で、すべてをやり遂げていた。

だけどそれも、十六のエピソード中十五番目、消防士がヒーローの回までのこと。

そのころになると、プロデューサー数名と一緒に、ロケ地を下見中のボビーに内緒で現場へ遊びに行くようになっていた。ロケ地を下見に行って、ボビーをめちゃくちゃ驚かせるドッキリを二度仕掛けたのね。だからきっと彼からいつか仕返しされるだろうと覚悟はしてた（この逸話でボビー・バークが不快に感じるのは間違いないので、本に書く承諾は彼から事前にもらってあるから、安心して）。

消防士のエピソード収録中、アントニと一緒に卵白とピーチでゴージャスなフェイスパックを作っていたら、消防士のひとりが、ちょっとこっちまで来て消防車を見ないかと誘ってきた。なにを見せたいのかな、って、消防車の計器類をのぞき込んでたら、車の下からキャスター付きの台車に乗ったボビーが突然飛び出してきた。わたしに死ぬほど怖い思いをさせたかったんでしょうね、ボビーはわたしの足首を両方つかんだ。『最〝新〟絶叫計画』級の笑える恐怖をプレゼントしてくれたってわけ。

そのときわたしは、たしか、ゴツめのグラディエーター・サンダルを履いていたと記憶してる。ボビーに足首をつかまれて、わたしは白熱の光がつま先から頭のてっぺんまで貫くような衝撃を受けてるっていうのに、その足を台車が轢いたの（身をよじらせながら大喜びで騒いでいるボビーのせいで、足がどうなっているのか見えなかった。それまでわたしにさんざんドッキリを仕掛けられたのがよっぽどくやしかったのね、とっても楽しそうだったんだから）。

「ボビー」わたしは言った。「ちょっと止まって。あんたに足を潰されたみたい」

彼は顔色を変えた。「えっ、ほんとに？」

「そうよ。止まって！　台車から降りて！」

ボビーが身を起こし、わたしが台車から足を抜くと、親指の爪はガレージのドアを開いたみたいに、上に向かってはがれていた。数字に強い人なら、親指の爪は地面から垂直、ううん、だいたい一三五度はがれていたって表現の方が理解しやすいかな（幾何学だけは得意だったんだ。この説明でリアルな状態がわかんなかったらごめんなさい！）。あちこちに血が飛び散ったわけじゃないけど、わたしは痛ましい傷を負った体をひきずるようにして、一刻も早くロッカーの裏手で撮影をチェックしているプロデューサーたちのところに向かった。一歩進むたびに血がしたたり落ちてくる。グラディエーター・サンダルを脱いだ方がいいのかすらもわからなくなっていた。

この日はたまたま、ママが丸一日休暇を取り、はじめてわたしたちの収録を見学していた。神様、あの日、ママを連れてきてくださったことに感謝します。あのとき、ママはすぐ、ＨＩＶ陽性者である自分の血液がだれかに付着しないかと、わたしがおろおろしてたのを察した――ＨＩＶは接触感染しないけれども、陽性者であることをカムアウトするのは大問題だったから――薬物に抗体を持つブドウ球菌感染症になったらどうしようとハラハラしながら生活していた時期でもあったしね。このときのママは、めったに見せない、ほんものの母グマとして大活躍した。彼女はわたしがひとりでいられる空間を確保し、不測の事態でも心の安定を保てるようにと手はずを整えてくれた。

わたしはそこで吐いた。ひどい痛みをゴミ箱にすべて吐き出すかのように吐くと、冷や汗が出て、体が震えてきた。はがれた爪に触れないよう気を付けながら、グラディエーター・サンダルを脱いだ。

「そこの八人！」騒ぎに驚き、出血した傷口を消毒しようと集まってきた消防士たちに、わたしは手負いの獣のような声で一喝した。「そこの八人、こんなことして面白い？　こういうサンダル履いてたってことぐらい、ちゃんと見てなさいよ！」

事情がよくわかっていなかったプロデューサーがひとり、わたしのそばに来た。「落ち着いて、ジョナサン。傷を見せてくれる？」実際に見た彼は大声で「大変だ！」と言ったとたんに飛びのいて、彼もやっぱり吐いた。

その後も椅子に座ったまま怒鳴ったり当たり散らしたりしていると、ママがわたしに耳打ちした。「そろそろこの辺で落ち着いて、なにもなかったような顔をなさい。プロ意識を見せて。このままだと、せっかくのチャンスが水の泡よ。軌道修正しましょう。家まで送ってあげるわ」

わたしは顔を上げた。まったくママの言うとおりだわ。「家に帰らせてください」わたしはやっと、みんなに言った。「ひとまず帰ります。ママも心配してますから」そしてわたしはケリー・ストラッグのように優雅に落ち着いた態度で気を取り直し、足をひきずりながら、切りのいいところまで愛想よく撮影を終えてから家に戻った。

家に着くころになって、ボビーに悪いことをしてしまったと反省した。この日はボビーの誕生日だったし、彼は一ミリだってわたしを傷つける気持ちはなかったんだもの。その後二週間の収録は、ボビー、タン、アントニ、カラモがわたしのいない穴を埋め、その間わたしは痛む足をかばいながらセットの中をウロウロしていた。ファブ5の仲間たちは、わたしでなければできないこと以外はすべて肩代わりしてくれた。

だけどね、第二シーズンのオープニング、ママ・タミーのエピソード（ちなみにファブ5全員、ママ・タミーの大ファンよ）は、消防署のエピソードの次に収録したんだけど、よかったらもう一度観てくれる？　わたし、親指に包帯を巻き、サンダルを履いてるから。足が腫れてて靴が履けなかったの。

ボビーとの絆は、この一件から一層深まった。細胞のひとつひとつまで愛してるわ、ボビー。足の爪がはがれても友情で乗り切ることができたんだから、わたしたちの友情はだれにも負けないはず。

夏の終わりにはアトランタの家を引き払い、ロングアイランド近郊の島、ファイアー・アイランドでゴージャスな晩夏のバケーションを過ごし、それからロサンゼルスに帰って、『クィア・アイ』収録前と変わらず、ロサンゼルスでは六週間、ニューヨークでは二週間、週に五日、ヘアスタイリストとして働く生活に戻った。

その年の十二月、ネットフリックスは二〇一八年二月七日から『クィア・アイ』の配信を開始すると発表。だけどわたしはこの先どうするか、まだ決めていなかった。サロンはずっと安心できる職場だったし、一番力を入れていたし、お得意様からも大事にしていただいている。それにヘアスタイリストは、自分の創造性の源でもある。だから全力を挙げてサロンでの仕事に取り組み、ベストを尽くしていくつもりだった。二月七日がまるでクリスマスのように、わたしは首を長くして待った。神のお恵みがあれば、もしかすると、二〇一八年が終わるころには、インスタグラムのアカウントのフォロワー数が十万人を超えるかもしれない。『クィア・アイ』の改造計画が、まさか自分のソーシャルメディアまで大改造するなんて、このときは夢にも思っていなかったわけ。

平昌（ピョンチャン）オリンピックの前日にあたる二月七日、『クィア・アイ』第一シーズンの配信がはじまった。これもなにかのめぐり合わせかもしれない――わが家には、家族の死とおめでたいできごとが重なるというジンクスがずっと前からある――父方のおじいちゃんが『クィア・アイ』配信初日に息を引き取った。おじいちゃんはその日何度か意識を取り戻したんだけど、たまたまそのとき、タイムズ・スクエアにできた、わたしたちファブ5の屋外広告を見てもらえた。七歳のころ、おじいちゃんから、いつかおまえはきっと有名人になるって言われたことがあった。九十二歳だったおじいちゃんは大往生で、安らかな最期だった。番組が続きますようにって言いたかったでしょうね。そして、そのとおりになった。

　わたしの人生が大きく変わっていく。配信開始から一週間ぐらい経った日のこと。長洲未来選手がトリプルアクセルを成功させ、二〇一八年平昌オリンピック冬季競技大会フィギュアスケート競技、団体の部で、アメリカチームは銅メダルを確実にした。ちょうど同じ日、「それまで自分に自信が持てなかったけど、『クィア・アイ』でのあなたの姿を見て勇気づけられました」というメッセージがたくさん届いて、インスタがパンクしそうになっちゃった。自分の心の声に耳を傾け、ずっとやりたかったことをやるチャンスがようやく訪れたのを、ひしひしと感じたわ。

『ゲイ・オブ・スローンズ』第二シーズンを配信していた四年前、ファッションデザイナーでコメディアンのマーガレット・チョーと共演する機会に恵まれたのね。彼女はコメディアンとしても、ＬＧＢＴＱ＋の提唱者としても、わたしにとっては憧れの存在だった。収録が終わって、マーガレットが言った。「あなた、スタンドアップ・コメディをやったらいいのに」わたし、ひっくり返るぐらいに驚いた！

「マーガレット」気を取り直して答えた。「あなたはレジェンドよ。スタンドアップ・コメディなんて、わたしにはムリ。でもね、もしあなたに専属のヘアスタイリストがいなかったら、わたしはきっとあなたの髪をセットするために生まれてきたんだと思う！」

　マーガレットは今もわたしのお得意様。それから彼女のヘアメイクを担当することになり、『ゲイ・オブ・スローンズ』の制作、今度は『クィア・アイ』への出演と、新しいチャレンジに乗り出す下地はもうできている。スタンドアップ・コメディや語りのイベントをいくつか経験し、コメディへの進出を公にしようと決めた。ファブ5のメンバーにゲストで出てもらって、ロサンゼルスとニューヨークで初のステージを実現させたりもした。

この年の四月、自分のこれからの生き方を変えるため、大きな決断をもうひとつした。一月に『クィア・アイ』が配信され、四月にはインスタグラムのフォロワー数が五十万人、ポッドキャストの『ゲッティング・キュリオス』は、アイチューンズのポッドキャストチャートのトップ10にすべり込んでいた。それなのにわたしは広報担当者への報酬がかさんでクレジットカードの負債を抱え、週に五日は美容師としてサロンに出ていた。そのころも芸能事務所に所属していたけれども、『クィア・アイ』が本格的に始動しても、事務所のスタッフは番組側と打ち合わせをしようとはせず、わたしの今後についても積極的に考えてはくれなかった。そこでチームを一新し、別の芸能事務所と組むことにした。聞いて。スタッフを刷新するたびに胸が痛む。だってわたしのために一生懸命頑張ってくれた人たちじゃない？　だけど自分が前に進むためにはしかたのないことだと過去の経験で学んだから、結構早く答えが出せた。自分の進路を真剣に考えてくれない人たちとチームを組んでたらね、クイーン、さようならしても、ぜんぜん構わないわけ。そして、キャリアをいい方に変えてくれて、これからもいい方へと導いてくれるチームと組むことにした。

そんなわけで、フルタイムでサロンに出ることはもうなくなった。代わりにフルタイムでポッドキャストの制作、ブランドの契約、スタンドアップ・コメディに取り組み、そしてついに『クィア・アイ』第二シーズンの配信開始がメディアで発表された。わたしの人生は、ここから百パーセントの大転換を遂げた。

苦境を生き延びるか、自分をズタズタに切り裂くようなことをしてばかりの二十代だった。幼少期の不幸なできごとのせいで心に吹いた嵐を懸命に乗り切って、強くなり、賢くなり、自分を癒やして高める武器を身につけたの。今のわたしは、自分を大切にして才能を伸ばそうとしている人たちのサポートをする番だと思っている。わたしが人の幸せのために活動し、ありのままの自分でいようと努める姿勢に共感してくれた人たちを、ありのままの自分を受け入れられるよう導くことができる立場になるなんて、毎分毎秒のペースで驚いているわ。

ママをニューヨークに招待した。ママにとっては成人してはじめてのニューヨーク旅行だったので、この街らしさを体験してもらおうと、わたしは彼女と地下鉄に乗った。これがトラブルのはじまりだったの。

そう、そうなの。ママは十五歳のときにバケーションでロンドンに行って以来、一度も地下鉄に乗ったことがなかったの。電車に乗っている間、ママは近くにいる人みんなといちいち目を合わせ、そのまま見つめていたみたい。その後に話しかけてきた親切な女性に言われて気付いたのは、ママが遠慮なくジロジロ見るのは、通り魔が獲物を探していたわけじゃなく、中西部出身者の特徴だったってこと。彼女が話しかけてくれたおかげでママは〝ガン見〟をやめたので、わたしたちは無事目的地に着いたの。

ママへのサプライズとして、ミュージカル『ハミルトン』の、とってもいい席を手に入れておいた。だけど、ちょうどそのとき、わたしは半年に一度は悩まされる気管支炎をこじらせていた。気温が下がるとダメなの。全身で共鳴したような大きな咳が出たので注意してたんだけど、第一幕の間中、九十秒に一度は咳き込んでしまった。熱い涙が顔を伝って落ちたのは、俳優さんたちの名演に感動したからじゃなく、恥ずかしくてしょうがなかったから。

前の席の男性が見かねてわたしにリコラの咳止めドロップをくれたわ。「番組、いつも観てるよ」と、ささやきながら。こういうことがあるたび、わたしの人生が大きく変わったと実感するわ。

そして第二幕、衝撃の展開で大泣きしてしまった（『ハミルトン』を観ていない人のため、ネタバレは避けるね）。ママの小さな肩も震えている。きっと感動の涙に暮れているのかと彼女の方を向いた。そしたらママ、わたしが大泣きしているのを見て笑ってたの。

ママにはずっとサプライズされどおしだった。あるときなんて、わたしがママに贈ったいろんなプレゼントを箱に詰めて送り返してきたの。ひどくない？　でも、ママは地下室の整理をして、取りあえず送ってきただけだとわかった。やっぱり、〝ひどくない？〟で合ってる。

ママは数年前からキルトの作り方を習っている。クリスマスにはなんと、わたしの甥っ子たちに、とても無様なキルトのブランケットを縫ってあげたりもしてた。わたしにはギフトカードを送ってきた。なにそれ。丹誠込めて作った手作りのギフトを、ママが自分たちのおばあちゃんだとわからない子どもたちにどうして贈るわけ？　この焼きもちがふたりの兄さんたちに通じてるかどうかわからなかったので、ママに訴えた。わたしの三十一歳のバースデーには、ぜ・っ・

た・い・に、キルトを作ってて。

作ってくれるなら、わたしが好きな、勇気をくれる女性たちの姿をパッチワークにしてと頼んだ。ママはクインシーにあるエクスプレッションズ・バイ・クリスティーヌというお店で、わたしが大好きな女性の画像を布にプリントして、バースデープレゼントのキルトを作ったの。このキルトには、アレクサンドラ・レイズマン、シモーネ・バイルズ、サラ・ジェシカ・パーカー、ミシェル・クワン、ミシェル・オバマ、伊藤みどり、ヴィーナスとセレナのウイリアムズ姉妹、トーニャ・ハーディング、シャノン・ミラー、ルー・マクラナハン、映画『ファースト・ワイフ・クラブ』のキャストたち、ダイアナ元皇太子妃、ケリー・ストラッグ、タラ・リピンスキー、わたしのおばあちゃん、制作者本人（ママね）、ジュリア・ロバーツ、リーバ・マッキンタイア、ナンシー・ケリガン、ビヨンセ、ホイットニー・ヒューストン、マデレーン・オルブライト、そして、ディクシー・チックス。わたしの愛しいキルト——自宅のベッドで愛用しているの。ねえ、ママ、大事に使っているわ。

＊　＊　＊

『クィア・アイ』がヒットしたおかげで、無謀だと思ってた自分の夢を上回るチャンスに恵まれた。考えもしなかったことまで実現した。目を回して驚きたくなるほど得がたい体験をし、人生や仕事がみるみるうちに変化すると、今度はまた別の課題やプレッシャーが生まれるし、人からの期待も高まってくる。だけどそういうことはみんな、あわてず騒がず受け入れるつもり。それでもソーシャルメディアでひどいことをされるのには困っている。わたしの返信に不快感を持つことがあるかもしれない。でもわたしはできるだけ頑張ってる。だって今のわたしは、有名になる前とちっとも変わっていないから。短気で好奇心旺盛なところも昔のままなので、主張したいことがたくさんある。一方で、わたしの露出が増え、主張に影響力が生まれたことで、こちらが逆襲した相手を傷つけてしまうかもしれない。悪い日ばかりじゃないけど、改めるべきところは改めるという気持ちを忘れず、ベストを尽くそうと努めているの。

〝ジョナサンは元気いっぱい、堂々としてて、髪の毛を真ん中分けして、きれいにブローして、綿あめみたいにかわいらしい、フィギュアスケート界のクイーンで、眉毛のラインに困っていたらアドバイスをくれて、『すてきなカットね』って褒めてくれる〟という固定観念でとらえられるのにも戸惑いを覚える。そりゃ、こういう自分を見せていることがたしかに多いよ。だけど違った面のわたしもいる。たまにはわたしだって、〝大勢のゲイを見殺しにしてきたロナルド・レーガンを英雄視するって、おかしくない？〟というようなツイートを投稿したくなる。するとこんなレスが返ってくるの。〝政治の話題はやめてくれませんか？　わたしの大好きなジョナサンのイメージじゃない〟そういう人たちはきっともうすでにこの本を放り投げ、焼いちゃってるかもしれないけど。

『クィア・アイ』出演後に変わったことはほかにもある。それまでは、恋愛やデートって、なんとなくその場の成り行きで、って感じだった。どんな相手にも黒歴史のひとつやふたつはあるわけじゃない。それなのに今では、なんとなくその場の成り行きでだれかと一緒にいると、たくさんの視線が集まり、デートするのもずいぶんめんどくさくなっちゃった。今まで考えたこともなかった。この人はわたしのことが好きなのかな、それともわたしが新たに手に入れたサクセスにあやかりたいから、好きなふりをしているのかな――なんて。思いのほか傷つく体験だった。だけどこれまでと同じように、深く傷ついたときは自分を大切にするきっかけを見つければ、もっと深く自分を受け入れることができるようになったの。涙で枕カバーを何枚濡らしたかしら。でもね、ハニー、わたしはケリー・クラークソンの曲のように強くて伸びやかなの。

ここできちんと言っておきたいのは、人生に浮き沈みがあっても、しなやかに乗り切る心を持つことがとっても大事だということ。わたしの場合、大きな転換期や移行期には、それまでとは違った生き方が求められていた。以前のわたしは、もうどうにもできないと思い込み、自分を守るのではなく、自分をさらに悪い方へと追い込むようなことに手を伸ばしていた。望んでいた以上の成功を手に入れたという手ごたえを感じ、わたしという存在を愛しいと思えるようになれれば、今のわたしはそれで十分。

こんな格言を聞いたことはある？『あなたが変わったのは名声を得たからではない。自分がどんな人間なのか、よくわかったからだ』世間から注目されるようになると、サービス過剰になったり、簡単に人を信じてしまうようにもなった。きちんと線引きをしなきゃね。わたしって、インタビューやソーシャルメディアでも自分を出しすぎる傾向にあって、愛想のいい部分だけじゃなく、怒りや欠点までさらけ出しちゃうの。見た目は十六世紀のイエス・キリストみたいだけど、わたしってぜんぜん達観したところがなくて、狭い土地の所有者みたいに苦しんだり、無名だった二〇一〇年のころと同じようなファンサービスに努めちゃうことも、ときどきある。このツイートも、あの投稿も、もうちょっと考えてから公開すればよかったと後悔することもある。カッとなったら自分を落ち着かせないとね。わたしって基本、自分には厳しい方だけど、世間から批判を浴びたら、自分にも問題があるんじゃないかと考えるべきかもね。だいたい、わたしの下品でカッとしやすいところが受け入れられない人の目には、ジョナサンがエミー賞での華やかな場で気取ってて、最低！　って映るわけだし。

　みんなと一緒に自撮りするのって大好き。人と会って、打ち明け話を聞くのも大好き。だって楽しいんだもの。でもね、話に夢中になってて、気が付いたら病院の予約に二十分遅刻してたってこともある。ほんとに二十分。すでに遅刻してるっていうのに、通りを挟んだすぐ向こう側にいるだれかがスマホを取り出し、こちらをじっと見ているのに気付く。それってわたしと話したいってアピールよね。だから言わなきゃいけない。「いい？　今すぐ引き返してわたしが予約している病院に行って『ジョナサンとおしゃべりしていいですか？』って、ちゃんと言ってよ」するとそのうち半分は、わたしが時間にルーズだと思っているから「ちぇっ」ってリアクションをする。まあ実際、主治医や獣医や仕事のアポにはとっくに遅れてるのが事実なんだけど。

　ずっとずっと、セレブって善良な一市民に人とも思わないような態度で接するって聞いてきて、それってあんまりだと思っていた——自分のファンには親切にするのがふつうじゃない？　だれのおかげでセレブになれたと思ってるわけ？　その一方で、人はずっとファン心理を持ち続けてはいられないことも、よーくわかっている。腎機能検査の結果が思わしくなくて、主治医のところに行かなきゃならない。とても心配。なのに、一緒に自撮りをしてほしそうにしているファンの子たちに、こんな事情は説明できない。もうすぐ虹の橋を渡ろうとしている、十三歳のネコちゃんを抱っこしている。なのに、一緒に自撮りをしてほしそうにしている人たちは、そんなことどうでもいい──ジョナサンはいつも元気いっぱいなんだから、わたしたちの前でもはつらつとしていてほしい。こんな思いをこれからずっと続けていくのは悩ましいので、わたしと一緒に写真を撮りたい人たちにお願いしたいことがあるの。わたしもあなたと同じ迷い子だってこと。一緒に写真を撮りたいって思ってくれて、とてもうれしいわ。だけどわたしは、だれがどう見ても欠点だらけの人間でもあるの。人はみんな、いろいろな側面がある──長所もあれば短所もあり、喜びに満ちあふれたときもあれば、悲しみにうちひしがれているときもある。自分とどう付き合うかがわかれば、自分の多面的な部分を理解できる。他人がどうでも、自分の長所に目を向けるようになって、わたしは成功を手に入れた──だからあなたにもそうしてほしい。

失礼な態度は取りたくない。それなのに、わたし、文字どおり、方向性を見失うところがあるのよね。わたしを中心に大勢が集まり、大きな額のお金が動く打ち合わせでも、たまに遅刻しそうになる。美容のお仕事をしていたときも、サロンに遅刻してご予約のお客様に迷惑をかけても、その日いらっしゃる別のお客様に迷惑はかからなかった。だけど今、わたしが遅刻すると収録全体が台無しになる。わたしのせいで金銭的に大きな損失が出てしまう。わたしが遅刻しても、ジョナサンが番組に出れば視聴者は喜ぶかもしれないけど、番組に真剣にかかわっている大勢の人たちの段取りが崩壊しかねない。過密なスケジュールもしょうがないと受け入れられるようになったのはうれしい悩み。人生が変わるってそういうことなの。

世間の評価基準は、『クィア・アイ』に出ているわたし。だけどね、一回のエピソードって、六十時間分の動画を撮り、そこから編集して四十五分間の番組にしてるの。編集するのはわたしじゃなくて制作スタッフ。だから『クィア・アイ』では見られないわたしの別の顔を見てもらうことはできない。インスタグラムで見られるかもしれないけど、ツイッターや、サロンや、スタンドアップ・コメディの舞台や、テレビの前でドーナツ食べてるわたしはみんな、別の顔を持つわたし（ありがたいことに、ぜんぜん変わらないわたしもいるけど）。

親切な人や大ファンから軽蔑されてると思うと、ファミリーサイズのシナモン・ブラウンシュガー味のポップタルトを食べた後、歯を磨かないで寝てしまったときみたいな後味の悪さが残る。世間からこんなに注目されるようになると、世間のイメージと私生活のバランスを取ることの難しさが、ちょっとはわかってきた。オフィスを三か所回った後、取材のためにスタンバってなきゃいけないときの気持ち、わかる？　いつもピカピカでいられるわけないじゃん。自分の実体験について書いていても後味の悪さを感じないのは、今の立場にぜんぜん不満を感じていないから。わたしが言いたいのは、世間から注目を浴びる人たちは分野を問わず、みんなと同じように自信を失ったり、不安になったり、わがままになったりするし、愛情と寛容の心も尽きることはないってこと。有名だろうが無名だろうが、人はみな、たくさんのパーソナリティーの層を持つタマネギのような存在だから。

そんなとき、自分の内面と向き合うことの大切さを改めて思い出すの。メディア、セレブ比較記事、美容業界──こうした世界は数十億ドルの市場規模を持ち、彼らが発信するメッセージによって、言葉では言い尽くせないほど傷つき、トラウマを持つ人たちがいる。耳や目から入ってくる情報がみんな正しいって決めつけて、自分を追い詰めなくてもいいんだと思えるようになったおかげで、わたしはとても自由になった。だって、置かれたさまざまな環境で自分を守れるのは、結局自分しかいないんだもの。わたしがほかの人を支配したり、その人の進路を勝手に決めることもできないわけだし、苦しんでいる自分を励ましたり、自分を大事にすることで、不快に思えることも少しは気にならなくなるかもしれない。だれにでも当てはまること──セレブでも、セレブじゃなくても。十六歳のわたしは、鏡に映った自分を見るのが嫌だった。映っても一瞬で逃げていた。ぽっこり出たお腹やズボンからはみ出したぜい肉、脂肪がついて豊かな胸のことでずっと悩み、自分にはきれいなところなんかひとつもないと思っていた。容姿へのコンプレックスを長くこじらせると、自分の外見をなかなか愛せなくなる。わたしの場合、身長や体重の増減が著しかったけど、ジャックと呼ばれていた自分も、今の自分も大好き。わたしたちは不幸にも、美に対する限られた価値観にずっととらわれて生きてきた。体型も、色も、形も、人柄も、セクシーだと評価される基準は無限にある。わたしたちファブ5は、世間一般の美の基準と自分を比べるのをやめ、だれになんと言われようと、みんなそれぞれに美しいと感じてもらえるよう、意識して行動している。内面の美が外見に反映されるとはかぎらないし、その逆もまたありだよね。大事なのは、自分には価値があることを受け入れ、自分を愛するという姿勢を守り続けることなの。自信とは、「わたしだって、いつも上機嫌で、弾けるように明るいわけじゃない」と言える勇気を持つこと。ねえ、あなた、「この服、ほんとに似合ってる？　笑われたらどうしよう」って思ってる？　わたしはね、今みたいに自由に装えるようになって、ほんとうに感謝している。

太ももまで覆いそうなサイハイブーツを履いたり、レッドカーペットでご披露している、一度見たら忘れられないようなドレス、〝インスタ映え〟するすてきなポーズを取ったわたしを見てくれてると思うけど、どれもみんな、心の中にいるわたしたちひとりひとりと話し合ってから、「大丈夫、ぜんぜんオーケーよ」って、自分を励ましてあげないといけないジョナサンなの。

わたしたちは、規格外であることはおかしいという古い価値観——男らしくないとか、なよっとしているとか、太ってるとか、キャーキャー騒ぎすぎるとか——を捨て、みんなから愛され、価値が認められていると思える時代を生きている。この本の冒頭で**わたしの消したい過去を知っても、わたしを好きでいてくれる？**って尋ねたよね。ここまで読んでくれたのなら、わたしをまだ好きでいてくれると信じているわ。そしてもうひとつ。わたしが自分の生きざまをこうして本にして紹介することで、世間にはさまざまな悩みを抱える人たちがいることを読者の人たちにわかってほしいし、その人たちの悩みに寄り添ってほしい。みんなの間に広がった思いやりの心が、助けを求めている人たちに届くようにと願っている。だけどね、自分を愛し、受け入れれば受け入れるほど、人から認められようと意識しなくなるんだなってこともわかってきた。子どもじみた固定観念も捨てたし、自分のやり方を曲げてまで人のご機嫌を取るようなことは、もうしない。意に沿わない自分に変わることもやめた。わたしはずっと同じジョナサン。ただひとつ違うのは、ママが作ってくれたキルトから、みんなに勇気と力をくれる女性たちが、優しいまなざしでわたしを見守っていてくれること。

た・だ・し、だれかの腕の中でラブラブなひとときを過ごすときは別。キルトを取って、ベッドの脚側に置いたベンチに載せるの。ママやサラ・ジェシカ・パーカーに見守られながら恋人とイチャイチャするって、ヤバくない？

Epilogue ON THE ICE

エピローグ　ジョナサン・オン・アイス

つま先が凍えそう。未体験ゾーンの舞台で、緊張でひざがガクガク。もうひとりのわたしが頭の中で叫んでる。「できっこない！　あなたのキャラじゃないって！」あらかじめ用意していた、シェールが二〇〇一年に発表したアルバムからのスマッシュヒット『ソング・フォー・ザ・ロンリー』が聞こえてくる。ぎこちないながらも、生まれてはじめて、ピボットからジャズハンズまでの振り付けを最後まで踊った。合格点をもらうには、もっと上手に踊らなきゃいけないことぐらいわかってたけど、とにかく踊った。

ひざを曲げ、おそるおそる右を向いた。一本の手が差し出され、わたしと一緒に振り付けの次のカウント、ランジ・シークエンスへと入ってくれた。

うっとりするような彼女のまなざしに、もう釘付け。「頑張りましょう」と励ますようにほほえんでくれる。

ほほえんだあの人は、全米フィギュアスケート界の華にしてレジェンドの、ミシェル・クワン。わたしたちはランジ・シークエンスをはじめる。シェールがささやくように歌う。テンポができあがってくる。わたしは音楽と一体となり、振り付けどおりに氷の上へと崩れ落ちる。ここから四カウントで、陶酔しているわたしの顔をミシェルが両手で包み込む。打ちひしがれても希望は捨てず、体に付いた氷の粒を払うと、曲の最初のクライマックスにあたるコーラス「淋しい人たちのために歌うわ！」に合わせ、目を見張るような両足スピンを決める。キューと同時にスピンを決めたあと、ミシェルと動きをシンクロさせたコレオグラフィーを成功させ、ステップからワルツジャンプに入るシークエンスを経て、氷上にバラが投げられるエンディングまでをそつなくこなしたわたしを見て、スケートのコーチ兼振り付け師、ううん、生き別れの姉と呼んだ方がいい、エリオツコヴァタヴァは大満足そう。

ここまで終わって、今までやってきたのは熱にうなされて見た夢じゃないって、はっきり思えた。ずっとずっと憧れてきた人と仕事をしている。自分とは住む世界が違うと思っていた人が、今ではわたしの友だちになり、わたしがはじめて手がけるスタンドアップ・コメディのツアー用プロモーション動画の撮影に参加してくれている。

ＬＳＤの幻覚じゃない。わたしが今、生きているステージのワンシーンなの。

ときどき考えることがある。ふるさとのイリノイ州クインシーに戻って、いじめを受けて絶望の淵に立つ、もうひとりのわたし、ジャックに会って、どんな言葉をかけてあげようかと。ほんのわずかでいい、わたしを愛して、わたしを受け入れてともがき苦しんでいた、パウダーシュガーがかかった甘〜いドーナツが大好きな少年に教えてあげたいことがある。いつかあなたはミシェル・クワンと振り付けを考えることになるんだよ。カーペットの上じゃなく、一生の夢だったフィギュアスケートのレッスンを受ける立場になるんだよ。観衆六千人の熱狂的な声援を受け、ミシェル・クワンをスペシャルゲストに招き、舞台の上で床運動のルーティーン演技を披露するの。それとね、三十二歳になっても、お尻の筋肉はバク転できるほどぷりっぷりよ、ハニー！

ベイビー・ジャックはどんな大人になるの？　翼を広げてビルの屋上から飛び降りても、傷ひとつ負わずに着地するんだよね。それから大人になって、骨の髄までドラッグと妄想に溺れ、リハビリ施設に送り込まれるけど。

二十代のわたしはずっと、幼いジャックを頭から消去していた。ジャックをかわいがろうとはせず、逆に、ビリビリに引き裂いていた。それどころか、ことあるごとに自分自身を傷つけていた。望んでいたものをすべて失ってはじめて、大人になるってことは、〝ふつう〟でいることでも、他人からうらやましがられるような人生を送ることでもないのだと痛感した。夢をかなえて成功した大人として、自分の中には心が傷つき、痛みを覚えるインナーチャイルドがいることを認めなければならない。わたしという人間を築いてくれた自分たちとともに、インナーチャイルドを慈しむのが大人になったわたしの務め。

これまでたどってきた道を公表しようと決意したのは、思いもよらなかった体験をいろいろとしてきたからなの。良くも悪くも。みんなを落胆させてでも打ち明けるのは今も怖いわ。でもわかってほしい、どんなに打ちひしがれても、そんなのあり得ないと思っても、傷はきっと、いつか必ず癒えるから。そしてもうひとつ。あなたを心から愛し、受け入れてくれる人はきっといるし、そうじゃない人も必ずいるってこと。太っていようが痩せていようが、どんな自分でも愛し、受け入れたら、きっと楽しく生きていけるはず。わたしの人生のストーリーが若いＬＧＢＴＱ＋のみなさんの助けになるなら、一大決心をして秘密を打ち明けてよかったと思える。

他人の期待に応えるのが人生のすべてじゃないわ。わたしを美しくするものはたくさんある。ケータリングで食べ物をたくさん頼んじゃうわたし。なんでも〝イエス〟って答えちゃうわたし。うちのネコちゃん、こんなにかわいいのって、あなたの耳にタコができるほど自慢しちゃうわたし。わたしが生きてきた過程で生まれたパーソナリティーをすべて受け入れながら、人として成長していくことが大事だとわたしは思っている。人はみな、これまでの体験がひとつひとつ積み重なり、複雑にからみあった、美しい融合体。でもわたしが一番大切にしていること、ううん、わたしがみんなに大事にしてほしいと願っていること、それは、日々の積み重ねでもいい、人生を通した目標でもいい、自分を傷つけるのではなく、自分を愛する生き方を選ぶこと。自分の苦しみを慈しみ、自分の過ちを赦(ゆる)し、今ある自分を招いた決断から学ぶこと――それが成功の秘訣だと思うわ。自分を育み、応援する、理想の親のようなチアリーダーになるの。チアリーダーはいつものあなたの心の中にいる。だからどんなに落ち込んでも、ぜったいゴージャスな復活を遂げられるに決まってる。

八歳のわたしが信じなくたっていい、ミシェル・クワンと一緒に滑ったのは夢じゃない。夢が実現したの。今、目の前で起こったことなの。

＊　＊　＊

「緊張した？」スケート靴を脱ぎながら、ミシェルがわたしに聞いた。クイーン、やーね。二〇〇三年のフィギュアスケート世界選手権のとき、あなたの演技に感動して、わたし、わんわん泣いたのよ？

「そりゃもう、緊張するなって言う方が神様への冒瀆なんじゃない？」わたしは言った。「このゲイのハートが！」

「でも、すごくよくできてた」ミシェルが言った。

「そうね」わたしは最高の笑顔で答えた。「上出来だわ」

謝　辞

この本を書く機会を得られたのも、ママが大変な思いをしてわたしを育ててくれたから。自分を大切にすることの意義を最初に教えてくれたママ。あなたがいなければ、こうやって三十代を迎えることはできなかった。

ファブ5のみんなの友情と絆は何物にも代えられない。タニー・バナニー、アント、カラモ（好きよ）、ボバーズ、みんな、心から愛してるわ。

ハーパーコリンズの編集チーム、特にヒラリー、わたしの物語を本として形になるよう力を貸してくれて、ありがとう。

パティ、いつも変わりなくわたしを受け入れてくれて感謝してます。

わたしを支えてくれている事務所、ＣＡＡ――ジュリー、レイ、スタッフのみんな――わたしを信じ、仕事がうまく行くよう頑張ってくれて、どうもありがとう。

ビッグチャンスを与えてくれたデヴィッド・コリンズとスカウトプロダクションのジョン・レヴィ、ジェニファー・レーン、レイチェル・メンデス、そしてネットフリックスとＩＴＶの『クィア・アイ』制作スタッフのみんな――心のこもったご支援に心から感謝しています。

ジャーナリストで作家のサム・ランスキー、アドバイスをありがとう。

そして友人と家族全員に。みんな大好き。この本でひどいことを暴露してなきゃいいんだけど。
みんな、いつまでも愛してるわ。

ジョナサン

訳者あとがき

人々を勇気付け、生きる希望を与える五人のゲイ〝ファブ5〟は、いまや世界中の人気者。クリエイティブ・アーツ・エミー賞最優秀リアリティー番組賞を二年連続で受賞したネットフリックスの『クィア・アイ』は、二〇二〇年夏の時点でシーズン5まで配信中です。二〇一九年秋には『クィア・アイ in Japan!』も配信され、日本での注目度も高まっています。

ファブ5の中でもひときわ華やかで元気いっぱいな美容担当のジョナサン・ヴァン・ネスは、男性と女性の両方を自認するノンバイナリー（本人は they/he/she のどれで呼ばれてもOKとのこと）。ピンヒールとスカートを好み、昨年、女性以外で三十五年ぶりにイギリス版『コスモポリタン』誌の表紙をひとりで飾り、この表紙がイギリスの出版社協会PPAが選ぶ最優秀表紙賞（雑誌部門）を受賞するという快挙を成し遂げました。

そんな彼のメモワール OVER THE TOP が発売されたのが二〇一九年九月二十四日のこと。本書で繰り返される「わたしの消したい過去を知っても好きでいてくれる？」という問いかけのとおり、〝クィア・アイの元気なジョナサン〟のイメージからはおよそ想像できない、つらく苦しい人生の旅路が綴られています。いざ書くと決めたものの、ジョナサンは世間の反応が気になるあまり、発売日まで眠れぬ夜を重ねていたそうです。

OVER THE TOPは〝やり過ぎ〟、〝めちゃくちゃ〟と訳されることが多いのですが、第一次世界大戦時、戦闘の恐怖でパニックを起こした兵士が塹壕を乗り越え、狙われるのを覚悟の上で敵の前に身をさらした無謀な行為が語源です。消したいほどの苛烈な過去をあえて公表することで、自分を愛し、いたわり、慈しむことの大切さを説いたジョナサンに世界中の読者が共感し、本書はアメリカの書評サイトGoodreadsでユーザーが選ぶ、二〇一九年ベストブック・メモワール部門でトップの得票数を獲得しました。

幼いころから政治に関心があり、政策や社会情勢に対して自分の意見をはっきりと打ち出しているジョナサン。彼が運営するポッドキャスト『ゲッティング・キュリオス』では、政治家、気象変動の専門家、被虐待動物を守る団体のメンバーらをゲストに迎え、硬派なトークを繰り広げています。差別され、心に傷を負った経験があるからこそ、彼は世の不条理に声を上げ、優しいまなざしを向けることができるのです。

六章の最後でジョナサンが拾ってアパートに連れ帰った仔猫、バグちゃんはその後どうなったのでしょう？　初代バグちゃんは二〇一八年に亡くなり、猫シェルターから二代目バグちゃんを迎えました。ところが二〇一九年八月八日、インスタグラムでジョナサンから悲しい報告がありました。二代目バグちゃんがニューヨークの自宅マンションの窓から飛び出し、亡くなってしまったのです。「心が船酔いを起こしてる」と、彼らしい言葉で表現していましたが、その後間もなく二匹の仔猫をもらい受け、現在は先住猫と合わせて四匹の猫たちと暮らしているそうです。

◆よりそいホットライン

一般社団法人社会的包摂サポートセンターによる、厚生労働省の補助事業です。性別の違和や同性愛、DVや性暴力、被災後の暮らしなど、様々な悩みについて電話で相談することができます。

TEL 0120-279-338（岩手・宮城・福島県からは 0120-279-226）
URL https://www.since2011.net/yorisoi/

◆みんなの人権110番／LGBT

法務省人権擁護局の相談窓口です。性自認や性的指向に関して受けた偏見や差別について相談することができます。

TEL 0570-003-110
URL http://www.moj.go.jp/JINKEN/LGBT/index.html

◆（認定）特定非営利活動法人ぷれいす東京

1994年から活動を続けている、HIV/AIDSに関する相談や支援を行う団体です。

URL https://ptokyo.org

◆HIV検査・相談マップ

医師・研究者による、厚生労働省エイズ対策政策研究事業のサイトです。HIVについての具体的な情報や、検査を受けられる施設の一覧も掲載しています。

URL https://www.hivkensa.com

◆内閣府男女共同参画局／女性に対する暴力の根絶

性暴力・性犯罪対策の情報webサイトです。相談窓口では、女性以外も相談することが可能です。

URL http://www.gender.go.jp/policy/no_violence/index.html

◆性犯罪被害相談電話（全国統一）#8103（ハートさん）

各都道府県警の性犯罪被害相談電話窓口につながる短縮ダイヤル番号です。#8103とダイヤルすると、発信された地域を管轄する相談窓口につながります。

◆特定非営利活動法人アスク

アルコール・薬物・ギャンブル依存症の予防と回復の情報を発信している団体です。

URL https://www.ask.or.jp

※この情報は2020年8月現在のものです。

安達眞弓（あだち・まゆみ）

宮城県出身。外資系メーカー広報を経てフリーの翻訳者に。実務・文芸翻訳を手がける。訳書に、タン・フランス『僕は僕のままで』（集英社）、タイラー・ディルツ『悪い夢さえ見なければ』『ペインスケール』、フィン・ベル『死んだレモン』（以上創元推理文庫）、パイパー・カーマン『オレンジ・イズ・ニュー・ブラック　女子刑務所での13ヵ月』（共訳／駒草出版）など多数。

カバー写真／©Matt Monath

装丁／bookwall

OVER THE TOP
by Jonathan Van Ness
Copyright © Jonathan Van Ness, 2019
Japanese translation published by arrangement with Jonathan Van Ness
c/o Creative Artists Agency acting in conjunction with
Intercontinental Literary Agency Ltd. through The English Agency (Japan) Ltd.

どんなわたしも愛(あい)してる

2020年 9月10日 第1刷発行

著 者 ジョナサン・ヴァン・ネス
訳 者 安達眞弓(あだちまゆみ)
発行者 徳永 真
発行所 株式会社集英社
〒101-8050 東京都千代田区一ツ橋2-5-10
電話 03-3230-6100(編集部)
03-3230-6080(読者係)
03-3230-6393(販売部)書店専用
印刷所 大日本印刷株式会社
製本所 ナショナル製本協同組合

ISBN978-4-08-773505-5 C0098